レヴォリューション+1

REVOLUCIÓN+1

山野浩一 ………… 著
岡和田晃 ………… 著

小鳥遊書房

レヴォリューション＋1／目次

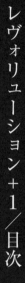

『レヴォリューション』初版（NW-SF 版）カバー

本書のボーナストラック「スペース・オペラ」が収録された
『ザ・クライム』（冬樹社版）カバー

レヴォリューション
Revolución

南米の小国モアについてはあまり知られていない。しかし、モア国こそ最も豊かな国で、最も進歩した、最も調和した国である。おそらくこの国の国民約一千万人の内、約一千万人は自分が現在幸福であると語ることができるだろう。そんな中でただ一人だけ、自分があまり幸福でないと考える者がいた。他でもない、モア国大統領のカストロ氏である。

モア国のような完全な社会では、大統領にはあまり仕事がなかった。テレビや視察旅行で愛嬌をふりまき、外国からの来賓をもてなす程度がカストロ氏の役割であった。それで満足してもいいのだが、モア国建国当時の大統領の輝かしい業績などを思うと、自分も何か偉大な仕事を成しとげて歴史に名を残したいと考えたのである。

モア国では、国民のありとあらゆる不満が取り除かれているはずなのに、一国民でもある大統領に、こうした不満が生まれたのは不思議といえた。

カストロ大統領は閣議の席上、自分の不満について述べた。ふだんの閣議が常に茶話会のようなものであっただけに、各大臣は当惑した。

「いったいどこに不満があるというのです? 昨年の世論調査でも百パーセントの人々が現状に満足しており、衣食住は充ち足り、音楽、オブジェなどの芸術から、スポーツ、ギャンブルに至るまでの全ての文化が栄えています。自然公園には花が咲き乱れ、コンピュータによって結ばれた恋人たちが愛を語り合っています。医学は全ての病気を征服しました。いまでも不治のものがなくはないが、それはもう病気とはいえません。犯罪も全くありません。全ての犯罪の原因が解消されているからです。この理想的なわがモア国に、どういう御不満があるのでしょう」

首相がいった。

「おそらくこの国の完全な社会に不満なのだろう。今のまま安定した国家と幸福な社会が続いたとしても、果して本当にそれでいいのだろうか？　確かに、わがモア国は世界で最も進歩した社会制度を持っている。ありとあらゆる理想が、この国に実現しているといえるだろう。しかし、だからこそこれ以上進歩できないのではないだろうか？　他の国々がまだまだ進歩し続ける中で、わがモア国だけが停滞に陥ろうとしているのですぞ。或いはそれでよいという人もいるかも知れない。しかし、私は不満だ。私は大統領であるからには政治をおこないたい。進歩をめざしたい。理想を追求したいのだ」

大統領はいった。

「しかし、いま完全な進歩を遂げているこのモア国で、さらに進歩を期待することは不可能でしょう。不可能への願望は一種の病気です。大統領閣下はさっそく大学病院へご入院下さい。我々閣僚はその間も無事大任を果し、必ずや閣下のご期待にそえるものと存じます。一刻も早く全快をお望み申し上げますが、もちろんわが国の医学は充分閣下のご期待にそえるものと存じます」

厚生大臣はいった。

「いや、私はすでに病院での診察を受けた。わが国では少しでも不安や不満を持てば病院へ行く義務があるのだから当然である。しかし、私は健康であることが判った。診断書をみれば判る。そこで私は考えた。この私の不満は、やはりまだモア国が完全に完全な社会に達していないからではないかと思うのだ」

カストロ大統領はいった。

「なるほど、よく判りました。しかし、現在わが国では全ての機構や制度が改良され、もう政治的におこなえることはないはずですが」

首相がいった。

「その通り。私もずいぶんそのところで悩んだ。しかし、ただ一つ、我々におこなえることがあったのだ」

「それは?」

「革命だ」

「革命?」

「そう。一九九九年に日本に起こって以来、全世界に〝革命〟というものはなくなっている。しかし、それ以前には社会に矛盾やいきづまりが生じた時、それを解決する唯一の方法は〝革命〟であった。私は〝革命〟について研究した結果、これこそモア国の新しい進歩への道であると信じるに至った。私は今より大統領を辞任して、革命運動に身をささげたいと思う。私の考えに賛成の者は、私に続いてほしい」

もちろん異論は生まれなかった。モア国で異論など存在したことはなかったし、大統領は最も適任者であることで大統領になっていたので、誰もが大統領を信じていた。

さっそく革命の準備が始められた。政府閣僚は全員辞職し、新しくカストロ氏を主席とする臨時革命政権が生まれた。世界から革命がなくなっていたが、革命家と呼ばれる人が開発途上国に残っていたので、その一人である無国籍のゲバラという人物が招かれた。

ゲバラ氏がモア国に着く頃には、モア国の情報網は国民の革命への意欲を大いに高揚させていたので、その歓迎振りも熱狂的であった。

〝ヴィヴァ、ゲバラ！〟

というシュプレヒコールは、共和国空港に於いて一時間も続いたほどである。

ゲバラ氏はカストロ臨時革命政府主席の案内で国内を視察した。

「まず、貧民窟をみたい」

とゲバラ氏はいったが、もちろんモア国にはそんなものはない。

「では、農民や労働者は？」

「それなら」とカストロ氏は案内した。

大農場の片隅で、汗を流しながら、しゃがみ込んで草刈りをしている農夫をみつけると、ゲバラ氏は大喜びで叫んだ。

「あなたこそ立ち上がるべき人だ！」

草刈りをしていたその男は、仕方なく立ち上がった。

「さぞ労働は苦しいことでしょう。しかもあなたの血と汗の結晶は、この大農場の主に搾取されているのですぞ！」

「私はこの農場主です」男はいった。

「それは失礼しました。しかし、あなたは労働から解放されなければならない」

「いいえ、労働からは充分解放されています」

農夫はそういって、オートメーションの育成システムや赤外線発芽装置などをみせて廻った。

「この設備のおかげで、私はゆっくり趣味の園芸を楽しんでいるのです」

そういって、再び趣味の園芸の草刈りに興じた。

ゲバラ氏はいささか気落ちして、工場を訪れた。工場内の豪華な遊戯室で、重役タイプの男たちがボーリングやカードゲームを楽しんでいた。ゲバラ氏はその光景をみて、大いに怒り、絶叫した。

「鬼畜資本家ども！　きさまらがこうして遊んでいる間に、労働者たちは血と汗を流して働いているのだぞ！」

「いや、私たちがこの工場の労働者です」

男はそういって、片隅にある小さな装置を示した。

「オートメーション機械を見守っているのは我々です。我々には時たまこの自動修理装置のボタンを押す労働が必要なのです」

　ゲバラ氏はすっかり考えこんでしまった。

　この国での革命がいかに難しいものであるかを知ったのだ。それでも三日三晩充分な睡眠とたっぷりのごちそうを食べて考えた末、一つの結論を得た。そして演説をおこなったのである。

「私はこの一週間、モア国を視察して廻った結果、いかにこの国に革命が必要であるかを知った。諸君の生活は全く荒廃している。諸君は労働を忘れている。諸君は新しい理想への意欲を失っているのだ。諸君はこうした人間的な欲求のために立ち上がらねばならない。そのために、革命が必要なのだ！　この国での人民の敵は資本家や政治家ではない。諸君を荒廃させたのはコンピュータだ。諸君の労働をうばい、明日の夢を盗み取ったコンピュータこそ、諸君の敵である。二十世紀後半に職場へのコンピュータ導入に反対する反合理化闘争というものがあった。当時は労働運動の矛盾として大いに批判されたものだが、いまこそその正しさが証明された。諸君はいま、豪華な食事と、娯楽と、住み心地のよい住宅を与えられてコンピュータに飼い慣らされているだけなのだ。諸君！　人間性を取り戻そうではないか！　労働を！　理想を勝ち取ろうではないか！」

　完全な効果を発揮するモア国の情報網は、このゲバラ氏の演説を充分国民に納得させた。革命を盛り上げるための様々なプログラムもコンピュータによって創られ、デモ、地下新聞、市街戦へと革命は発展した。市街戦といっても相手は人間に危害を加えることのできないロボット警官だから市民の死傷者は一人も出ない。やがて中央情報センターに赤旗が立ち、大型コンピュータが次々爆破され、遂に情報センターから勝利の炎が立ち昇った。

革命は大成功であった。

人々は人民広場と改名された大競技場に集まり、カストロ、ゲバラを称える歌を歌い続けた。カストロ氏は再び国家主席に選ばれ、要するに名こそ異なるが元の大統領の地位にカンバックした。

「我々は労働と理想と人間性を勝ち取った。我々は今から原子力発電所や工場、農場の機能を取り戻すために働かねばならない。労働の喜びを充分味わおうではないか！」

大喜びで演説するカストロ氏の横で、ゲバラ氏はなぜか納得しかねるような顔をしていた。

「大成功です！」

首相は頬を赤くしていう。

「それにしても大統領はどうしてこんなに素晴しいことを思いついたのですか？」

「簡単なことだ、コンピュータが教えてくれたのです」

カストロ国家主席がいった。

「すると、コンピュータは自ら、自分を破壊せしめたのですか？」

「そうだ、おそらく完全な社会を築き上げた時にコンピュータ自身がいきづまっていたのだろう。だからコンピュータは自分の仕事が終ったと思って自殺したのだ」

国家主席の説明を聞いたゲバラ氏は顔をこわばらせた。

「すると、この革命はコンピュータに仕組まれたものということになるではないか」

「そういってもよいでしょう。国民の全ての不満を取り除いているはずのコンピュータが、私だけに不満を残しておいたのもそのためでしょう。コンピュータは革命、つまり自殺のために最大の能力を発揮した。革命の成功はコンピュータのおかげです」

「どうも私はいっぱいくわされたようだ。もう一度開発途上国へ行って革命理論を勉強し直す必要がありそうだ」

ゲバラ氏はそういうと、副主席にと要望するカストロ氏を振り切ってモア国を離れていった。

カストロ国家主席の指揮下で、モア国が再び完全な社会に戻るのに時間はかからなかった。

一方ゲバラ氏は、アフガニスタンやアイスランドで革命に失敗し、日本で月ロケットのハイジャックに失敗して射殺された。

モア国のカストロ主席はゲバラ氏の遺骨を引き取り、革命記念日に加えてゲバラデーを設け、国民の祝日とした。

モア国が革命前と、革命後とで確実に変わったことは、さまざまな名称と、二つの祝日が生まれたことである。

人々は、この二つの祝日の華やかなパレードを充分に楽しむことができたので、やはり革命は成功し、人々はより幸福になったといえるであろう。そしてどうやらカストロ主席の名も歴史に残ったようである。

レヴォリューション No.2

Revolución No. 2

この都市がいかなる状態か誰も知らない。

この都市にいくつの軍が存在するのか誰も知らない。

この都市でどの軍が優勢なのか誰も知らない。

この都市を統一することは誰にもできない。

この都市を完全に破壊することも誰にもできないだろう。

この都市に地図はない。

この都市には秩序もない。

この都市にはいかなる機能もない。

しかし、この都市には多くの名がある。

ザコフグラッド、パリドヌーヴ、遠京、アルファポリス、スペースシテイ、フリーランド、神武、ヘル、ザシテイ、など。

第三解放同盟指揮官として、次の各氏が選任された。

　レオナルド・ボンチェック総指揮官
ジャガー・松井副指揮官
ジョン・ヨハン・ジャック連絡指揮官

ヨシオ・モハメッド攻撃指揮官
ギニョール・アプクック戦務指揮官
ピート・ランペット救護指揮官

東側の壁と僅かな床だけが残されたビルの最上階にピートとジャガーは立っていた。後方は数メートルでコンクリート床がなくなり、闇の中に開かれていたが、前方の壁は大部分残っていて、かつて窓であった四角の空間もその形だけは残していた。

空は暗く、街にも全く光はなかったが、遠く街と空の間には赤い炎が立ち昇っていた。赤い炎は黒い街の影を様々な形に映し出し、時空を超えた夢幻の世界を生んでいた。

「やっているな」

ジャガーがいった。ピートは振り返り小さく微笑を返すと、再び活動する赤い光を眺めた。

「破壊軍団だ」

ジャガーはいった。

「あなたは戦闘しているのが全て破壊軍団だと思っているのね」

ピートはジャガーに背を向けたまま いった。

「しかし、あれはレーザーを使っている」

「レーザーなんて珍しくないわ。我々が持っていないだけよ」

「我々も持っている。戦利品だ」

「使いものにならず捨ててあったのをひろっただけよ」

ピートがいった時、一度消えかけた赤い炎が突然拡がり、鮮やかな閃光となって輝いた。街は一瞬白昼に戻った。無人のアスファルト道路、崩れ落ちた家屋、焼け残ったビル、白い空、鉄骨のみが残されたステーション、それらの存在が光の中に立証された。ピートとジャガーは僅かなコンクリート床に身を伏せた。轟音が伝わり、二人がすがりついたコンクリートは二つに分かれて、一方は宙空に放たれて崩れ落ちていった。ピートは壁にたたきつけられた。夢中で鉄骨をにぎりしめたが、その上にくだかれたコンクリートの破片が落下してきた。空中を飛んでいるような不思議な感覚が消えた時、彼女はビルの壁が隣のビルによりかかって止まったのを知った。轟音は止み、いたる所で何かが崩れている音だけが残された。ピートは斜めの床に立ち上がって周囲をみたが、どこにもジャガーの姿はなかった。


第三解放同盟第二正規部隊は、ヨシオ・モハメッドの指揮下で、昨夜の閃光の方向に進軍していた。二キロ進んだところでバリケードによってジープやトラックが進めなくなった。そこでジョン・ヨハン・ジャックの指揮する十名の斥候隊が組織された。

「私も行くわ」

ピートがジープから飛び出していった。

「相変わらず物見高いな」

ジョンがいう。

「核を使った連中をみたいのよ。ジャガーのためにね」

「ジャガーとできてたのか？」

「何ができてたっていうの？　セックスならもちろんしたわよ」

「いや、つまり、例えば『愛し合う』とか、そういう種類の、もちろんどうでもいいことだが」

ピートは答えなかった。

ピートを加えた十一名の斥候隊は道路を用心深く渡ってビル陰に身を隠しながら前進した。ピート以外は全て小銃を肩にかけていたが、ピートは拳銃をいつでも発射できるよう、手でにぎりしめていた。

付近のビルは全て窓枠ごとなくなっていた。やがて、十一人はビルのコンクリート自体も破壊されてしまっている地帯に出た。斥候隊の一人が瓦礫の上に登り、合図をしたのでピートたちも登っていった。

付近は完全に荒いコンクリートの砂漠になっていた。三百メートルほど先で国連の救護隊が作業している。

「ほう、いるぜ！」

ジョンが指差した。彼等が立っている所と同じような瓦礫の山の上に、どこかの軍の斥候隊がやってきていた。

「案外小さな爆発だったのね」

ピートはいった。ヘルメットをはずしたので、長い髪が風になびく。

「放射能は大丈夫かな？」

ジョンがいった。

「大丈夫でなければ、国連さんがやってくるわけがないわ」

ピートはいった。

国連のヘリコプターがまた二機飛んできた。小型の方がピートたちの近くに降りた。四人の男がその中から出てきたが、その内一人はピートたちの方へ登ってきた。

「国連の者だ、撃つな！」

男は叫んだ。

「証拠は？」

ジョンが銃を構えていう。

「証拠はないが、私は丸腰だ」

男は立ちどまっていった。

「服の中に何を隠しているか判らない。服を脱げ！」

ジョンがいった。男は上衣とシャツを脱ぎ、ピートの方をみて、ためらいながらズボンを脱いだ。

「よし」

ジョンがいった。ピートは大声で笑った。男はそのピートをうらめし気にみて、ジョンに近寄った。

「何軍だ？」

「そんなこといえると思っているのか」

ジョンがいった。

「では右派か左派だけでも教えてくれ」

男はいった。

「一体どの軍が右派なの？　相手かまわず戦争するだけの破壊軍団は？　ただ戦争だけをやめろっていい続けて、無防備で殺されに出てくるフリーピース連合は？」

ピートが反論する。

「判った。では、それはいい。昨夜はどこにいたかを教えてくれるかね？」

「それもいえないよ」

ジョンは答えた。

「では、昨夜の爆発をみたかね」

「この街にいればみんなにみえるわ。みたからここにきたのよ」

「核を使ったと思うかい？」

「もちろんよ。核に決まっているわ」

ピートはいった。

「使った軍のこころあたりはないかね」

「使った軍どころか、この街にどんな軍がいるのかすらこころあたりはないね」

ジョンはいった。

「相手も判らず戦争しているのかい？」

男はいった。

「今までの戦争で、本当に相手が判っていたことはあったかね。第二次大戦でイギリスはどこと戦ったのだ。ドイツ軍か？　ドイツ人か？　ナチか？　ヒトラーか？　それとも日独伊三国同盟か？　ヴェトナム戦争でアメリカはどこと戦った？　ベトコンか？　北ベトナムか？　中国か？　ソ連か？」

ジョンがいうと、男はもうたくさんとばかりに両手を上げた。

「君たちはそんなことばかりいっていて、少しも平和への努力をしないのだ」

「平和への努力などする気はないわ。平和への努力っていうのは戦わないことよ。でも、私たちは戦っているのよ」

ピートがいった。

「あんたは平和を説得しにきたのか？」

ジョンがいった。

「いや、私の用は昨夜の爆発の調査だ。核を使ったとすればこの戦争がエスカレートする可能性がある」

「世界大戦に？」

ピートはいった。男は頷いた。

「そんなに簡単に世界大戦になるのなら、もっと早く使えばよかったのに」

ジョンがいった。男は不満げに彼を見上げて念をおした。

「本当に使った連中にこころあたりはないんですな」

「残念ながらね」

ジョンはいった。

「でも」

ピートがいった。男とジョンは同時にピートをみた。

「ジャガーがいってたわ。破壊軍団だって」

ジョンはピートをにらみつけた。男はゆっくり顔をほころばせてピートに歩み寄った。

「ジャガー・松井か？　では君達は第三解放同盟だな」

ピートはジョンに向かって「大丈夫よ」というと、男に向き直り、「そうよ。いつも国連さんにはお世話になってるわね」といった。

「松井はどこにいるんだ？」

男がいう。

「死んだわ」

「嘘だろう」

「そうよ。私達は嘘しかいわないわ」

「とにかく君達の一人が調停委員会に出席してくれ。そうしないと食糧と救援を打ち切る」

「国連は権力行使のために救援活動をしているの？」

「そう思うのは勝手だ。我々の活動のために行使できる力はこれだけなのだ」

「いいわ、私が行くわ」

「君は？」

「ピートよ」

「ピート・ランペット救護指揮官か？」

「そうよ」

「よかろう」

男はそういってヘリコプターの方向へ下っていった。ピートはジョンと二、三言葉をかわしてから後を追った。男が服を着ている間にピートはヘリコプターの近くまできていた。丁度前方から、一人の男が国連員に連れられてやってきたところである。

「あれは？」

ピートがいうと、

「たぶん青年戦闘隊のものだ」

服を着終えた男がいった。

委員会には破壊軍団が欠席していた。ピートと同じように呼び出された軍の代表は十六人を数えていた。その中にはピートの知った人物もいた。

委員長の国連事務官は実直そうな黒人だった。彼は国連による調査の結果、フリーランドに於いて核兵器が使われたこと、それを使ったのが破壊軍団であると思えることを述べた。

「破壊軍団が使ったという証拠は？」

戦闘急進派の代表がいった。

「まず、現場の遺品に中国、日本、東アジア連邦などの武器が多く残されていたこと、死亡者の革命的共産主義連盟以外の者の所属が判明しないこと、革命的共産主義連盟が以前から破壊軍団らしき集団に狙われていて、おそらく当日も破壊軍団と戦闘していたらしいこと、破壊軍団以外の判明している限りの軍が核兵器の使用を否定していること、などです」

「革命的共産主義連盟が使ったかも知れない」

文化戦線の代表がいった。

「我々は被害者だ。我々の軍は核兵器によって三百名の死亡者を出した。しかし相手、おそらく破壊軍団と思うが、死亡者が僅か十数名だ。加害者が数十倍の死亡者を出すかね」

革命的共産主義連盟代表がいった。

「破壊軍団は、国連の力でもつかまえることができなかったの？」

ピートがいう。

「その通り、破壊軍団なるものの存在は、国連当局としても未確認でありまして、本当に存在すると断定できません。むろん破壊軍団という名も便宜上のものです」

書記官が答えた。

「連中は食糧などをどうして手に入れているのだろう?」

ピートのかつての友人、共同闘争隊のポクがいった。

「食糧は国連から特定の集団にあてたもの以外に、数か所に配置したものがあり、また市内には保存食がまだみつかるはずです。むしろ、彼等に武器を与えているのが誰かが問題でしょう」

書記官がいった。しかし、全ての軍はこの問題にふれる気はなかった。全ての軍がどこかから援助を受けており、それは極秘になっていたからだ。

「国連では内偵してるんじゃないの?」

ピートがいった。

「武器が大部分、中国、日本、東アジア連邦製だというようなことは判っています。しかし、これらアジア国は軍需品の輸出に熱心で、単に武器を売っているだけかも知れません。金は別のところから出ていると考えられるのです。むろん中国、日本、東アジア連邦の三国は援助、輸出ともに否定しています」

委員長がいった。次の発言者がないまま、互いに顔を見合わせていた。

「破壊軍団って、一体何者だ?」

共同闘争隊のポクがいった。


その日の会議ののち、ピートはポクとともに議場を出た。

「よく生きていたな」

ポクがいった。

「死にかけたわ。私の横にいたジャガーが死んだのよ」

「ジャガーなら知っている。あの野郎のおかげで共同闘争隊が分裂したんだ」

二人は道路を横断して公園に入った。昨日までいたフリーランドとは別世界の平和な都市に、二人ともまごついていた。

「ジャガーがいなくても分裂していたわ。そういう状況だったのよ」

「第三解放同盟の連中は、みんなそんな年寄りじみた、さとったような口をきくのだな。ジャガーもそうだった」

ピートは立ち売りのポップコーンを買って、一つをポクに手渡した。ポクはポップコーンの袋を破り、付近にまき散らした。鳩の群れがそれをみて、一斉に二人の周囲に集まる。

「このやろう！」

ポクはその鳩の群れを追い払った。しかし、追い払っても追い払っても何度も鳩は集まってきた。

ピートはあきれ顔でポクをみながら、一人で先に進んだ。ポクはそのピートを追って駈けてきた。

「破壊軍団と戦ったことあるの？」

ピートは尋ねた。

「ない。たぶんないだろう。君は？」

「私達は一度戦ったわ。たぶんね。ジャガーが破壊軍団だっていっていた。レーザーを使っていたわ」

「レーザーぐらい我々も持っている。レーザーのおかげで我々は勝ち続けている」

「何度ぐらい戦ったの？」

「十三回だ」

「私達は一度だけよ。情勢がこじれても、殆ど戦わないで済ませてきているわ。でも破壊軍団の時だけは別だった。連中は有無をいわせずに戦闘しかけてきたのよ」

ピートは噴水の前で立ちどまった。ポクはそのピートの顔をじっとみつめて、急に彼女を抱きしめた。

「だめよ。ホテルへ行きましょう」

ピートはいった。


長い愛撫の間、ピートは眼を見開いていた。二人の汗がシーツをすっかり湿らせていたが、二人の間には乾いた空気が漂っていた。

「どうしたんだ？」

ポクは何度も聞いた。ピートは「なんでもないわ」といって、形だけの愛撫を返した。ポクは顔だちがよく、透明な黒い眼が美しい。ピートにとって、それは可愛い人形のようなものだった。

「ジャガーが――」

ピートはいった。ボクはピートの乳房から手を離した。

「ジャガーが破壊軍団にこだわっていた理由が判ったわ」

ボクは黙ってピートの身体から離れると、ピートの横に仰むけに寝ころんだ。

「君はまた、我々がなぜ戦っているのかっていうのだろう」

ボクは投げすてるようにいった。

「いつだって、みんなそれを考えているわ。その疑問のために戦っているのよ」

「自然にこうなったんだ。こうなったから戦っているんだ。そうじゃないかい」

「私達はそうよ。あの街、遠京は世界の矛盾と理想が集まって、それらが全て勝利をめざして戦わねばならなくなったからよ。でも、破壊軍団はちがうわ。彼等の理想は少なくとも私達には判らないわ」

「同じさ。我々からみれば別の連中の理論などでたらめだ。君たちの第三解放もそうだ。単にあのアルファポリスの混乱を持続させるためとしか思えない」

「第三解放はその通りかもしれないわ。でも、私達からみれば、あなたたちは単に闘争のヘゲモニーをにぎろうとしているだけよ。それも単に遠京の問題を解決するだけのためにね。世界的な視野に欠けているのよ」

「そうじゃない。第一、遠京などというのはよせ！　アルファポリスといわなくても良いから、国連で使っているフリーランドを使え。なぜ遠京などというのだ」

「ジャガーがいってたわ」

「彼だって日本系のくせに！」

「あなたは中国に対する反感しかないの？　ジャガーはちがったわ」

「ジャガーか！　やつはアジアの裏切り者だ」

ポクは立ち上がった。ピートは寝ころんだままタバコに火をつけた。

「いつも同じね。いってもしかたがないわ」

ピートはいう。

「その通りだ。結局戦わなければならないんだ。君とも殺し合う時があるだろう」

ポクはベッドから離れてソファに腰を降ろした。

「そうね。でも、破壊軍団はなにか全くちがうもののような気がするわ」

「君も破壊軍団に入ればいいんだ」

「ジャガーが生きていたら、そうしたかも知れないわ」

「またジャガーか、もういいさ。俺は帰るよ」

ポクは急いで服を着た。

「シャワーを使ったら？」

ピートはいった。

「それは君達の習慣かね。一番紳士的な第三解放は、戦闘ののちにシャワーを使うのだろう」

ポクはそういうと、上衣を持ったまま出ていった。

フリーランドは、もともと多くの人種の集まった大都市であった。華僑と日本人が経済的な実権をにぎり、白人が政治的な力を持っていたが、それらは住民のうちの僅かでしかなかった。インド人、東南アジア人、アラブ人、黒人などの数は白人、中国人、日本人の全ての十倍以上であった。それら住民の不満が革命への力となった。白人は中国人と日本人によって政治権力の座を追われようとしていたので、革命軍に協力し、中国人と日本人による資本の会社を国有化しようとした。一方、中国人、日本人は革命軍を利用して白人の政権を奪い取ろうとした。たちまち革命軍は分裂し、内乱と化した。最初は幾つもの革命軍の間に、利害関係とナショナリズムによる明解な図式があった。

経済的には中国、日本、イスラエル、ドイツ、ソ連、アメリカなどが夫々一つの集団に対して援助していた。民族的にはアラブ、インド、中国、白人、黒人らが夫々一つの民族意識のもとに集まっていた。この時代に調停に入った国連は、極めて常識的な判断を下し、フリーランドの住民投票によって全てを解決しようとした。大きな損失を受けた大国は一応手を引いたが、フリーランド新政権がこの複雑な都市を完全に中立に治めることができず、様々な不満が生まれたのを契機に再び様々な集団に援助をし始めた。様々な民族間に協定が生まれ、複雑な構成の中で、様々な理論をかかげながら、多くの革命軍が生まれていった。

共同闘争隊は、最も大きな集団だった。アジア・アフリカ諸国人が、まず西洋の勢力を追い出して、アジア・アフリカの協力関係の拠点としてフリーランドを解放しようと呼びかけた。

しかし、この集団の力が増すとともに分裂が始まった。日本・中国を除くアジア・アフリカの協力関係をめざす集団、ピートの属する第三解放同盟のように、白人をも含めた、全ての人間の平等な解放をめざす集団、更に戦術的にも、国家機構のありかたに関しても分派が生まれた。単に戦略的に結びつく集団もあれば、主導権争いで分裂する集団もあった。それら各集団は、独自の世界的な理想をうちたてて世界の人々に呼びかけた。各地から若者たちが自主的にフリーランドに集まってきた。ある人々は観光団として、ある人々は取材団として、ある人々は密航で、ある人々は飛行機や船を乗っ取ってフリーランドにやってきた。彼等はフリーランドの問題を人類の問題として考え、夫々の理想を各集団に持ち込んだ。そして、正に、フリーランドこそ、全世界の全ての思想の闘争の場となったのである。住民は大部分死亡するか、国連によって救出されていた。フリーランドと、その周辺地帯は、単に戦争のためにだけ存在していた。その地帯に大きな水爆を二つも落とせば、完全にフリーランドは無人地帯となっただろう。しかし、核保有国がそうすることは、あり得ない。なぜなら、フリーランドの戦争に勝っても何も得ることができないからだ。産業に関してフリーランドは生産も消費もできない状態になっている。領土を戦勝国が得るということはまずない。国際的な威信を得ることもまずないだろう。それどころか、核を使ったということを百年以上も攻撃の口実にされるのである。

むろん、核以外の干渉はあった。ただ、それもフリーランドを平定する前に、自国内での動乱を呼ぶだけだった。干渉国は常に三日も経たない間に引きあげていった。

フリーランドに於ける主な戦争はこの頃までにおこなわれた。それ以後は各集団の戦略的なかけひきだけがおこなわれ、小さな撃ち合い以外の衝突はなくなっていた。

ピートはその頃、アルゼンチンからのハイジャック機で十数人の同志とともにフリーランドへやってきた。一度共同闘争隊に参加し、そこでポクと知り合ったが、丁度第三解放同盟が共同闘争隊から分かれたばかりで、両者の間で討議がおこなわれていた。ピートはその会に出席すると、帰りには第三解放の一員となっていた。

共同闘争隊はその後も分裂を続け、その度に分裂集団と戦ってきた。従ってその頃からの戦歴では共同闘争隊だけが多く、他の集団は殆ど戦争をしないまま、作戦活動ばかりを続けたのである。

共同闘争隊の力が弱くなった時、各集団には戦うべき敵はなくなっていた。どこかの軍が強くなって、フリーランドを支配しようとすれば、そこが敵となるのだが、どこも支配できるだけの力はなく、各集団は独力で活動できないまま孤立していた。もし、どこかが独力で動き出せば、各軍は全てその集団をたたきつぶしにかかるだろう。どこかの集団が別の集団と協定を結んでも、その集団は全フリーランドの軍と戦わねばならないだろう。だからいかなる集団も動けなかった。

戦闘が凍結したまま一年以上の時間が経った。フリーランドに平和をと呼びかけてフリーピース連合が生まれた。彼等は武装せずにフリーランドの街中をデモ行進して廻るだけであった。更に何の集団にも属さず、ただフリーランドの街中にごろごろしている若者たちの数も増えてきた。初期の戦争時代に発足した国連からの食糧援助は、その後も打ち切る理由がないため、ずっと続いていた。だから働かなくても食っていけるという理由だけで、世界中から若者が集まってきたのである。

世界でただ一つの戦場であるフリーランドは、最も平和な、のどかな街に変わっていった。しかし、多くの軍には、それが不満であった。彼等は戦闘の相手を求めていた。そんなところへ彗星の如く破壊軍団が出現したのだ。

国連の調停委員会は結論を出した。

破壊軍団は全てのフリーランド市民、全ての国にとって敵であり、フリーランドの全ての軍は破壊軍団の壊滅のために戦う。国連軍はそのために出動しないが、間接的に経済的なバックアップをする——と。

この結論は調停委員会で満場一致の可決をみた。議論を呼んだのは国連軍を派遣するか否かの問題であったが、破壊軍団の全滅後、国連軍によって引き続きフリーランドが支配されるおそれがあったので、多くの軍は反対し、結局、フリーランドの現在の軍によって破壊軍団と戦争することになった。

全ての軍の代表は喜色満面で退場していった。ようやく戦うべき敵が生まれたのである。

ピートは会場の出口でボクに呼びとめられた。

「少しの間、君と共闘できそうだな」

ボクがいった。

「少しの間かどうか知らないわ」

「破壊軍団を買いかぶるんだな」

「もちろんよ」

「しかし、すぐに君にも真実が判るよ」

「真実なんて、永久に判らないわ」

「相変わらず年寄りじみたことをいうな」

「年寄りじみているんじゃないわ。私、もしかしたらこの共闘を裏切るかも知れないわよ」

「破壊軍団に入るのか？」

「さあね。私にはあなたの考えていることが判るわ。この共闘によって共同闘争隊の指導力が再現し、うまくいけばかつての共同闘争隊が再編成されると思っているんでしょう」

ポクはいつか顔をこわばらせ、ピートをみつめていた。

「俺がそんなに嫌いなのになぜ俺と寝たんだ」

ポクはいった。

「私は誰とでも寝る女なのよ。今日はあのまじめそうな委員長と寝ようかな」

ピートは会場から出てきた黒人の調停委員長をみながらいった。ポクはしばらく彼女をみつめていたが、やがて黙って歩き始めた。調停委員長がピートに話しかけたからである。

「第三解放のピートさんでしたね」

委員長はいった。ピートは彼の全身を眺めて、いまポクにいったことを実行する気になっていた。議長席にいたときにはいかにも実直そうでそれに相応しい身体つきのようにみえたが、眼前でみるとスポーツ選手のように逞しく、自分の考えることの全てに大きな自信を抱いているような強い意志を肉体で表現していた。

「我々の同盟に加わりたいとおっしゃるのなら、ワシントン広場で募集しています」

ピートはいった。

「それは御親切にありがとうございます。よく考えた上でその気になればワシントン広場へまいりましょう」

委員長はいった。

「あなたのような腕力のありそうな人は大歓迎ですわ」

「腕力はあまり自信がありませんな。いつもジャガー・松井に敗けてましたからね」

委員長はいった。ピートは一瞬ジャガー・松井という名の人物を思い出そうとした。

「ジャガー？」

あまりにもその名にこだわっていたため、委員長の口から出た言葉と、自分の中のジャガーとが結びつかなかったのだ。

「ええ、ジャガーとは学生時代の親友でした。彼は僅か二年で大学をやめてしまったのに、私は十年間も大学にいましたがね」

「でも、年は随分違うようね」

「そうです、彼は私より八つ年下です。私の学んだ最後の大学に、彼はハイスクールを出て入学してきたところでした」

「あなたはジャガーの兄貴分ってわけ?」

「ちがいます。彼が兄貴分で、私は彼からいろんなことを教えてもらったのです。ジャガーは天才でした。特にメキシコ文化に関しては全ての学者が知っていることで彼が知らないことはない程でした。しかもその知識の全てを体系化し、理論として認識していたものです」

「私の知っているジャガーはそうではなかったわ。理論など無視して感覚で一つの結論を下し、それに対して何の説明もしないのよ。更に付け加えるなれば、腕力の方は全くだめだったわ」

「おそらく、彼は私の知っている時代からずっと進歩したのでしょう。腕力は使わないだけでしょうし、あなたが感覚と呼んだものは、彼にとって理論が瞬間的な判断になったからだと思います」

「面白い話ね、ゆっくり聞かせてもらいたいわ。それにジャガーの本当の腕力も知りたいしね」

ピートはそういいながら彼の腕をにぎった。


ホテルのピートの部屋に入ると、委員長はアタッシュケースから磁気探知器を取り出した。

「私は用心深い性質で、どうも失礼します。ただ、私の立場で特定の軍の幹部と接触したことが知られると困りますので」

「ばかねえ、盗聴しようと思えば磁気など使わなくてもできるわ。撮影機だってあるかも知れないじゃないの?」

「しかし、そこまで大げさにしないでしょう。あるとすれば盗聴器です」

そういいながら、ていねいに部屋の隅々まで調べて廻った。

「さあ、早く謙遜なさる腕力の方をみせて下さいな」

ピートはそういいながらデニムの軍服を脱ぎ、下着を取ると横向きにベッドに寝ころんだ。

委員長は探知器を収めると、ゆっくり服を脱いだ。ピートはタバコを出して火をつけた。

「一本いかが?」

ピートがさし出すと、委員長はシャツのボタンをはずしながら口をつき出した。ピートがタバコをくわえさせてやり、火をつけた。そのとたん彼は大きな叫び声を立てた。

「これは!」

「大きな声ね。マリファナに決まってるじゃないの!」

ピートはカーペットの上に転がったマリファナタバコをもう一度手渡した。

「だめだ、私はこんなもの吸わない」

「そう、じゃいいわ。大声あげて人を呼ぶわ」

「脅迫する気か!」

「もちろんよ。私を誰と思っているの?　私は戦争をしているのよ」

「わかった。吸うよ」

彼はマリファナタバコを口にして、二、三度大げさな身振りで吸ってみせた。ピートはそれをじっとみつめていた。そして納得したかのように、自分も陶酔にひたっていった。

二人は旅に出た。真夏の空白の世界へ。やがて様々な光が二人の頭脳の世界地図を書き変えていた。

ジャガー、ジャガー、ジャガー、ジャガー、ジャガー、ジャガー、ジャガー、ジャガー、ジャガー、ジャガーがいる。

ジョン、ジョンは私の名だ。私はクロチャン、オールドブラックジョン！　ピート・ランペットは火星の住人、ジャガーは天才だ。

ジャガーは死んでないわ
私はジャガーと寝たことがあるんだ、わっはっは！

私もジャガーと寝たわ！

ジャガー、みろよ！　私の血管の中にはアンクル・トムの血が流れているよ。アンクル・トム、ポーギイ、キング、ジョンだ。私には呪術が使える。ンダコ・グボヤ、ヤモ、ニヤイ、ポコニ、ケケ、カニョブ、ジャガー、ジャガー、ジャガー、ジャガー、はっはっは、俺がジャガーを殺してやったんだ。

はかいぐんらんばんらい。ンダコ・グボヤ、ヤモ、ニヤイ、ポコニ、ケケ、カニョブ、ジャラー、ジャラー、ジャロー、ピーロ、ロン、ルーシー、
おい、血らぜ！

めるらしくないわ。みれごらん、ほら、血が流れるわ。殺しちゃう。

ははは、殺しらうんらっれ。殺しちゃえ、殺しらえ、ジャラーなんら殺しらえ、ひっひっ

ひっひっ。

さあ、ジャラーにあいにいくんやんれ。

とんれったらかんたんやなあ。

とんれこ、こんれこ。

ひらおよぎでとぶんやんれ。

バラフライダド、あるはれたひに～

オーノー、イタ公キライヤンレ、フォスター、ラララン、ラララン、オールドブラックジョン。

まちがえないで、そこはお尻よ。

これれいいんら、ジャラーとはこうやったんら、えへへへ、いいわ、あんらえっちやね。ン

ダコ・グボヤ、ヤモ、ニヤイ、ポコニ、ケケ、カニョブ、ジャラー、ジャラー、

ジャラー

ジャラー、お前れもフリーランロを統一できらっかっらんか。

「統一なんかする気はない。俺は遠京を混乱させたかったのだ」

なぜ、そんらことしらの？

「世界中を混乱させるためだ。世界がフリーランドにならなければならないんだ。理想が戦う場にならなければならないんだ」

あんらの理想ってなんら。

「常に理想を求めていることが理想だ」

ひとがつぎつぎ殺されるんられ。

「人が死ななければ人口過剰になるだけだ。それに平和な時代には、死んでなくても、本当に生きてる人間もいない。むしろ平和な時代でも人は死ぬ。生きるということは、単にタンパク質が活動している状態をいうのではない。何かを求めて、戦っていることが生きていることだ」

ジャラー、はかいぐんらんについてなにか知ってれるの？

「判らない。私には判らないのだ。破壊軍団は私にも謎だ」

ジャラー、ジャラー、ろこへいくんら？

ピーロ、とんれいろ、ジャラーをおいかけるんら。

くろらん、ジャラーよ、ジャラーよ、あんらえっちやね。

ンダコ・グボヤ、ヤモ、ニヤイ、ポコニ、ケケ、カニョブ、ジャラー、ジャロー、ジャラー、ンダコ・グボヤ、ヤモ、ニヤイ、

ジャラー

ピートとブラック・ジョンはフリーランドの解放広場にいた。広場には若者が寝ころんで本を読んだり、語り合ったり、眠ったりしている。軍服姿の者も、ボロ衣をまとった者も、全裸の者もいる。金髪も、まき毛も、白人も黒人もいる。中央ではロックバンドがはげしい音を空いっぱいにたたきつけていた。

空は快晴であった。

「どうしてこんなことになったのだ。ジャガーか！　あんな奴どうでもいい、私は調停委員長なのだ」

「ちがうわ、何度もいわせないで。あなたはブラック・ジョンよ。ほら、あのボンゴをたたいている男、あの男と同じでしょう。あのボンゴの音が判るでしょう、ンダコ・グボヤ、よ」

「ヤモ、ニヤイ、ポコニ、ケケ、カニョブか！　どうしてこんな変な言葉を知っているのだろう」

「あなたの身体の中にその言葉があったのよ。あなたはめざめたのよ。さあ、ジャガーに会いに行くのよ」

「ジャガーは死んだのだろう」

「生きているわ。だって私達ジャガーをみたじゃない」

「あれはマリファナによって、私達の中のジャガーが、私達の意識の中に現われただけだ。ジャガーは死んでいる」

「ちがうわ。私達の中に生きているってことは生きているのよ。タンパク質活動をしていなくても、ジャガーは生きているのよ。国連調停委員長のあなたが死んでいて、いま、この遠京へきて生き返ったのと同じよ」

「私は帰る。今まであなたにだまされていたのだ。マリファナのおかげで私は狂っていたのだ」

「ちがう、あなたはマリファナによって正常になったのよ。ごらん、この黒い手を！　この黒い手は白人から借りた文明を使って、同じ黒い手をたたきつぶすためにあるの？」

ピートはいった。ブラック・ジョンは黒い両手で顔をおおった。

「判らない。私には判らない！」

「もうだめよ。あなたは三日間失踪しているのよ。あなたはマリファナを吸って、第三解放の女闘士と寝たのよ」

「ああ、あなたの顔をみて、ジャガーのことなど思い出さなければよかった。思い出しても、そんな話をしなければよかったのだ」

「さあ、行くのよ」

ピートはそういってブラック・ジョンの手をひいた。広場の片隅で眠りこけていた男が薄目を開けてピートをみると、急に驚いたように立ち上がった。

「ピート・ランペット！」

「そうよ。帰ってきたわ」

ピートはいった。

「丁度いい、ジョンが近くにいる」

「ジョン・ヨハンが？」

広場を抜けて、かつて地下鉄入口であった階段を下ると、そこにジョン・ヨハンがヒッピーに変装して寝ころんでいた。

「こんなところで何してるの？」

ピートがいった。

「帰ってくるのが遅いと思ったら、また男をたらしこんでいたんだな」

ジョン・ヨハンがいった。

「その通りよ、こちら国連調停委員長閣下ジョンよ。そしてこちらもジョン」

「これはこれは。本物のジョン閣下ですか。お会いできて光栄です」

「私の方は光栄でないね。私はジャガーに会いにきたのだ」

ブラック・ジョンがいった。

「ジャガーの死体はみつかった?」

ピートはブラック・ジョンの言葉に付け加えるようにいった。

「さあね。国連が捜してるんじゃないのかい?」

ジョン・ヨハンはブラック・ジョンを眺めていった。

「ところで、あなたはこんなところで何をしているの?」

ピートはもう一度最初の質問をくり返した。

「レオナルドが会議に出ている。つまらない会議だ。内容は君も知っているだろう。俺はつまらないから出てきたんだ」

ジョン・ヨハンがいった。

「破壊軍団壊滅のための作戦会議ね」

「そうだ」

「どうもあなた好みのやつね」

ピートはブラック・ジョンにいう。

「今度の共闘でこのフリーランドの軍の全ての戦力が判ってしまうな」

ブラック・ジョンは頷きながらいった。

ジョン・ヨハンはようやく立ち上がり、二人を案内して階段を昇っていった。

広場の近くのビルで会議はおこなわれていた。この広場の近くは特に中立地帯と決められていたわけではないが、いかなる軍も破壊しなかったために国連からの補給や、都市への出入りに使われ、そうしたことのために結果的には中立地帯となっていた。電気もあり、水もあった。会議室も国連なみとはいかないまでも、戦場らしくない立派なものであった。

調停委員長がこの会場に登場したことで、会議は混乱した。しかし、混乱は別の事件により更に大きくなった。

突然大音響とともに会場のビルが崩れてきたのである。

「破壊軍団だ!」

ピートは真先に会場を飛び出した。広場に黒煙が立ち昇り、そこにいた若者たちが血まみれで逃げ出してくる。ビルの一つが炎上していた。火の粉とコンクリート、ガラスなどの破片、鋼材、土けむり、それらが上空から次々と舞い降りてくる。宙空で舞っていたものが落下し始めると急にスピードを増し、地面に突きささった。

ピートは、少し前に地下鉄入口を知っていたことを感謝した。地下道への入口は混雑していたが、勢いに押されて次々と奥へ入り込んでいった。

闇の中で、ピートは地上の混乱の音を聞いていた。それはやがて治まった。

ピートが第三解放同盟の基地に戻った時、傷を負ったジョン・ヨハンと無事なレオナルドがすでに戻っていた。しかし、ブラック・ジョンの姿はなく、レオナルドもジョン・ヨハンも彼の行方は判らないといった。

第三解放同盟の基地はフリーランド西方の旧山の手地区にあり、周囲は鉄骨の高層住宅と、まだ僅かに緑の残されている高級住宅地だった。高層住宅や大きな邸宅の間に地下道が掘られ、ゲリラ活動に適した砦となっている。

邸宅の一つに付随したガレージが、第五指令室になっていたが、そこで作戦会議が開かれた。

議題1　調停委員会報告及び、ピート・ランペットに対する査問

ピート「調停委員会の内容に関しては、私より先にこちらへ報告が入っているようなので、あまりいうことはないわ。ただ、私は破壊軍団と戦うための共闘に反対よ」

アプクック「議事録には出てないが、君は共闘に関して反対意見を述べたのか?」

ピート「いいえ、反対する根拠があいまいだったし私が反対したのちにこちらから賛成されると困るだろうと思って」

ボンチェック「それは賢明だった。我々は共闘に賛成することに決めたからね」

アプクック「それで、反対意見に対する根拠は今でもあいまいなのか?」

ピート「ええ、私には破壊軍団が何か判らないので、破壊軍団を壊滅させることにも、はっきりした根拠がないわ」

ジョン・ヨハン「次に、ピート・ランペットの数々の軽率な行為についてだが、まず報告が遅れた理由は?」
ピート「ニューヨークで遊んでいたからよ」
ボンチェック「成程、明快な答えだ。次に移ろう」

議題2 対破壊軍団作戦行動について

ヨシオ・モハメッド「重要な点は、破壊軍団が全く姿をみせず、一瞬の攻撃ののちに退却してしまうことです。従って我々は常に攻撃を待ち受けていて……」
ピート「待って!」
ボンチェック「ヨシオの発言中だ。後にしたまえ」
ピート「でも、議題1がまだ片づいてないわ」
ジョン・ヨハン「まだ付け加えることがあるのか?」
ピート「付け加えることではないわ。結論よ!」
ボンチェック「結論などいらない」
ピート「でも、私は破壊軍団と戦うことに対しては反対よ」
ボンチェック「君が反対しても、他の全員が賛成だ」
ピート「ジャガーがいたら反対するわ!」
ボンチェック「ジャガーは死んだ」
ピート「そうね。ジャガーが死んで、この第三解放のテーゼも大きく変わったのね。でも、どうして私をみんなでかばうの？　勝手気ままなことしかしない私をなぜ除名しないの？　私が辞めるのを待っているの？」
ボンチェック「君が辞める理由はない。君は優れた理論家だし、優れた指揮官だ。我々は君を信じている。君の反対意見を我々は充分参考にさせてもらっている」
ピート「権力者になるのが恐いのね。ジャガーが生きていたら、実権を行使するのがジャガーだったから、あなたは単に名誉職についていただけでよかったのよ」
ボンチェック「君はジャガーを買いかぶっている」
ピート「そうじゃないわ。あなたたちみんなジャガーを尊敬していたのよ。ジャガーを尊敬しながら、ジャガーにコンプレックスを持っていたのよ。だからジャガーのことに触れたがらないのよ。私に対してもそうよ。私がジャガーと最も親しかったから、私に対して当らず障らずですませようとしているのよ。はっきりいって、第三解放はジャガーの理論集団よ。ジャガーが死んだら解散すべきよ」
ボンチェック「君は興奮しすぎている」
ピート「その通りよ。あなたたちにいえないのなら、私がいってやるわ。ピート・ランペットを第三解放同盟から除名するってね」
ピートは基地を飛び出したものの行くあてはなかった。しかし、行くべき目標はあった。その一つは破壊軍団であり、もう一つはブラック・ジョンを捜すことだ。そして更に一つ、ジャガーの死体を捜すことも付け加えるべきであろう。もし、ジャガーが死んでいたらの話である。おそらくブラック・ジョンもジャガーの屍を捜しているだろう。彼にもそれ以外にこのフリーランドですることはないからだ。しかし、ジャガーがもし生きていて、二人が出会っていたら、彼らは破壊軍団を捜しているはずだ。

結局彼女の求めるものは二つだった。ジャガーが生きているか、死んでいるかによってその方向は決まる。彼女は、もちろんジャガーが生きている方に賭けた。

しかし、国連と、このフリーランドの全ての軍が捜してみつからない破壊軍団を、彼女一人でみつけ得るのだろうか?

街には全く灯がなかったが、全天に星が輝き、廃墟の遠京を白く照らしていた。ピートはゆっくり歩いていった。バリケードを越えて、両側に瓦礫の積み上げられた道を、どこへ行くともなく歩き続けた。

破壊軍団はピートにも共闘軍にもみつからなかった。共闘軍はフリーランドの外から完全に街をとり囲み、街の中心部へ向かって進軍したが、その間いかなる軍とも出合わなかった。

破壊軍団は存在しないという説が生まれた。これまで破壊軍団と戦闘していたと思われていたのは、全てどこかの軍団間の衝突で、核を使ったのも共闘軍のどこかだというのである。

しかし、この説にはつじつまの合わないところが多かった。全ての軍の過去の行動を調べると、確かに共闘軍以外の軍が存在しているはずなのだ。

ともかく、破壊軍団に対する共闘により、再びフリーランドに一つの集団による支配が始まった。各軍から一人ずつ議員を出し、それらによるフリーランド統一委員会が生まれ、ピートがいったように、共同闘争隊のポクがその委員長に選ばれた。ポクは合理的にフリーランドへの支配権をかためていったのである。

ピートは長く放浪し続けたのち、ようやくブラック・ジョンにめぐり会うことができた。

ブラック・ジョンはかつてジャガーが崩れかけのビルから転落した付近の、住宅の一つを原始時代の穴ぐらのようにして使っていた。ドアが取り払われた入口を抜けると、かつてダイニングキッチンであった場所の周囲に石が置かれ、その中央に奇妙な祭壇が設けられている。部屋の中央にはたき火をする炉がある。そして、炉の横に、鳥の羽根を頭にかざったブラック・ジョンが寝ていた。

「ジョン!」

ピートは叫んだ。

ジョンは首だけを動かしてピートをみた。

「ピート・ランペット!」

ジョンはいって、立ち上がった。

二人はゆっくりした動作だったが、しっかり抱き合った。そして長い口づけののち、炉の前に坐って、夢中でそれまで自分が何をしてきたかについて話した。二人とも大したことはしていなかったが、それにもかかわらず話すことはいっぱいあった。

ピートは破壊軍団を捜し求めて、街をさまよった毎日について、どこで何をみたかという細かいことまで話した。見知らぬ男たちに強姦されたこと、それらの男たちが破壊軍団に関係あるかと思って後を追ったこと、共闘軍の見知らぬ部隊に出合って浮浪者の一人として保護されかかったこと、破壊軍団をみつけることをあきらめて、ジョンを捜し始めたこと――など。ジョンもまた同じように彼の行動の全てを語った。

「私はとにかくジャガーの死体を捜した。みつからないことを期待しながら、君から聞いた通りこの付近の瓦礫の下を三日間捜し続けたんだ。もし、ジャガーが生きていれば、行動をともにしようと考えていた。しかし、ジャガーの死体がみつかれば、私はニューヨークへ戻ってありのままを話し、国連の何かの役に復帰させてもらおうと考えていた」

「それでジャガーの死体はみつからなかったのね」

「ちがう。ジャガーはコンクリートの破片に押しつぶされて死んでいた」

ブラック・ジョンはいった。ピートは意外なほどその言葉に自分が驚かなかったのを知った。彼女もむろん生きているとは思っていなかった。

「そうだったの」

ピートはいった。ジョンは頷いた。

「そうだった。私はジャガーの死体をみて逆にニューヨークへ戻る気がしなくなった。私にもジャガーが判ったのだ」

「あなたのジャガーに対するコンプレックスが消えたのよ」

「そういってもいいだろう。確かにその通りだ。そして、それだけでなく、私にはジャガーが判ったのだ」

「ええ、そうよ。確かにそうよ」

ピートは再びジョンにすがりついた。彼女の顔にはいつか涙があふれていた。二人は抱き合ったまま長い間動かなかった。ブラック・ジョンの胸はピートの意識の底にあった不安の全てを支えてくれた。やがて、ブラック・ジョンはゆっくり立ち上がった。

「君のためにとっておいたものがある」

ブラック・ジョンはそういって、祭壇の横の小さな箱から数本のタバコを取り出した。

「私達の素晴しいパーテイの何よりのごちそうね」

ピートはいった。

ブラック・ジョンは儀式めいた手つきで、そのタバコに火をつけて、一本をピートにさし出した。ピートはマリファナの香りを身体の奥深くまで吸い込んだ。

しかし、二人とも笑わなかった。言葉も行動も確かだった。ただ意識だけは、はっきりどこかへ旅をしていくのが判った。ジョンの部屋は美しく輝き始めた。周囲の空気が全ての花の香りをただよわせていた。

「ブラック・ジョン、愛してるわ」

ピートはいった。ジョンはゆっくり頷いた。満開の花々が、露にぬれて美しく輝いていた。風が花々を規則的に動かした。それに合わせてブラック・ジョンがボンゴをたたいた。ピートは踊った。遠くから、ボンゴの音に合わせて行進してくる人々の足音が伝わってきた。

「ごらん！」

ピートは叫んだ。

数千人と思える大きな軍団が、砂煙とともにピートたちの方向へ行進してくる。

「破壊軍団だ！」

ブラック・ジョンは叫んだ。

「そうよ！　そうよ！　破壊軍団よ！」

隊列が近づいてくると、ピートとジョンは手を振った。隊列は規則的に行進して、ピートたちの近くで停まった。

「元第三解放同盟救護指揮官ピート・ランペット、破壊軍団に志願いたします」

「元国連フリーランド問題調停委員長ジョン・ウ・ガンダ、通称ブラック・ジョン同じく志願いたします」

破壊軍団はその日、フリーランド統一軍を攻撃し、僅か三十分で全滅させた。そして、フリーランドを完全に解放し、いよいよフリーランドの外へ向かって進軍を始めたのである。

国家はいらない

Nie Potrzebujemy Państwa

ビルを建設中のリベットを打つ金属音がフリーランドの夜明けを伝えていた。八階から上が崩れた古いビルの上に朝の太陽とは思えないような巨大な赤い恒星が姿をみせ、空気が僅かな活動を始めたことを街路樹が示していた。太陽を背にビルの屋上から小銃を構えて市街を見降ろしていたローザは、頬を通りすぎていく快い風を感じて安心したように大きく深呼吸をした。眼下の路上を警官が一人、手持ちぶさたに警棒をもてあそびながら歩いていく。そして野良犬が一匹、やはり周囲をとりとめもなく眺めながら警官とすれ違っていった。

ローザは犬を狙って小銃を構えた。しばらく犬の命はローザに預けられていたが、曲り角にきた時、透明な音とともに銃弾がその犬の首を突き抜けた。犬は一声甲高く叫び声をたてただけでその場に崩れた。警官は振り返り、倒れた犬と、ビルの上のローザの姿を何度か眺め直したのち、再び警棒を廻しながら歩き始めた。

轟音とともに登場したF47－K戦闘機が一瞬の内に南へ飛び去ったが、間もなくどこからか戦闘機を追う赤いミサイルが出現し、やがて白い閃光がみえた後、それらは視界から消え去った。ローザはポケットからタバコを出して口にくわえた。突然街角をジープが勢いよく廻って近づいてきたので、思わず口からタバコを落とし、本能的に両手で銃をジープに向けていた。ジープに旗はなく、乗員は二名、二人とも汚れた茶色の戦闘服を着ていた。

「くたばれ！」

ローザは叫んで引き金を引いた。急に強い風が吹いてきて、ローザの長い髪を眼の上になびかせた。銃弾は一人の男に命中し、運転者を失ったジープは向かい側のビルの壁に片側の車輪を押し上げて横転した。しかし、ローザの長い髪がもう一人の男を撃つ時間を遅らせていた。男はジープから投げ出されると、素早く腰を浮かし、次の四つ角に走った。ローザの二発目の銃弾は男の走った跡のアスファルトを撃っていた。

「ちくしょう、うっかり帽子を忘れたな！」

彼女は髪をなで上げながら呟いて再び男を狙った。しかし、男はすでに角を曲って逃げのびていた。ローザはタバコをひろい上げ、ゆっくり火をつけた。ビルの下では倒れたジープがいつまでも車輪を廻し続けており、その横に上半身を血で染めた男が一人転がっていた。ローザは、それを眺めながら無感動にタバコの煙をはき出した。

遠くからサイレンの音が近づいてきて、パトロールカーが路上に姿を現わすと、倒れたジープの横で停止し、一人の警官が降りて血まみれの男に走り寄った。パトロールカーからもう一人の警官が顔を出すと、外の警官は振り返って首を振った。二人は話のあい間にビルの上のローザに眼をとめ、手を上げて降りてくるよう合図した。ローザはタバコの火を靴底で踏み消し、銃を背に廻して昇降口の方向に歩き出した。

通勤時間が始まり、路上にも数人の会社員が倒れたジープの近くに集まっていた。警官の一人は男の死体から手帳などを取り出し、パトロールカーの中の警官に手渡した。ローザがビル

から出てきた時、救急車が到着し、白衣の男たちが出てきたが、警官が手を振ると、

「え？　死んでるのか」

といって粗雑に担架を投げ出し、二人で男の肩と足を持ち上げて放り投げるように救急車に収めた。

警官はローザをパトロールカーに招き入れた。

警官はいった。

「相手の男は、戦闘青年同盟の幹部委員ですね」

「判ってるわ。だから撃ったのよ。私はＡＬＣの四五三番よ。これが認識票」

ローザは手帳を差し出した。警官は受け取り、丁寧に番号を控えた。

「使用武器は？」

「これよ。私達はR―12小銃って呼んでいるけれど」

彼女は銃を差し出した。警官は今度も銃のナンバーを手帳に控えた。

「あのビルの上からですね」

「そう」

「ジープに乗っていたのは一人だけですか？」

「もう一人いたけれど逃がしたわ」

「判りました。結構です」

警官は手帳と銃をローザに返した。ローザは再び銃を肩にかけて車から出た。

「今日はまだ大きな衝突があるんですか?」

警官が尋ねた。

「さあ、連中は復讐にくるかも知れないわね」

ローザは答えた。路上に群がった会社員の数はかなり増加していた。ローザが再び歩き出すと、彼等は道を開けた。太陽はかなり昇っていたが、まだ赤く鈍い光を放ち続けていた。


ルイスは戦闘機の轟音で眠りから覚めた。枕元の時計は七時を示している。彼はパジャマを脱ぎながら起き上がり、窓のカーテンと鉄製の引き戸を開いた。しかし、更にその外に硬質プラスチックの透明な壁があり、外気の流通は妨げられていた。ルイスはそのプラスチックをたたいてみたが、あまり音も出ず、弾力ある反応を感じることすらできなかった。

後方のドアが開き、母親が顔を出した。

「もう起きてたの?」

「いやだな、ノックしてくれよ」

「そうだったわ、ごめんなさい。食事ができてるのよ」

母親はいった。

ルイスは昨夜眠る前に読んでいた本にしおりを入れて閉じ、電気スタンドの小ランプを消し、ズボンをはいてスリッパをつっかけ、シャツを着ながら部屋を出た。ダイニングルームでは父親がすでに席についてテレビをみていた。

「おはよう」

ルイスはいった。

「おはよう」

父親が答えた。

「今日は戦闘があるの?」

「B地区に注意報が出ている」

「学校へは行けるね」

「大丈夫だろう」

ルイスもテーブルに向かってオートミールをすすり始めた。父親は最後の一口のコーヒーを飲み終えると大きく欠伸をした。

「はやく、ゆっくり街中を歩けるようにならないものですかね」

母親がルイスのコーヒーを入れながらいった。

「もうすぐだよ」

父親が答えた。

「今日も遅くなりますか?」

「うん」

「夕食は?」

「いいよ」

「軽いものでも用意しときますか？」

「それもいらない」

父親はそういってもう一度両手を拡げて欠伸をした。ルイスもコーヒーを飲み終えて立ち上がった。

「さあ、行こうか？」

父親がいった。

「うん」

ルイスはいった。

「気をつけてね」

母親がいった。

ルイスが戸口で待っていると、父親がガレージから自動車を廻してきた。自動車の停まる音を聞いてから、ルイスはドアを開いた。すぐ前に自動車の扉が開かれていて、ルイスが入ると、父親は自動車の、母親は家のドアを閉じた。庭には一か月前に手榴弾が飛び込んできた時の二メートル程度の穴がそのまま残っている。

自動車は動き出した。ルイスは窓の硬質プラスチックをたたいてみた。ルイスの部屋の窓のものと同じ感触であった。

街に入ると、小さなひとだかりに出合った。ひとだかりの中にパトロールカーと救急車があり、少し離れた路の端にジープが横転していた。救急車はサイレンをならさずにゆっくり動き出したところで、ひとだかりも解散しつつあった。そこから少し進むと、小銃を背にした一人の女兵士が歩いていた。ルイスは通り過ぎてからも振り返ってその女兵士をみた。長い髪を肩まで垂らし、半ば眼を伏せてゆっくり一歩一歩を蹴り出すようにして歩いていた。

「このあたりは警報が出ていなかったのに」

父親はいった。

「一人だけだったよ」

「そうらしいな。しかし学校から絶対に出てはだめだよ。帰り道も迎えに行くまで待ってるんだよ」

「うん」

ルイスは頷いて、もう一度振り返った。女兵士の姿はもうみえなかった。

「さあ、学校だ。気をつけるんだよ」

「うん」

自動車は鋼鉄の門の前に停まった。父親がホンを二度ならすと、小さな扉が開き、同時に自動車の扉も開いた。ルイスはすぐに車を降りて門の中に駈け込んだ。外に飛び出した一瞬、赤い巨大な太陽がみえた。

ＡＬＣの拠点の一つとなっている旧政府軍駐屯地は、およそ一キロ平方の廃墟であった。しかし、周辺には病院、中学校などの一般施設があり、そのため付近が広域爆撃に対する聖域を形成していた。大革命以来この地域がミサイル、空爆などに見舞われたことはなく、聖域はルールとして確立していた。

ローザはその地域に足を踏み入れると、まず最初のチェックポイントで三十秒立ちどまり、旧政府軍の建物でただ一つ残されている司令部ビルの入口の階段を昇ってそこでもう一度立ちどまった。ビルの中は完全な空洞で、中央に地下拠点へ下る階段だけがある。ローザはゆっくりその階段を降りていった。

「ローザ。珍しいな」

回廊に寝ころんでマリファナを吸っていた男がいった。

「レナートはいる？」

「司令室だ」

男は瞑想に入ったように眼を閉じた。ローザは地下の複雑な回廊を三ブロック進み、最も奥の司令室に到達した。

レナートはいつものように机いっぱいに地図を拡げ、そこにフリーランドの地理を書き込んでいた。地図の大部分は空白で、書き込まれた僅かな部分も何度も修正されている。ローザが入ってきても、それに気づく様子もなく、彼はH地区の道路の書き直しにかかっていた。

「あまり進まないのね」

ローザはいった。レナートは少しだけ眼を上げて彼女をみると、再び定規を手に計測上の点を地図上に作る努力にかかった。

「長い間どうしていたんだ？」

レナートはいった。

「いつもの通りよ」

「また人殺しかね」

「そうよ。あなたの地図作りと同じく、私の趣味ね」

「もう、あまりどの軍も殺し合わなくなっているのに」

「判ってるわ。でも私は殺し屋なの。ところで、今日戦闘機がやってきたけれど、どこからか判った？」

「どこからかは判らない。撃墜したのは国家連合だ。なけなしのミサイルを飛ばしたのさ」

「調停委員会での発言力のためにね」

「その通りだ」

「戦闘機については、本当に何も判らないの？」

「機種は日本製F47―K。北からきて南へ飛び去ろうとした」

「そのくらいのこと判ってるわ。日本からの短波は？」

「何もいっていない。日本製だから日本籍とは限らないし、国籍マークはつけていなかった」

「墜落地へは行ったの？」

「委員会が行った。ロナルドが参加しているはずだ」

「では今日は戦闘はないわね」

「たぶんないだろう」

レナートはようやく地図上の一点を定め、そこに向けて線を引いた。

「ばかね。地図なんかいくら書いてもすぐ変わってしまうわ」

「その通り、君もいくら人を殺しても、次々各派幹部は生まれるよ」

「そうね」

ローザはレナートの机を離れ、廊下へ出た。高さも幅もようやく一人の人間が通ることができる程度の小さな廊下は暗く、彼女がそこを歩くといつも闇という広大な空間に向かうことができた。闇の中を漂流するように歩いていくと彼女の部屋に行きつく。そこは第一狙撃隊の部屋だが、その隊の隊員はローザ隊長ただ一人であった。

小さな赤味がかったライトを灯けると、暗闇の空間から、小さな空洞が仕切られ、彼女だけの遮外空間が生まれた。中央のライトの下の壁には数十個の星マークが書き込まれてあり、ローザはこれに一つ星を書き込んだ。新しい星は隅に加わり、それで星の図形は四辺形を作った。彼女はかつてこの星を部屋全体に書き込んで、この部屋をプラネタリウムにしようと考えた。『人が死んだら星になる』という幼い寓話を話しながら、確かに人が死んで星になるという奇妙な現実性に笑ったものである。

ローザはベッドに横になると戦闘服を無造作に脱ぎすて、四辺形に並んだ星を眺めながら眠り込んだ。

ローザが眠りから覚めたのは、ロナルドの長い愛撫ののちだった。それも正しく眠りから覚めたとはいえず、彼女はその愛撫の快感だけを知覚していた。ロナルドは薄眼をあけたローザをみつめながら閉じたままの唇に強く接吻した。

「ロナルド？」

ローザは呟いた。ロナルドの手は彼女の股間をまさぐった。ローザは再び眼を閉じた。ロナルドはローザの長い髪を撫でながら温かい下半身の感触を楽しんだ。いつになく二人は快い肉体の充足感を得た。

「ああ」

ローザは叫んだ。ロナルドは黙って身をそらせた。

「ああ、終りだわ！」

ローザは叫んだ。ロナルドの身体は再び彼女の胸の上に落ちた。

「終りだわ」

ローザはもう一度、今度は嘆息しながら呟いた。ロナルドは黙っていた。

「そうでしょう。終ったのでしょう」

ローザがいった。

「協定が？」

「ええ」

「そうだ。国家ができる」

「何もかも決まったの？　何もかも終ったの？」

「三日前に決まった。戦闘は終りだ。ここにも新政府の建物ができるだろう」

「戦闘機は？　あれはどこからきたの？　あれは外部からの侵略ではないの？」

「侵略なら一機でやってこない。しかし、あの戦闘機は奇妙だ。一九九四年に飛び立ったものだ」

「一九九四年？」

「そうだ、大昔だ」

「どうして大昔なの？」

「今は少なくとも二十一世紀だから」

「あなたのカレンダーではそうなのね。でもカレンダーなんてあなたしか持ってないわ。少なくともこのフリーランドには時間なんかないのよ」

「それが君の考え方だ。しかし、もう終ったんだ、フリーランドはね」

「そして、国家時間が始まるわけね」

「そうだ」

「国家元首は？」

「民間人から選ばれた。たぶんクラスター氏だろう」

「その男を殺すわ」

「無理だね。民間人だからな」

「国家元首なら民間人ではないわ。それにそういうルールを作ったのも連中よ」

「そのルールによってフリーランドは完全に破壊されることなく現在まで続いてきたのだ」

「つまり実際には随分前からクラスター氏がここを支配していたのね。私達は戦っているだけで」

「そうでもない。クラスター氏は単に民間人の権利を代表していただけだ。彼には何の権力もない」

「権力というものにはいろいろな形があるわ。ルールと法律は、さほどちがったものではないのよ」

「しかし、ぼくはこのフリーランドの状態を理想的なものと思う。前衛と大衆の間のバランスがとれているんだ」

「結構ね。バランスとは！」

ローザは用の済んだロナルドの肉体を押し離しながらいった。

「まるで君は男のようだな」

ロナルドはいった。

「今さら何をいってるの」

「そうじゃない。君の性感覚は男のように終るんだなといったのだ」

「その通りね。私は殺し屋だからよ」

ローザはいった。

「ともかくフリーランドには平和がやってきたんだ」

ロナルドは起き上がり、ズボンを穿いた。

「終りね」

ローザはいった。そしてロナルドに背を向けると、毛布を被り直し、眠りの続きに向かった。

ロナルドはジャンパーを肩にかけ、静かにそこから退却した。

ローザはロナルドが出ていくまで、眠ったふりをしていたが、実際にはもう眠ることができなかった。彼女は赤いおだやかな光に閉ざされた室内を、焦点なくみつめていた。時間が逆戻りしているように、意識から最近のできごとが消えていく。かつて、今と同じような気持を味わったことがあった。

あれは何年前だったのだろう。フリーランドの戦争が、一度終結したことがあった。二つの政府と、その二つの政府を支持した二つの大国との間に、終戦協定というものが生まれた。二つの大国の軍は撤退し、二つの政府軍は一つになった。そしてフリーランドが短い平和を迎えたことがあった。しかし、実際にはこの終戦協定に参加していない二つの軍があった。そして、その二つの軍こそ真に戦争をしていた軍である。フリーランド解放戦線と、民族独立戦線、この二つのゲリラ軍がそれらである。ローザは幼い時代をフリーランド解放戦線の基地で過した。八歳の時から銃を持ち、十歳の時に早くもアメリカ軍のレインジャー部隊員を一人殺した。それ以来、射撃の名手として、多くの武勲を立ててきた。

ローザが十三歳の時、フリーランド終戦協定が生まれ、短い平和が訪れた。しかし、平和とは何だったのだろう。生まれたばかりの国家は何をしようとしたのだろう。国家は統一のために、それまで戦ってきた二つの理想を水に流し、権力による統制だけをおこなったのだ。フリーランドは二つの理想が戦う場から、一つの理想も存在しない土地へ堕ちていったのだ。国家は、いま合体して国家と呼ばれている二つの政権のために戦い続けてきたゲリラを裁き始めた。フリーランド解放戦線の一地区指導者であったローザの父も〝ゲリラ狩り〟によって銃殺された。ゲリラだけではない。〝ゲリラ狩り〟の名によって、一般労働者、農民、文化人、記者などの多くが理由もなく殺されていった。すべてが統一のため、秩序のため、つまり国家というものを築くためであった。

国家とは何と恐ろしいものだろう。平和とはこんなに恐ろしいものだったのか！

ローザは知った。再びゲリラは立ち上がった。民間人の多くはゲリラに味方をし、ゲリラは政府軍を倒すことができた。そして、それ以後、国家は生まれることなく、ゲリラは戦い続け、一般市民は産業を再建しながら今日に至った。ゲリラは細かく分派を生んでいき、殆ど戦闘意欲を失い、いつか非戦闘者との間のルールを持つようになって、戦中の繁栄の時代がやってきた。ゲリラの戦闘は交通事故のようにルールによって処理され、殆ど無意味なものとなった。この無意味な戦争を最終的に終らせようとしたのが、新しい終戦協定である。

おそらく、今度は〝ゲリラ狩り〟もないかも知れない。無理に政府権力を作り上げなくても、現在ある体制がスムーズに国家として成立するだろう。あるいは素晴しい平和がやってくるのかも知れない。

「だけど、私は殺し屋よ、国家なんかいらないわ！」

ローザは呟いた。

彼女は起き上がり、デニムの戦闘服を着ると、今度は帽子を忘れずに被った。銃は軽機関銃を選び、弾を二帯肩にかけた。ロナルドを覚えている下腹部が、まだ重く感じられたが、歩き出すといつものように身体が軽くなり、軽機関銃もライフルも変わらない程度に思えた。部屋を出る前に、もう一度時間を失っていた彼女の空間を眺めた。そこは長い間彼女を育て続けてきた世界である。彼女はいつもそこを出て、狩りをして戻ってきて眠ったのだ。そこは国家という時間の始まりとともに閉ざされる、あり得ざる空間であった。赤い光が、壁を豊かな褐色に変え、小さなベッドと、簡易椅子と本箱を悪魔礼拝の教会の小道具に仕立てている。

「さようなら、幼いローザ」

ローザはいった。そして暗闇の通路を抜けて外へ出た。外でも、赤い巨大な太陽が、戦闘最後の日を見送っていた。あの太陽が時間を止めていいてくれる――。

ローザは終戦協定のおこなわれている自由会館から、約五百メートル離れた廃墟に陣をとった。そこには間もなく新しいビルが再建される予定で、半分の整地が終って、建材が積まれていた。約三メートルの鋼材は、素晴しいバリケードになった。ローザは鋼材の上に登り、前方に小さな鉄柱を積み上げてバリケードを完全なものにした。

クラスター氏がいつ登場するか判らなかった。しかし、ローザにとって待つことは、決して苦痛ではなかった。彼女はいつもこうして待った。待つ時間が一時間のことも、一週間のこともあっただろう。ローザにとっては殆どその時間の判別はつかなかった。ローザは待つ間に様々なものをみることができた。鋼材をはっていくアリ、崩れたビルから突き出しているコンクリートの壁、上空の強い気流に流される雲、幹だけが三メートルばかり残された街路樹、歩道に転がっている自動車のバックミラー、焼け野原に新しく立てられたコカコーラと仁丹の広告塔、人が住みついているバスの廃車、新築の総プラスチック高層ビル、そして赤い太陽。太陽は間もなく沈もうとしていた。

薄闇にヘッドライトを輝かせた黒い自動車が一台走り去った。逆方向から自由戦闘団の旗をなびかせ、数人の団員を乗せたトラックが走ってきた。そして、完全に日が暮れた。クラスター氏の車については、ローザもよく知っていた。今朝、あるいは昨日、それとも二、三日前であったか、一人の少年とクラスター氏を乗せた車が彼女を追い越していったのをみている。夜でもおそらく識別できるだろう。ローザはこれまでに間違って、狙った人物以外の者を殺したことはなかった。内的な興奮が的確に標的を指示した。彼女自身その瞬間の奇妙な感情を理解しかねていた。それは単純な憎悪ではなかったと思う。多くの人物は彼女が個人的に憎む理由がなかったし、その人物の地位に対しても本気で怒りを感じたことはない。むしろ一度暗殺を計画し、狙った人物に対しては、いつかサディスティックな愛情が生まれてくるといった方が的確である。愛情は戦う人々の全てに対して感じていた。そしてこのフリーランドにも、世界にも！

ローザはロナルドのいった言葉を思い出した。〝君は男のようだな〟と。狙撃にオルガスムスを感じるのは男性的な性欲だといわれる。前方から明るいヘッドライトがやってくるのがみえた。なぜ男のようなのだろう。ローザは高ぶってくる感情を銃身の重みで支えた。なぜ男の性欲を持っているのだろうか？　それがクラスター氏の車であるとはっきり感じることができた。戦場で育ったから女性的感情を持つことができなかったのだろうか？　銃口の動きは車の進行に合っている。私は本当は中性なのだろうか？

「くたばれ！」

彼女の軽機関銃は痙攣しながら肩を刺激した。そうよ。私は殺し屋なのよ。殺人だけが私の性本能なのよ！

しかし、銃弾はクラスター氏の車の防弾ガラスにはね返された。ローザはそれでも撃ち続けた。弾の一つはタイヤに命中し、他の一つはラジエーターからエンジンに侵入した。急停車しながら車は廃墟の瓦礫に乗り上げて火を吹いた。クラスターは炎をみると急いで車を出ようとしてドアを開いた。ローザはその炎に向けて更に銃弾を撃ちまくった。

やがて、人々が駈けてきた。その中には各派の兵士もいた。ローザは銃を手に、鋼材から飛び降りて逃げ出した。

ルイスは父の死を無感動に聞いた。その意味がよく判らず、ただ父が死んだという事実だけを受け入れた。そして、父の死によって得た自由について、それ以上の感動を覚えることができた。

ルイスは父の死亡した次の日から、一人で歩いて学校へ行くことが許された。学校では先生や友人がつとめてルイスに対し、あたりさわりのない付き合いをしているのが判った。先生はこの問題について、「ようやくフリーランドに平和が訪れようとした時、それをさまたげようとする者がいることは許せない」といった。同じようなことを街の多くの人々がいっていた。しかし、ルイスにはよく判らなかった。平和とは何か、戦争とは何か、ルイスにとって、そのどちらもが大した意味を持っていなかった。彼は、生まれた時からずっと戦争の中に暮らしながら、一度も戦ったことはなく、一度も危険な目に合ったこともなかった。父は彼をずっと守ってくれた。窓の外や、自動車の外での撃ち合いは、彼にとって単なる街の情景であった。それらは常にルイスには外界でしかなかった。それらはあるがままにあり、それ以外のものではなかったのだ。ルイスにはそうした情景をあるいは好んでいたのかも知れない。しかし、特に好むといえるほど、他に比較するものを持っていなかった。父についても同様のことがいえる。彼は父を好いていた。しかし、それは他に比較されるものがないために、いかに好いていたとはいえないのだ。父の死を強い感傷とともに受け入れることができなかったのはそのためである。

ルイスには友人はいなかった。友人というものが許されなかったともいえるし、彼自身それを求めようとしたこともなかった。

それでも、ルイスには自由が楽しかった。自動車の外でみる風景は彼に解放感を与えていた。その日の帰り道、彼はいつもの道とは違った細い道を家の方向に歩いた。ビル街が切れると巨大な廃墟に出て、その廃墟にまた新しいビル街が建てられている。新しいビルはかなり頑丈に防備されており、路上には逃避用のマンホールが五メートル毎に設けられている。街は、強化プラスチックや不燃性プラスチックによって、戦争の破壊を克服しつつあった。人々も戦争から命を守る方法を覚えていた。この街は随分前から平和である。平和なこの街に、二重露出で戦争が映し出されているのだ。

ルイスの眼前には再び廃墟が現われた。比較的新しい戦闘地で、未だ整地も始められていない。崩れたビルは十メートルもの高さのコンクリート瓦礫の山を築き上げていた。ルイスはその山に登った。足元のコンクリートが何度か崩れ、手足をすりむいたが、それでもどうにか頂上にたどりついた。周囲には幾つかのビル街がプラスチック壁を輝かせており、その間に古いフリーランド、かつてハネービルと呼ばれた頃の街が残っていた。廃墟もまた奥深く続いており、遠く崩れかけたビルの一つに小さな青い旗がみえた。

ルイスは瓦礫の山を降り始めたが、転がった窓枠の中に小さな穴ができているのに気づき、そこへ降りた。中は狭く、ルイスが坐り込むと身動きができなくなった。彼は穴の底で瓦礫と同化することができた。

ポケットから小さなチョコレートケースを取り出し、ふたを開くと、中から長い間とっておいたマリファナタバコが出てきた。ルイスはいつものようにその香りを味わったのち、思い切って火をつけた。空の色が紫色に変わり、穴が大きく拡がった。そして、アリスがルイスを呼んでいた。

ローザはいつかＡＬＣの拠点に戻っていた。風がないため旧司令部ビルのＡＬＣの白い旗が垂れ下がっており、人影も見当たらずとても静かであった。ローザは正規の入口に出ずに、建物の周囲を廻って雑草の繁った広場に向かった。雑草は一メートルの高さまで伸び、付近を淡い緑色ののどかな光景に変えている。ローザは雑草地帯の最も奥まで進むと、そこで疲れた身体を休めることにした。銃と銃弾を置いたとたん、全身が重力を失って宙に浮いたように感じ、気がついた時には地面に倒れていた。そして意識を失うのにも時間はかからなかった。

何時間眠ったのか判らなかったが、ローザが眼を覚ました時、太陽が上空に白く強い光を放って輝いていた。彼女は起き上がり、銃と銃弾を持ち、ＡＬＣの拠点と反対の方向へ歩き始めた。雑草地帯を出ると広い通りを横断し、高架鉄道のガード下へ抜けた。ガード下はコンクリートのトンネルになっていて歩道が続いていたが、人影は少ない。ローザはそこをゆっくり歩いた。やがて、廃墟に建てられたプレハブの救援センターに出た。入口で少し思案したのち思い切ってローザは中に入った。

食料や日用品をカゴに入れ、受付で自分の背嚢に収めながら認識票を差し出すと、受付係の男は一瞬顔をこわばらせてローザの認識票を持って別の係官のところへ行った。ローザは急いで荷物をかかえ上げると走り出した。戸口を出た時、「待て！」と叫ぶ声が背後で聞えた。ローザはガード下を抜け、大通りを駅に向かった。一、二回銃声が聞えた。彼女はガードのコンクリート柱の陰に身を隠すと銃を持ち直し、追手に向けた。追ってくる男もガード下に隠れ、手だけ出して撃ってきた。ローザは再び走り、後方からの銃声を聞きながら古いビルの裏から廃墟へ出た。コンクリートの瓦礫の陰に身を隠そうとした時、肩に燃え上がるような熱いものを感じ、続いて痛みが全身を引き縮めた。それでもローザは身を伏せ、軽機関銃を追手に向けていた。追手はローザが倒れたのをみて安心していたのか無防備で、たちまちローザの銃撃を受けて倒れた。ローザは銃を置いたまま肩に手をあててさらに逃げた。もう誰も追ってこなかったが、そのうち多くの兵士が駈けつけるはずである。ローザは肩から弾帯をはずして捨て、身を軽くした。しかし、肩に打ち寄せる血が、彼女の全身をはげしい動悸とともに駈けめぐっていた。彼女は瓦礫の陰に坐り込み、背嚢から薬をとり出そうとしたが、思うように手が動かなかった。照りつける太陽が血を煮沸しているように思えた。

ふと眼を上げると、前方の瓦礫の山の上に、一人の少年が立っていた。少年はローザをみながら、ゆっくり降りてきた。

「けがをしたのかい?」

少年はいった。

「この血をみれば判るだろう」

ローザはいった。

「手伝ってあげるよ」

少年はいって、ローザの背嚢を開いた。

「上衣をとって」

ローザはいった。少年は従順に、ローザの上衣のボタンをはずし、血に染まった肩からデニムをはいだ。弾は肩の肉をえぐっていたが、身体の中に入り込んでいなかった。

「大したことはないわね」

ローザは痛みをこらえながらいった。少年は無器用に傷を消毒すると、上衣をもう一度ずらせ、肩からわきに包帯をかけた。服をずらせた時に、ローザの乳房が出た。少年はできるだけそこから眼をさけていたが、包帯をかけ終った時、そっと触れていた。

「いいのよ。さわっても」

ローザはいった。少年は顔を赤くしながらもう一度両手で抱くようにして、頬をすりよせた。

「痛みを忘れることができるわ」

ローザはいいながら少年の背に手を廻した。

「いくつ？」

「十三歳」

「名前は？」

「ルイス・クラスター」

「クラスター？」

「そうです。父です」

少年はいった。

「クラスター氏を殺したのは私よ。つまり私はローザなのよ」

ローザはいった。ルイスは身を離し、改めてローザをみた。ローザは包帯の上に上衣をかけ直しながら立ち上がった。ルイスは混乱したような眼で、ローザを見守っていた。ローザも暫くそのまま動かなかった。

急に、少年は泣きだした。泣きながらローザの身にすがりついた。ローザは再び手をルイスの肩に置いた。

「お父さんが好きだったのね」

ローザはいった。少年はそれに答えようとせず、ローザの胸に顔を埋めて泣き続けた。ローザはルイスの肩を押し離しながらいった。

「私は行くわ。追手に囲まれてるのよ。あなたのお父さんを殺した犯罪者だから」

少年は頷いた。ローザが歩き出しても、ルイスは動こうとせず、じっとそこに立っていた。


街は新国家の成立を祝ってパレードをくり出していた。協定によって和解した各軍の兵士が、それぞれ軍旗を先頭に行進していく。街の人々は風船を飛ばし、紙吹雪を舞わせてそれを歓迎した。中央通りのアーチには、「祝革命」の華やかな蛍光文字が輝いている。兵士の行進に続いて、クラスター氏の写真を抱いた白髪の新国家主席がオープンカーで進んでいく。新国家主席は無表情に人々に手を振っていた。

ローザはひと気のないALC拠点に戻ってきた。レナートだけが司令室で、相変わらず地図の作成に熱中していた。

「まだ地図を作っているの?」

ローザが声をかけると、顔を上げ、さすがに驚いて叫んだ。

「ローザ!」

「お別れをいいにきたのよ」

「早く逃げなければだめだ」

「判ってるわ。みんなで〝ゲリラ狩り〟をするのね」

「連中はそう考えていない。君だけを犯罪者と思っている」

「国家側に立てば誰もがそうなるのよ。なにしろ国家には秩序が必要で、権力が必要だからよ。それに、これまでの戦闘の意味を、新しい敵を生むことですり代える必要もあるわ」

「ロナルドが政府軍の司令官になった。彼が最初の業績として君を捕えようとするだろう」

「ロナルドが？　ちくしょう。今度みかけたら殺してやるわ」

「やはり、クラスター氏を殺しても無駄だっただろう」

「そうね。でも、判っていたわ。新国家主席はどうなの？」

「要するに官僚だな。最悪だ。クラスター氏の方がずっといい。クラスターでなければ協定はまとまらなかっただろう。クラスターは優れた政治技術者だ。しかも権力に対する欲もないし、ひもつきでもない」

「つまり、私がクラスター氏を殺したことを非難しているのね。でも、どのみちクラスター体制は長く続かなかったと思うわ。秩序のある時代になると、急に強くなる連中がいるものよ」

「おそらく君のいうことが正しいのだろう。新国家主席はクラスターを追い出すのに時間をかけなかっただろうと思う。しかし、私も少しばかりだが、よい時代というものに期待していたのだ」

「判らないでもないわ。それで、これからあなたはどうするの?」

「まだ考えていない。君に地図をあげるよ。もう戦略地図など必要ではないからね」

「いらないわ。地図などあると、私は道に迷うのよ」

「それは残念だ。ともかく、君は逃げることができるだけでも幸せだ。私には追手すらやってこない」

レナートはそういって製図ペンを置き、椅子に深く坐り直した。

「さようなら、レナート」

ローザはいった。

「さようなら」

レナートは口だけを動かして答え、そのまま眼を閉じた。

ローザは自分の部屋をのぞいてみた。赤い小さな電球に変えて、白い明るい電球がつけられ、室内は荒らされていた。そこはすでにローザの部屋ではなかった。

ローザは武器庫から拳銃を取り出し、少し大きいデニムの上衣に着換えた。食料は充分取ってきたので補給しなくてもよかった。

車庫にはジープ二台とトラック一台が残されていた。ローザはジープに乗り、地下道を登って車道口の偽装扉を開くと、アクセルをいっぱいに踏んで勢いよく外に飛び出した。二、三十メートル進んだ時、自動装置の銃撃が襲ってきたが、勝手の判った基地だけに脱出は容易であった。

明るい陽光が街の隅々まで充たされていた。新築ビルの原色の輝き、街並の華やかなイルミネーション、開かれたショウウインドウ、街は急速に平和を迎え入れていた。

ローザは何度か追跡してくるジープをみた。その度に複雑に廻り道をして追手を振り切った。やがて郊外へ出る頃には追跡者はいなくなっていた。ハイウエーでは検問がおこなわれている可能性があるので、ローザは小道を選んで走った。行方は決めていた。

北！

しかし北に目的地があるわけではなかった。ただ北の方向へ向かうということだけを決めていたのだ。


ルイスは家に戻ると母親から厳しく咎めを受けた。ルイスが帰ってきて母親に叱られることは殆ど日課になっていた。母親はルイスの服についた血を発見した。

「どうしたの？　けがをしたの？」

母親はいった。ルイスは質問にだけ答えて首を振った。

「では、どうしたの？」母親はいった。

「女の兵士に会ったんだ。お父さんを殺した人だった」

ルイスはいった。母親は驚きのため、しばらく声が出ず、じっとルイスの顔をみつめていた。

そして急に泣きだした。ルイスは母親の近くから離れ、ゆっくり自分の部屋へ向かった。母親が父の死後、家の中を清潔にすることに極度に気をつかい、そのため壁や柱はみがきたてられ、家の中全体が白く空疎な光で充たされていた。母親はルイスの名を呼んでいた。しかし、ルイスは振り向こうともせず、自分の部屋に入った。室内もまた母によって完璧な清掃がゆきとどいていた。ルイスがベッドに寝ころぶと彼を追ってきた母親がドアを開いた。

「服を脱ぎなさい。すぐに洗濯しますからね」

母親はいった。ルイスは動こうとせず、小さく、「いやだ」といった。そしてもう一度、今度ははっきりいった。

「いやだ」

母親はルイスの手をとって、無理に脱がせようとした。しかし、すでにルイスの力が強くなっていた。母親は再び泣き始め、泣きながら部屋を出ていった。ルイスは机の上に母親が飾った父の写真をみた。彼はベッドの下に手を伸ばし、拳銃の模型を取ると、父の写真に狙いを定めた。

外にはブラスバンドの音が近づいていた。拳銃を置いてルイスは窓に近寄った。新国家主席のパレードが彼の家の前にかかろうとしていた。曲が行進曲から〈英雄讃歌〉に変わり、ルイスの家の周囲を各軍の兵士が取り囲んだ。新国家主席のオープンカーが着くと、行進は停止し、兵士たちは脱帽した。白髪の国家主席は静かに車を降り、ゆっくりルイスの家の庭へ入った。ルイスの母は大げさな身振りで国家主席を迎え、普段着のままであることを気にかけている様子を示していた。国家主席は振り返り、兵士や人々に向けて大声で演説を始めた。テレビカメラが国家主席とクラスター夫人をとらえていた。

クラスター夫人は折をみて家に入り、大声でルイスを呼んだ。

「ルイス。お前も顔をおみせなさい。国家主席がいらっしゃったのですよ。わざわざここまでパレードして下さったのですよ」

母親はいいながらルイスの部屋まできた。

「いやだ」ルイスはいった。


ローザは広い麦畑の中をジープで走っていた。麦畑は視界一面に拡がり、風を受けて白い穂の波を生んでいた。ジープは快くはずみながら走り、ローザの長い髪も風に流された。付近には戦火の跡はみられず、麦はまるで自然に生い繁ったように密度をもって荒々しく育っていた。ジープが走った後には数メートルの土煙が立ち昇っていた。

道端にスクーターを停めて休んでいる若い農夫がいた。ローザはスクーターに並べてジープを停めた。

「ここはどこなの?」

ローザはいった。若い農夫は紙まきタバコを指先で空中に飛ばして捨て去り、ローザの顔を見上げた。

「ごらんの通りだ。麦畑だよ」

「ご名答ね。でも地名もあるでしょう」

「あるだろうな」

「フリーランドからきたのよ。どのくらい走ったかしら」

「さあね。人によりけりだろう。何年もかかってここにくることもできるし、一時間でくる人もいる」

「親切な答ね。よく判ったわ」

「百姓をしたいのかね」

「ちがうわ。私は狩人よ」

「それなら森か山へ行くべきだ」

「その通りね。でも、私はフリーランドで狩りをしていたのよ」

「では、戻ればいい」

「ところが、フリーランドは狩猟禁止になってしまったの。今は逃げてきたところなのよ。密猟したため追われているってわけ」

「どこまで逃げるんだ？」

「北へ」

「ここが北だ」

「もっと北へ行くのよ」

「もう北はない」

「ない？　ではここが名高い北極点なの？」

「ちがう。ここには氷はない。ここは別の北だ。地球の極点としての北ではなく、概念としての北なのだ」

「つまり、ここはいきどまり？　ではここで百姓をしなければならないの？」

「それは自由だ。しかし、ここでは狩りをする気など起こらないだろう」

農夫はいった。

農夫は名もファーマーといった。生まれながらの農夫らしく、都会人にはない知的な顔立ちをしており、動作もさりげなくて卑俗なところがなかった。彼はローザの意志を確かめず、それでいて強制をするでもなく、いとも日常的な習慣ででもあるかのように、自分のスクーターをジープに積み込み、運転席に坐るとローザに乗るよう促した。ファーマーはローザを馬小屋のある小さな農家に案内した。農家の付近には同様の家屋が集まっていて、小さなコミュニティが栄えていた。


ファーマーは毎朝作物の世話に出かけ、ローザはもっぱら馬で麦畑の中を走り廻った。そこでの生活はとりとめもなく平和で、ローザにとってよき休日となった。フリーランドでの緊張した毎日から解放され、彼女は生まれて初めて自分の過去も未来も忘れた楽天的な日を送った。風が麦畑をざわめかせると、ローザは馬に乗って風を追った。トラクターに乗ったファーマーに出合うと大声で叫び、笑った。時にはチキンフライとパンとワインをファーマーに届け、二人で大声で話しながら昼食をした。

しかし、馬を走らせていくと、急に眼前にフリーランドの廃墟が開けることもあった。そんな時、ローザは馬から転落して小川に落ち込んだこともある。青空の中央に白く輝く太陽も彼女を悩ませた。それは彼女にはとても眩しかった。

夜はファーマーの小さなベッドに抱き合って寝た。ファーマーは時折彼女を求め、いとも自然に愛の生活を作った。はげしくはなかったが、それなりに充実した夜だった。それでもファーマーが彼女を愛するのは単に彼が子供を欲しがっているだけであるとローザは思った。

「私には子供ができないのよ」

ローザはいった。ファーマーはじっとローザをみつめながら彼女の肩をなでていた。

「私は根っからの殺し屋なのよ。人を殺して自分もいつかはのたれ死ぬ、そういう種族なの」

「そう思い込んでいるだけだ」

ファーマーはローザの顔をのぞき込むようにいった。

「その通りよ。でも思い込むことがすべてでしょう。他に自分の存在を証明できることがあるの?」

「なにも思い込まないこともできる」

「そうしたわ」

ローザはファーマーの接吻から逃れるように身をよじっていった。

「私は自分で人生を創ろうと思ったことはないわ。たぶんあなたも同じでしょう。でもあなたはファーマーという名を継ぎ、私には父がローザという名をつけたのよ。むろん父はポーランド人よ。父が幼い頃ワルシャワでどういう生活をしたのか私は知らないわ。私はローザ・ルクセンブルグについて何も知らないわ。私はワルシャワゲットーについて何も知らないわ。私はそれらを知ろうとしたこともないわ。私がポーランドについて知っていることはレムの小説とカヴァレロヴィッチの映画ぐらいよ。私は自分でローザになろうと思ったこともないし、ローザになることを拒絶したこともないのよ。でも私は今のローザになったのよ。なぜか判る?」

「そういうことはいかに判ったと思っても本当に判ったとはいえないだろう」

「その通りよ。いつか自分というものができてしまったら、その自分の意志を認めなければならないの。私は本当の女ではないわ。でも女となることより、いまのローザであることが自然なのよ。それが本当の私なのよ」

「百姓をしてみるのも、自分の一面を発見できる方法かも知れない」

「してみるのもいいわ。でも、判っているの。私はあの麦畑のざわめきが怖いのよ」

「平和が?　死のない世界が?　血のない世界がかい?」

「その通りよ。私は毎日せきたてられているの。次の戦場へ向かって!」

「子供が欲しくないのかい?」

「欲しいわ。でもどのみち私たちは滅亡していく種族なのよ。生き続けることが怖いの。生きようという本能だけでなく、殺したり死んだりしようとする本能も現代人にはあるのよ。特に私には!」

ファーマーは裸のまま立ち上がり、ベッドの上の小窓を開いた。窓の中央に月が輝いていた。ファーマーはもう一度ローザの横に寝たが、二人ともずっとその月を眺めて黙っていた。

ルイスは毎日街中を歩いた。大通りには日々人通りが多くなり、原色のプラスチックビルは更に輝きを増した。彼は街裏の壊れた乳母車に至るまで、フリーランドのありとあらゆるものに注意をはらった。以前には小さな穴が開いていた塀が、或る日にはすっかり直されて白くみがかれていた。フリーランドは急速に傷を癒していった。厚化粧をするように、ペンキをぬりたくるように、ゲリラの街フリーランドは繁栄の都市に生まれ変わっていた。

しかし——ルイスは考えた。人々の心の中はどうなのだろう？ こんな方法で内意識まで変えることができるのだろうか？ 協定前のフリーランドも確かに少しずつ平和を迎えていった。それでも、どこかで誰かが戦っているということが救いであったのではないだろうか？ もし、人々が戦いの結着を求めていたとしても、それがこんな結末であったはずはない。むしろ結着を求めてはいても、その結着が絶対に訪れないものだということを知っていたはずだ。いま、このフリーランドのどこに、かつての戦いの意味を求めることができるのだろうか？

ルイスはかつて父がローザに暗殺されたという街角に出ていた。歩道の片隅に小さなプラスチックの記念碑が立てられている。

ジョン・クラスター初代国家主席、この地にて凶弾に倒れる。

記念碑の横には高層ビルが建ち、プラスチックの透明な壁がそびえている。道路には街路樹が華やかな緑色の繁みをどこまでも続かせ、その間をトラックや乗用車が行き交っている。美

しい都市フリーランド、最も近代的な都市フリーランド。

再びローザはジープに乗って北へ進んだ。ファーマーは数人の仲間たちと村の中央の芝生に坐って話していた。

「さようなら、ファーマー」

ローザは近くをジープで通った時に大声でいった。ファーマーは立ち上がって、「どこへ行くんだ?」といった。

「北よ」

ローザは叫んだ。

「では、すぐ戻ってくるさ」

ファーマーは予言した。

麦畑が終ると道も途切れ、なだらかな坂が山中に続いていた。ローザは木の陰や岩の下に野宿しながら山を登った。闊葉樹の林から、笹や大きな草の混った原始林に変わっていた。やがて上り坂が終ると赤土の露出した崖に出た。谷は深く、その向こうにも尾根が続いていた。ようやく降りることが可能な沢を発見し、途中から生まれた小川にそって、滝をずぶぬれになって下り、更に深い原始林に向かった。地面にはかなり大きなけものの足跡をみかけることもあった。再び尾根に登り、崩れた岩石の沢を下っていくと小道があった。小道は小さな池に続いており、池の縁に半ば土に埋もれた白骨死体があった。死体はヘルメットと軍靴を身につけ、銃を持っていた。死体の眼の窪みは、彼女が下ってきた尾根の方に向いており、歯はくいしばったようにきつく合っていた。

ローザは道にそって更に進んだ。高齢の針葉樹林が続き、峠を越えてまた下っていくと小さな山小屋があった。小屋の中には僅かな小枝と藁屑が落ちていただけである。

山小屋からなだらかな道が谷川にそって続いており、道は少しずつ幅を拡げながら下っていた。道を塞いで一台の乗用車が停まっていた。車のドアは開いたがエンジンはかからなかった。おそらく白骨死体の男が乗り捨てたものだろう。後部シートには新聞紙に包まれたコーラの空瓶があった。新聞紙の日付けは一九九一年で、ほぼローザの父が殺された頃のものだった。

ローザは再び歩き始めた。広くなった道は舗装道路に変わったが、コンクリートには亀裂が走っており、永く人の通った形跡はなかった。人家もあったが全く荒れ果てたままで、平野一面に雑草地が拡がっていた。焼け跡のガソリンスタンド、爆破された商店、コンクリートビルの残骸、折れ曲った鋼鉄のアーチ、屋根の落ちた家屋、倒れた自動車、それらの点在する道路の裏を澄みきった水の小川が流れ、小石をなでるせせらぎの音だけが一面を支配していた。ローザは河原へ降り、水を飲んで顔を洗った。

「やっぱりファーマーのいった通りなのね」

ローザは呟いた。フリーランドの北は、ファーマーの農場で終っていたのだ。そして彼女が更に北へ進んだため、この土地は単につじつまを合わせるためにだけ存在していた。それは彼女自身の失った世界を示すものでしかなかった。おそらくここはローザランドと名付けられるべきだろう。

「私には行くところなんかないのよ、フリーランド以外には」

ローザは小石をひろって力いっぱい投げた。小石は青空に小さく消えていき、やがて遠い草むらに落下した。その方向にコンクリートの建物がみえた。


そこは金網に囲まれた古い軍事基地であった。基地にも人影はなく、白い建物だけが太古の遺跡のように陽光を受けて輝いていた。前庭の芝生は三十センチにも伸び、まるで緑の水面に建物が浮いているようだった。

なぜかローザはその基地を見知っていた。フリーランドのどこの基地とも異なっており、また、かつて彼女がいたいかなる基地でもなかったが、以前からここへやってくることを予知していたかのように隅々までなじみがあった。その奇妙な感覚は、すでにこの平野に入り込んだ時から始まっていた。最初はいともあいまいなものであったが、ローザが基地に入った時、はっきりそこがローザの意識の中にある情景と完全に照合することが判った。

ローザは迷わず滑走路を歩いていき、やがて端にある小さな格納庫へ入った。そこにはF47K戦闘機が、それだけをとってつけたような完全な状態で残されていた。むろん、それはとってつけた存在であり、単にローザを待ち受けるためにそこにあったのだ。ローザはそれに乗ることを拒絶することはできなかった。彼女はいわば夢の中にいるように全ての行為が選択のきかないものとなっていた。彼女はファーマーの農場からさらに北へ、存在しないはずの北へ向かった時、自分の無意識世界の中へ入ってきたのである。おそらく池の縁の死体は、銃殺されたはずの彼女の父を表現するものだったのだろう。いつかF47─K戦闘機は滑走路を加速していた。彼女の眼前に青空だけが開けた。

ファーマーのいったことで、一つだけ間違っていたことがある。ローザがすぐに戻ってくると考えたことだ。しかし、ローザはF47─K機に乗ってフリーランドへ向かっていた。その結末ははっきりしていた。

「私らしい死に方ね。ローザらしい、男のような死に方よ」

ローザはいった。F47─K機はローザの意識のオルガスムスから射精されたように、フリーランドという胎内に突入していった。赤い、巨大な、まるで死滅寸前のような太陽が東に姿をみせ、眼下にはローザの生きたフリーランドが鮮やかな原色の光景を展開した。ローザは安心感と虚無感が一気に自分を包んでいくのを感じた。フリーランド上空をいつか通りすぎ、それとともに赤いミサイルが機を追ってきた。

「たぶん、私はファーマーの農場で暮らすこともできたでしょう。私にだって子供ぐらい生めるわ。でも、私のこの夢の世界をごらん。これが私を許してくれないのよ。フリーランドが私を生み、私はフリーランドとともに死ぬのよ。そして、フリーランドの終りとともに、私の世界も終ったのよ。これですべてが終りだわ！」

ローザは大声で叫んだ。白い閃光が彼女を包んだ。

しかし、ローザがいったようにすべてが終りではなかった。フリーランドに再び赤い太陽が昇った日、十数人の若い狙撃隊が、残された僅かな廃墟に陣どって国家主席の車を待ち受けていた。狙撃隊には成長したルイス・クラスターも加わっていた。ルイスは鋼鉄のバリケードから銃を構え、周囲にそびえ立ったプラスチックビルを通じて失われたフリーランドを凝視していた。そこにはかつてルイスがみてきたフリーランドと、未来のフリーランドが入り混りながら現在形で展開されており、コンクリートの瓦礫や、溶解したプラスチックの鍾乳石のような造型、一面の草原、そして更にそののちに建てられるであろう不可思議な建造物、それらが時間迷宮を生んで屈曲した空間をどこまでも続かせている。彼は、フリーランドの本当の姿をみようとしながら、いつか自分の中に蓄積された多様なフリーランドの景色から独自のフリーランドを築き上げていた。向かい側のビルの屋上から小さな光の合図が送られてくると、ルイスは銃を持つ手に力を加えた。黒塗りの乗用車が政府軍のジープに先導されて近づいてきた。ルイスは力いっぱい引き金を引いて叫んだ。

「くたばれ！」

一斉に四方から銃弾がジープと国家主席の乗用車に襲いかかり、続いて手榴弾が炸裂した。路上に黒煙を巻き上げながら赤い炎が立ち昇った。フリーランドに新しく燃え上がったゲリラの炎である。

ルイスは銃を腰に抱いて駈け出した。屈曲した空間のパノラマは視界一面に拡がりながら後方に走り去り、眼前に巨大な赤い太陽が映えた。その太陽にはローザの面影があった。

遠くでビルを建築するリベットを打つ金属音が響いていた。

土人形

Der Golem

戦争が始まるというので預金を全部降ろして缶詰や乾パン、ワイン、チョコレート、タバコなどを買い込み、荒物屋とスポーツ用品店でシャベルとピッケルを入手した。

私の家は一戸建ちだが、庭が狭いので防空壕を掘るのが容易ではない。ともかくその狭い庭を垂直に掘り下って、そこから建物の下に穴を拡げることにしたが、深く掘ってのちに小さな出入口から土を運び出すことと、その土の処理が極めて困難な作業となるはずだった。

私はその日から仕事にかかった。そして三時間ほど夢中で掘り続けると、少なくとも私の墓穴程度には使える大きさとなった。私はその穴を眺めて満足し、その夜はぐっすり眠ることができた。

次の日の朝刊によると、ゲリラ軍の数は更に増し、遂に軍隊が非常体制を敷いて本格的な戦争に備えようとしていた。私は早い間に買物を済ませようと考えて、その日もセメントや小型ポンプ、バッテリー、灯油などを買い集めた。買物が案外手間どって、結局その日は防空壕にかかることができなかった。

翌日になると、私の街でも学生たちが武装蜂起して警官たちに追われ、山岳方面へ逃げていくという事件が発生した。私は防空壕を掘り進め、縦穴を三メートルまで伸ばした。地下水の漏出が心配だったが街中で水脈が切断されているためか極めて僅かなもので、縦穴の底に水を溜めておけば殆どポンプを使う必要もない。横穴の底を縦穴の底より高くするので、横穴では僅かな湿気が残るだけだろう。

ゲリラ隊には外国からの支援部隊も加わっているとラジオは述べており、政府側も安保協定による駐留軍の出動を要請する可能性が生まれてきたようだ。確かに戦争は始まろうとしている。私は早く手をうってよかったと思った。私の防空壕では核戦争の放射能からは完全に身を守ることができないが、それでも核兵器と毒ガス以外の攻撃には充分耐えられるはずだ。核爆発があっても一次汚染からは逃れることができるので、その後に数年間は生き残ることができる。

縦穴を五メートル掘ると庭には土を置ききれなくなって居間に運び込み始めた。最初は室内に土を持ち込むことに抵抗もあったが、穴が立派になるにつれてさほど気にならなくなり、縦穴をセメントで固めて棚や電灯をつけると、むしろそこが自分の部屋であるという実感を得ることができた。

戦争は拡大し続け、山岳地帯はゲリラに占領されて、その地域に対する空爆が開始された。海でも第三国の武器輸送船と政府軍のフリゲート艦との間にトラブルが発生し、国内戦で終る可能性すらなくなっていた。すでに物価は高騰し、今では私が買った値の数倍で食料品が売られている。防空壕の必要性もようやく認められたようで、ラジオで掘り方の説明が述べられていた。

私は横穴にかかっており、ピッケルで土を砕いてシャベルでバケツに入れ、ロープで上から引き上げて土を居間に捨てるという作業をくり返した。最初の懸念通りやっかいな仕事であったが、私はそれを更に楽しく続けることができた。何よりも防空壕が私の労働に応じて完成に近づいていくことがとても快かったのだ。

縦穴の底には水が溜まってきたが、この水は水道が切れた時にはむしろ貴重なものとなる。私は縦穴の棚にポンプと濾過装置をとりつけ、試動させてコップに水を取って飲んでみた。確かに臭いはあるが、慣れれば飲めないこともないようだ。

ラジオは中部地方の山岳での激戦を伝えている。空襲と戦車砲撃によってゲリラ側は撤退したが、それらゲリラ部隊が別れ別れになって付近の地方都市に侵入し、市街戦や爆破活動が活発になった。ゲリラたちは忍耐強く、僅かな攻撃を有効に遂行した。一方海上や空中での戦争も単発的なものから全面的なものに拡大しつつあった。

横穴を五メートル奥へ掘って一方の壁をセメントで固め、そこに食料品などを持ち込むと、防空壕としての機能がほぼ整った。私は毎日そこに眠るようになり、穴を出るのは土を捨てたり、水を取りにいったりする時だけで、外出は三日に一度ぐらい近くの商店街へ野菜を買いに行く程度となっていた。それでもこの街はまだ平穏で爆破活動は殆どなく、人々の日常生活は持続しているようだ。

地下から運び出した土は完全に居間を埋めて台所にまで侵入している。それらは私の家の中にミニチュアの大地を積み上げたような奇妙な光景を生み、月面でのSFドラマでも撮影しているかのような安っぽい小世界を築きあげていた。バケツで運ばれた土は、丁度バケツの大きさの人間の頭のような土塊に盛り上がっていて、その無数の頭の中には偶然手や足に相当する崩れ土をつけた地蔵のような形状のものもあった。

私は更に横穴の作業を続け、幅を三メートルまで拡げると、奥の壁にもセメントを入れ、天井には何度も何度もそれを薄く塗り込んでいった。あとはもう一方の壁を作るだけで私の防空壕が完成するはずだ。

土を捨てに行くと、先日の地蔵のような形の土塊が更に人間の姿に似てきているようにみえた。以前は頭から手と足が伸びているだけであったように思ったのだが、その日にみると胸の部分にも土塊が入り込み、頭もバケツの底の形を失って丸くなっている。しかも、私はその場所の土には手を触れていないはずである。私はその人間の形が何かを暗示しているように思えて不愉快になり、バケツの土をその人間の形の土の上にたたきつけて崩してしまった。

次の日の朝に私が家に上がってみた時、今度ばかりは思わず声を出してしまうほど驚かざるを得ない光景に出合った。前の日に崩したはずの土人形が再び同じ場所に生まれており、それが前日より更に人の姿に近くなっていたのである。顔と呼ぶべき場所には鼻に似た突起があり、手の部分は指のような溝が生まれている。むろん人の手で作られたものではないが、いかにも土の中から人形が出てきたような奇妙な現実感を持っており、どこか動的なイメージを形成していた。私は穴に戻ってシャベルを持ち出し、夢中でそれをたたきつぶした。形を崩すだけでは気が済まず、その部分の土を他の場所へまき散らし、他のバケツ形の頭の群れまで全て崩していった。そうして平らな台地のようになった土を眺めるとさすがにばかばかしくなって急に興奮も治まってしまった。やはり土の山はただそれだけのものだ。その土の山に何かを観たとしても、それは土の山に原因があるのではなく、戦争におびえている私の内面の問題でしかないのである。そして私には防空壕がある。何も心配する必要はないのだ。

私は穴へ戻って最後の壁を作った。その仕事は全てを忘れさせ、夜になると疲れ切ってぐっすり眠ってしまった。

戦況には大きな変化はみられないが、遂にこの街にもゲリラ軍がやってきたようである。ゲリラは路上や公園で演説をして市民の協力を促していた。ゲリラの出現を知ってやってきた政府軍のトラックとの間に撃ち合いが始まることもあり、ゲリラが逃げてしまうこともある。市民の中にはゲリラをかくまう者もいて政府軍の兵士が付近の家屋を捜し廻ることもあった。

私の家にも三人の兵士が銃を持って入ってきた。家の中に積み上げられた土をみると、兵士たちは急に緊張して、私にホールド・アップを命じた。私は自分がゲリラではなく、ゲリラをかくまってもいないし、ゲリラのシンパでもないことを訴えた。兵士は土の山を指差して、それが何であるかを聞き、私が防空壕を掘ったのだと答えると、頷いて防空壕の入口へ向かった。一人の兵士が中に入って、間もなく戻ってくると「随分用意がいいな」といった。私が頷くと「これならゲリラを十人ぐらい養える」という。私はそれは誤解だといい、政府に対する忠誠を告げた。

「徴兵はまだなのか？」

兵士はいった。

「ええ、乙種ですから」

私が答えると、しばらく不満げに土の山に登ったり、台所を歩き廻ったりしたのち、ようやく兵士たちは去っていった。

私は防空壕に入った。ラジオの音楽をかけて奥の壁際に寝ころぶと急速に安堵感が充ちてくる。灰色の壁を照らす小さな照明がその小部屋を完全に外界から分離しているように思えた。

その夜、家の近くで銃撃戦があり、時折思い出したような鈍い音が私の穴の奥まで伝わってきた。やがてそれが連続した銃声に変わり、それも途切れると全ての結着がついたように静寂が戻ってきた。

朝になって穴を出て家に上がると、また土人形が生まれていた。今度はほぼ完全な人間の姿をしており、鼻だけではなく眼のくぼみ、口の黒い穴、そして腕や脚の筋肉まで見事に整った彫像となっている。だが私はもうそれにも慣れてしまったのかあまり気にもならず、どのみち崩してもまた生まれ変わるだけだなと考えながら放置しておいた。

その日は防空壕の入口のコンクリート蓋を作り、蓋の中央には二重の金網を張って通風孔とした。

ラジオによると、この街のゲリラ活動は更に激しくなっており、政府軍も第二次徴兵の一中隊を加えて補強されたようだ。市内のメインストリートにはバリケードが作られ、立入禁止地区や検問所が設けられた。私はそれらをまだ一度もみたことはなく、防空壕の奥にうずくまって過していた。暗闇の中で、私は至上の平安に包まれていた。

ある日、家に上がってみると、土人形は姿を変えており、それまでの棒立ちから半ば腰をかがめたような不安定な土像になっていた。身体には服と思えるものを着ていることを示すしわも生まれている。そして頭髪も眼も、かなり正確な形を創っており、今にも動き出して土人形の世界から飛び出そうとしているかのようだ。私は土人形の顔を指で突いたが、それは意外に固く、土というより鉄のような冷たい感触が皮膚に伝わった。それはもう全身で押してみてもシャベルを振り降ろしても崩れることはなかったのである。

次の日になると土人形の表面が変色し、顔には白いつやが生まれ、服には緑色の繊維質が構成された。それはゲリラの服装をしており、片手に小さなピストルを持っている。眼には透明な光があり、宙空の何かをじっとみつめていた。

私はその眼をみていると、その人形のおぼろげな顔付きに見覚えがあることを知った。それは、つまり、私自身の顔であったのだ。

私はその人形に対してもう一度シャベルの攻撃をかけ、次に金槌で力いっぱいたたいた。しかし私の腕に激しい反動が響いただけで人形は何の変化もみせず、虚空に向けた視線は私との間の全てのコミュニケーションを拒否していた。

私は逃げるように防空壕に戻った。そしてもう二度と出るまいと決心して闇の奥にうずくまった。暗闇が私の迷いを洗い流して安堵感のヴェールが私を包み込んでいた。私はラジオのスイッチを入れ、冬眠に入るように背を丸めて両脚を腕に抱いた。それからはラジオだけが乾いた言葉を吐き続け、私はその言葉の音波だけを無機的に受け続けていた。

やがて私の街が本格的に戦場となった。山岳から総攻撃をかけてきたゲリラ軍を、政府軍の大隊が迎えた。私の頭上で砲弾が飛び交い、周囲で手榴弾が爆発した。そしてこの街でのゲリラ軍の勝利とともに空爆が襲ってきた。防空壕の闇の四方から様々な轟音が響き、私は更に身を縮めて自分の巣の中に閉じ籠っていった。それが何日間続いたかわからない。

私は一度だけ防空壕の外に出てみたが、家は空襲を受けて焼きつくされ、灰に埋もれた居間の土の中のあの土人形の姿もすでになくなっていた。

そして私はもう一度防空壕に入り、ラジオの電池だけを取り換えて眠りについた。

戦争は更に続き、全土に炎と煙と閃光を拡大し、やがて休戦条約によって事実上のゲリラの勝利を迎えていった。

私は防空壕の平安の中で、あの土人形のことを考えていた。自分に似たゲリラの土人形——あれはなぜ出現し、何を示していたのだろうか？　それは私と似た存在でありながら全くとらえ難い何らかの重要な意味を持っていたもののように思えた。

だが、その疑問も、ただそれだけが永続的に続いていくものでしかなかった。私は防空壕を出るつもりはなかったし、廃墟と化したこの世界とはいかなるかかわりも持ちたいとは思わなかったからである。おそらく、あの土人形も自分に似た顔さえしていなければ、私の思念にこうした疑問を与えることはなかっただろう。

ラジオは更に喋り続けた。ゲリラは各地に戻っていき、そこで解放軍として熱烈な歓迎を受けていた。解放軍は戦災地の調査と整備を始めた。

私の家も解放軍によって取り片づけられ、盛り土の間からコンクリートの防空壕の入口が発見された。ゲリラの一人はバッテリー・ランプで中を照らしながら壕内に入り込んできた。縦穴を降り、大量の食品や機械を取り除くとランプの白い光の中にうずくまった奇妙な土人形を発見した。ゲリラはその土人形に近づいてみて、一瞬顔色を変えた。なぜか、その土人形の顔がゲリラ自身の顔とそっくりだったのである。

「どうしたんだ?」

壕の入口から仲間が呼びかけた。

「いや、何でもない」

私はいった。私はそんなところにうずくまった私に似た土人形を仲間にみられたくはなかった。私は銃身でその人形の顔を突き、次に全身を何度も何度もたたき続けた。土人形はもろく崩れ去り、やがてコンクリートの底に平凡な土盛りとなって残されただけである。

「罐詰がいっぱいあるぞ」

私は上で待っている仲間に告げた。そしてもう一度片隅に残された土をみた。なぜか、その土に親しみがあるように思えた。

革命狂詩曲

Rapsodia Revolucionaria

1

旅客機は嵐と戦いながら成層圏に昇り、全速力でアルビラ地方に向かって飛んだ。紫色の空が宇宙の虚無世界に解き放たれ、白い太陽は孤独に耐えているかのように煮えたっていた。薄い橙色の照明に閉ざされた機内の乗客は、タニアと白い軍服の将校だけで、その男は逆の窓のカーテンによりかかって離陸以来眠り続けたままである。

タニアは虚空に何かを捜し求めるように窓の外をみつめていた。沈み込んだ青色の海面をはうように小さな雲塊が群がり、地平線にはヴァーミリオンのもやが連なっている。タニアはヨーロッパでの生活が急速に去っていくのを知った。幼い時代のベルリン、少女時代のアムステルダムとバルセロナ、そしてミラノとパランツアでの二年間。そこでの乗馬やスキーやヨット、絵やハープシコード、そして詩——それらが今のタニアを育ててきたのである。アルプスの雪と地中海の太陽、古都の街並などのすべてが彼女の絵の舞台となり、彼女の肌に焼きつく濃厚な光となって長い年月に同化してきたのだ。タニアはヨーロッパそのものであった。

機がアルビラ連邦の首都チカノの上空にきて、着陸準備の翼手を出し、ジェット噴出を下に向けるともう一人の乗客が眼を覚ましてベルトを締めた。髭でどうにか将校らしい風貌を装ってはいるが、おそらく二十代か三十そこそこだろう。機が停止してタニアが乗降口へ向かっても、なぜかその将校は席を動こうとはしなかった。

空港ビルにも僅かな人影しかなく、巨大なガラス壁に面したロビーでは数人の東洋人が疲れたような眼をタニアに向けている。電光時計の下には灰色のスーツを着た男が退屈げに待っていた。

「マドモワゼル・タニアですか？」

男はいった。

「ええ、ムッシュ・イッフェですね」

タニアは片手で帽子の縁を僅かに上げた。男の浅黒い顔には奇妙な虚無感を持った黒い眼があった。男は歩き始め、タニアが重い荷物を持っていることにも全く関心を示そうとせず、白い円柱の並んだ回廊を早足で進んでいった。回廊を抜けると白い光の中に乗用車が停まっており、運転手席からは顔の小さなアルビラ人が、なぜか敵意を感じさせる視線をタニアに向けていた。

確かにここはヨーロッパではない、とタニアは思った。タニアはヨーロッパでずっとマドモワゼルとしての特権に甘えてきたので、若い男の無愛想な顔すら異常なもののように思えたのである。

「音楽マネージャーのホード君です。あなたのスケジュールに関しては彼に相談して下さい」

イッフェがいった。

車が走り始めると、イッフェはようやく僅かな笑顔を作り、とりつくろうように話した。

「疲れたでしょうね。今日はホテルでゆっくり休んで下さい。私への連絡は連邦行政庁でおこないます。私は連邦の文化行政全般を担当する一等行政官です。それから、このホード君もC14の登録ナンバーの同志です」

ホードは車を運転しながら振り返って、笑顔を作らずに頷いた。

チカノの街は太陽を乱反射する鏡のように白く輝いていた。全ての色彩は砂嵐に吸いとられて失われ、赤と緑の信号ランプだけが置き忘れられたように見慣れぬ光を放っていた。

ホテルでイッフェとともに降り、そのイッフェもタニアを部屋に案内すると、ここでの生活に必要な幾つかの知識と現金と一冊の本を手渡してすぐ退散していった。


タニアが自分の生命の目的を知ったのは、十歳になってアムステルダムのタンテ・ルースのもとに引き取られた時だった。ベルリンの厳格な高校教師の家庭からやさしいタンテ・ルースの家に移って生活が変わると、タニアはとても楽天的な日常を楽しむようになっていった。そんなタニアに、タンテ・ルースはタニアの父母のことを話したのである。タニアの父は現在フリーランドと呼ばれているこのアルビラ連邦の一州、ザコフグラッドで生まれた。ザコフグラッド地区はアルビラ連邦と大国のオフタンとの間で領土権をめぐって争われていたが、オフタンの領有に抵抗したザコフグラッド解放戦線が勝利を得た時、アルビラ連邦に帰属することに反対して独立宣言し、やがて無国家のフリーランドが生まれた。フリーランドは無国家であるための様々な代償を支払わねばならなかった。特に経済的な苦悩はフリータックスに代るものとしてはあまりにも大きく、一方では日本やドイツの闇商人による暴利を許す結果となった。それでもフリーランドが持続し得たのは、フリーランドを精神的ユートピアと考える世界中の革命家の支持によってである。ポーランド生まれのタニアの母はドイツで父と出会い、短い結婚生活ののちフリーランドへ渡った。その時にタニアが生まれ、ドイツでの同志のもとに残されたのである。タニアの両親はフリーランドで死亡した。そしてその後もフリーランドの戦いは続いている。オフタンとアルビラ連邦は対立しながらも、共にフリーランドを攻撃し続けていた。そしてフリーランドからもアルビラの他州を解放しようと攻勢をかけていた。タニアはバルセロナの富豪のもとで大学を卒業すると、ミラノとパランツアで本格的な革命教育を受け、その後、様々な使命とともにこのチカノの街へやってきた。

バルセロナ以後のタニアは貴族のような生活を過してきた。だがタニアにとって楽しかったのはタンテ・ルースに育てられた七年間の少女時代であった。自分の目的を知ったのちも、タンテ・ルースに甘え続け、遠い将来のことは忘れようとした。そして、遂にタンテ・ルースと別れるという日になって、初めてある決心をしたのだった。それはいとも明解なもので、いわば運命と占星術の支配力を知ったというだけのものである。

タニアはホテルの自室で、イッフェから手渡された一冊の本を読みながらベッドに寝ころんでいた。その本はタニアの父の書いた『国家はいらない』という論文であった。その書物の存在をタニアは今日まで知らなかったのである。古びた書物のかび臭さが、なぜか父の香りを伝えているように思えた。

「国家を消滅させるために、さしあたって極めて強力な偽国家が必要である。偽国家は国家の一部を完全に捨て、国家の一部を単なる国家権力以上に保持しなければならない。抽象的には偽国家は全ての義務を捨て、全ての権利を確保すべきであり、具体的には税金や軍や役所を捨て、生産や戦闘ゲリラや思想を確保すべきだといえよう」

タニアの父の書物は述べていた。

次の日の早朝にホードがやってきた。タニアのこの国での形式的な滞在目的はハープシコードを演奏することであり、ホードはそのマネジメントをおこなうはずである。

ホテルのコーヒーハウスで、ホードは相変わらず挑戦的な視線をタニアに向けて用件を話した。ホードが彼女を同志とは認めず、利用価値のあるヨーロッパ貴族令嬢としてみつめていることは明らかだった。彼はその日、三つの演奏予定を伝えた。一つは連邦記念日の祝典での演奏で、もう一つは小ホールでのコンサート、そして最後に連邦会議祝賀パーティでの演奏であった。最後のものが最も重要であることはホードに指摘されるまでもなく、タニアにはわかっていた。

ホードが帰ると、タニアは街に出た。

ホテルから数分歩くと大通りにそった繁華街に出る。街でみかける人々の肌の色は多彩で、アルビラの原住民の多くも混血と思えた。そして純粋な白人や東洋人、黒人などの数も多く、それらは高級車に乗っている人々から浮浪者まで各層にわたっている。それでも浮浪者はヨーロッパに較べると少なく、治安はほぼ完璧に行き届いており、タニアの印象では極めてのどかな国としか思えなかった。

タニアはヨーロッパ風のカフェテラスでジュースを飲みながら英字新聞を開いた。フリーランドに関する記事も、このアルビラ連邦でのゲリラ活動の記事もどこにも見当たらない。ヨン州でのオレンジ栽培の成功やバブースク海岸のハイウエー計画、そして遠いヨーロッパで発生した銀行強盗のニュース、それらによって紙面は埋めつくされていたのである。

このチカノの街には、まだフリーランドの影がどこにも入り込んでいないのだ。フリーランドは僅か三百キロ程度離れたところにあり、そこではゲリラたちがこの街を狙っているはずなのに——。

タニアは再び街に出ると、高台をめざしてゆっくり坂道を登っていった。この街ではアスファルトまでが白く変色しており、商店の看板の彩色も全てが色あせている。樹木は殆どなく、広場には光とナイロンで作った疑似噴水があった。裏通りには市場が開け、野菜や魚が売られていたが、そこですら人通りは少ない。路地は整然とした直線で、すぐにまた大通りと接し、市街は全てがあけっ広げであった。

高台には奇妙な形のモニュメントが立っていて、そこからは街中が見渡せた。タニアの歩いてきた方角には繁華街が、その逆方向には首都エリアの純白の高層建築が並んでいる。首都エリアには僅かな緑がうかがえた。

北方は海岸にそった低地が続き、そこはこの街とは逆に密生した植物群に支配されており、更に奥のハイランドでは灰色の不毛地帯が拡がっている。このチカノもまたハイランドの端に位置しているが、フリーランドはハイランドの遠い果ての砂漠地帯の手前にあるはずだった。そしてその彼方の広大なオフタン砂漠は隣国オフタンの領土であり、また石油産地として著名な一帯でもある。

タニアの父はこのハイランドのいずこかで死んでいったはずである。

次の日からタニアはホードが準備してくれたスタジオに通ってピアノを使っての練習に入った。式典での演奏曲目はこの地の作曲家による序曲とヘンデルである。タニアはピアノをハープシコードのような音にするために電気装置をとりつけて演奏した。ホードは満足した様子で小さな頭を下げ、小さく「とても結構です」といった。

タニアはヘンデルを演奏し始めた時「フリーランドのことを話して下さい」とホードにいった。ホードはしばらく間をおいてタニアをみつめ、そのまま何も答えずに再び敵意を示すように横を向いた。ホードの黒い眼はスタジオの褐色のランプを映していた。

突然、タニアはヘンデルを中止し、スタジオの壁を震え上がらせるような低音の、めまぐるしく動き廻るメロデイを奏で始めた。低音の一群が去ると、それに襲いかかるように力強い和音が重なって、更に熱っぽいメロデイが逆襲する。ホードは急にピアノを離れて録音室に入り、スイッチを入れる。タニアの前には赤いランプが灯いた。タニアはその演奏を続けた。演奏しているタニアの姿は極めて冷静で、やや下を向いて眼を閉じ、長い褐色の髪を僅かにゆらせているだけである。肩は華奢で、背も柔らかな曲線を画いていた。だが、その両手から流れ出る音楽は野獣の闘いに似ていた。和音とメロデイの争いに別の情念が加わり、それは不思議なほど遠くで演奏されているようなサウンドを割り込ませている。やがてその音はこのアルビラ地方のクランという土着リズムに変化し、それがいつしか激しい低音を吸収していった。録音室のホードは両手を振ってリズムをとっていた。単調な幾つかのメロデイがそのリズムにのってくり返される。いつまでも、永遠に続くかのように、それは持続した。そして急にそれが停止し、タニアは乾いた白い顔を上げた。

ホードは録音のスイッチを切ってスタジオに戻ると大声で叫んだ。

「すごい！　何という曲ですか？」

タニアは先程の返礼のように冷たい視線をゆっくりホードに向けた。

「組曲フリーランドです」

タニアはいった。ホードは急に我に返ったようにそこに立ちすくみ、もう一度タニアをみつめた。その顔はたちまち元通りの敵意を形成していった。

二日後の式典での演奏は無難に終った。広場に集まった人々はタニアの演奏よりも大統領の演説や新兵器のパレードに興味を持っていたようだ。その日の演奏が終るとイッフェが彼女を街中へ誘い出した。繁華街ではカーニバルがくり出され、タニアがこの地へきて最初にみる人混みが生まれていた。昼間の白一色の街は原色の電光に照らされてゆれ動き、タニアの演奏にも登場したクランというこの地のリズムが辻から辻へと飛び廻っていた。

タニアとイッフェは人混みの中を歩き廻り、屋台のビールを飲んだ。それでもイッフェがタニアに完全に打ちとけることはなく、官僚らしく事務的にそうした行為を済ませていった。

「ムッシュ・イッフェ。私はここへきて、まだフリーランドのことを全く聞いてないのですよ」

タニアは人混みから脱け出た時にいった。イッフェの反応はホードのものとは異なっていたが、タニアが受け取ったものが拒絶であったことには変わりはない。イッフェは同情するようにタニアをみつめ、それはいずれ話すことになるだろうといった。イッフェにはタニアの立場がよくわかっているようだった。だがタニアを信用していないことには変わりはなかったのである。

「わかりましたわ」

タニアはいった。そしてイッフェに向けて手を差し出すと、イッフェはそれも無視して歩き始めた。クランのリズムは、遠いフリーランドから聞えてくるように弱々しく暗黒の空から伝わってきた。

「イッフェ!」

タニアはもう一度呼びとめた。イッフェは振り返り、今度は微笑を作って首を振った。

小ホールでのコンサートはバッハとクープランを演奏した。観客は大人しく、形式的なアンコールを要求し、タニアがビートルズのメドレーを演奏すると満足して帰っていった。それでも次の日の新聞にはタニアのハープシコードがチカノ・シティでのコンサートで最も成功した演奏会であったと書かれていた。

その日、タニアはタンテ・ルースに手紙を書いた。むろん検閲に合うかもしれないのでフリーランドに関しては一切ふれず、演奏会や祝典のことだけを述べた。タンテ・ルースはもう相当の老齢で、ヨーロッパでの革命家としての活動からも手を引いている。ルースは遂に一度も警察の調査を受けることなく、タニアを育てるような地味な革命活動に生涯をささげていた。タニアは彼女の精神のいずこかに潜ませた情熱を知っていた。そしてそれがタニアの活動によって充足されるものであると考えていた。タニアは手紙を書きながらタンテ・ルースにだけはもう一度会いたいと思った。

ホードはタニアの次の演奏活動のスケジュールを決めてきた。

「私の演奏が何のお役に立てますの？」

タニアはいった。ホードは一瞬逃げるように首を傾け、やがて呟いた。

「あなたはヨーロッパのお嬢さんです。そしてこの地の名士であり重要な客人です。そういうお方の存在自体がとても役立つことなのです」

タニアは首を振った。そして口の中で小さく、組曲フリーランドのクランのリズムを呟いた。

ホードは顔を上げ、ようやく決心したようにいった。

「連邦会議の祝賀パーティで大統領を暗殺する計画があります。ただ、そこでのあなたの役割は予定通りの時刻に始めて、予定通りの曲を演奏していただくだけです」

そういってホードはまた眼を伏せた。タニアはいつかヨーロッパ社交界での笑顔のような温かい視線を返していた。ホードは後悔したように唇をかみしめ、盗聴器を捜すかのように室内を眺め廻していた。

祝賀パーティは首都エリアの中央ホールでおこなわれた。ホールの前にはこのアルビラ連邦を構成する七つの国の旗が掲げられている。チカノ、バブースク、ヨン、ヨンロエル、ヨンロエフ、パルノ、そして現在はフリーランドとなっているザコフグラッド。これらの中には軍事独裁政権のヨンロエフ、ヨンロエルや君主国パルノがあり、これら三国は、フリーランドに対して中立を守っているヨンやバブースクと対立する強硬派として知られていた。ザコフグラッドの亡命政権はチカノとともに現実主義的な方向性を持っており、常に事態の激化を押えようとしている。だが、もし現在のチカノ出身の大統領が暗殺されれば、この現実主義派もフリーランドへの敵対を強め、強硬派が優勢となって公然とした戦争状態に突入することは明らかであった。大統領の暗殺は、むしろフリーランドにとって危険な事態を呼ぶものであろう。だが、そういう状況判断もタニアの貧しい知識によるものであるからには確信を持てるようなものではない。

タニアが会場に着いた時にはすでにパーティが始まっており、大統領の祝辞が終ったところであった。その後に各国の主席代表のスピーチがあって乾杯ののちタニアの演奏が始まることになっていた。服装は大部分スーツかドレス、または軍服で、君主国の皇族と思える数人が民族衣装を着ていた。タニアはさりげなく会場に入って片隅に坐っていたが、イッフェが近づいてきて一礼をして去っていき、数人の出席者が白いイヴニングドレスに紅の花をつけたタニアを好奇の視線でみつめていた。

やがて司会者がタニアを紹介すると、彼女は立ち上がってゆっくりハープシコードに向かった。演奏曲目はハイドンの楽天的なソナタに始まり、モーツアルトとドビュッシーに続いた。ドビュッシーのような単調で味気のない曲もハープシコードによって演奏すれば、それなりに面白味が生まれる。むろんドビュッシーの熱烈なファンの耳をそむけさせるものとなるが、それがまたタニアの楽しみの一つでもあった。

モーツアルトが終るとタニアは大きく息を吸った。大統領は丁度民族服の王様と思える人物から離れ、西洋人のどこかの国の大使と思える人物と握手したところである。タニアは軽くキーをたたいて音調を確かめたのち、ドビュッシーの『海』に入った。オーケストラ曲では静かに開かれるはずの海の光景は混乱した奈落の底に落ちたようなサウンドとなってハープシコードから抜け出ていった。イッフェは少し顔を青くしてこわばった表情を入口の扉に向けている。うねる波の音はフーガのように華麗に駈けめぐる。大統領は背を向けて大使らしき人物と話していた。やがてうねりが静まり、夜の海のさざ波がきらめくと、ハープシコードの音も静かに悟りの世界に消えていく。拍手が起こり、タニアの演奏は終った。大統領もタニアに顔を向けて手をたたいていた。タニアが礼をしてハープシコートから離れると、イッフェが扉のところで待ち受けていた。

「マドモワゼル・タニア、あなたとお話ししたいとおっしゃる方がおられますが、いかがでしょうか？　音楽に深い関心をお持ちのようです」

タニアは垂直に首を下げて頷いた。そのタニアの動作をみていたのか、テーブルから一人の軍人が現われてタニアに笑いかけた。

「ソホラープ将軍閣下です。ヨン方面の司令官でお若い時代にはパリに留学なさっておられます」

イッフェはそういって将軍に一礼すると奥のテーブルに向かった。

「素晴しい音楽をお聞かせいただいて、しばしこの辺境にいることを忘れました」

ソホラープ将軍はいった。タニアは笑顔を返し、将軍の案内に任せてテーブルに向かった。テーブルにいた軍人たちは二人をひやかした。その軍人たちの中から髭の将校が歩み出た。

「やあ、飛行機では御一緒でしたね」

男はいった。タニアが笑いかけるとソホラープ将軍の顔をわざとめかしく盗みみて続けた。

「私はサーディと申します。ヨンロエル国の陸軍大佐です。つまり、今日のところはソホラープ将軍に逆らえない立場でしてね」

再び笑い声が起こった。そしてタニアを囲んで男たちの偽装した無邪気な会話が続き、ソホラープ将軍がタニアをホテルに送る権利を獲得した。そしてそれらの一時間余はバルセロナやミラノでのタニアの生活そのままで、もともと彼女が楽しめるようなものではなかったが、さして苦になるようなものでもなかった。むしろ彼女にはホードの話した暗殺計画の失敗だけが終始気にかかっていた。

次の日の午前中にソホラープ将軍とサーディィ大佐が続けて電話してきた。タニアには二人に対する特別の感情はなかったが、共に利用価値があることは確かであり、二日続きのデートを引き受けることにした。そして午後になると決心してホードのスタジオに出かけていった。だが、そこにホードは来ていなかった。

彼女はすぐにスタジオを出て行政庁に向かい、ロビーでイッフェを呼び出した。イッフェは危険だからといって彼女を一度追い返し、半時間後にホテルへやってきた。

「昨夜はとても立派でした」

イッフェはそういって落着きなくソファの端に腰を降ろした。

「ソホラープ将軍とサーディィ大佐がひっかかってきましたわ」

タニアは笑った。

「どちらも最も重要な人物です。ソホラープは連邦のフリーランド作戦の司令官だし、サーディィ大佐は鷹派の代表です。もしどちらかを選ぶとしたらサーディィ大佐の方がいいでしょう。ソホラープの行動や考え方については或る程度わかっています」

「わかりました」

タニアはいった。

「それにサーディ大佐のほうがハンサムですね」

イッフェは皮肉っぽくいう。タニアはその冗談に笑うことなくイッフェをみつめ返していた。

「ホードさんはどうなさったのですか？」

「ホード君は、今日」

イッフェはそういって言葉をつまらせる。

「あの人は昨日、何らかの行動があるっていっていましたわ」

「ええ、彼は何かを計画していたようです」

「では、あなたには関係がないということですの？」

「おわかりでしょう。私のような立場の人間は直接作戦にはかかわることはできません。つまり、私がつかまれば、簡単に高級官吏のゲリラを補充するわけにはいかないからです。それはあなたも同じです。あなたはおそらくサーディ大佐と結婚なさって、お子さんをもうけて、生涯このチカノとヨンロエルの邸宅でお過しになることでしょう。つまり——そのおつもりになっていていただきたいのです」

いつかイッフェの黒い瞳に鋭く刺し貫くような視線が生まれてタニアを捕えていた。それらは明らかに同志に向けられたイッフェの長い間隠してきた本性であった。それはまた、やさしいタンテ・ルースの視線と共通するものでもあった。

タニアは黙って頷いた。

「おそらくホードはフリーランドへ向かうでしょう」

イッフェは初めてフリーランドの名を口にした。タニアはイッフェの瞳の炎をとらえたまま静かに呟く。「あなたは――」

そして決めつけるようにいった。

「私の父を御存知なのね」

イッフェは一瞬眼を閉じ、すぐにタニアをみつめて頷いた。

「本当のことを申し上げます。あなたの父上は裏切者でした。現大統領がこのチカノの首相だった時、当時フリーランドの指導者だったお父上は取り引きをしてアルビラ連邦にザコフグラッド首相として参加しようとしたのです。そしてハイランドで私が暗殺しました。だから、あなたに関してはこのアルビラ連邦上層部では信用があります。それがお父上の長い計画の一つであったのかもしれません」

「そのことを私を育てた人達は知っていたの？」

「いいえ、殆どの人々は極めて一部の情報しか持っていません。ただ、マダム・ルースだけはお父上の裏切りを存じていたはずです」

イッフェはいった。

「母は？　私の母はどんな人だったの？」

タニアはイッフェの真剣な瞳の炎が消えない間にたたみかけるように聞いた。

「お母上は、あなたそっくりでした。しかし一度お会いしただけで、どのように亡くなられたかは存じません」

イッフェがいった。

「ありがとう」

タニアは答えた。

「あなたのお父上を暗殺した人物を知っているのは私と、あなたと、今は亡き私の上官だけです。あなたのお父上はアルビラ連邦の兵士に殺されたことになっています」

「ええ、タンテ・ルースがそういっていました」

いつかイッフェの顔に官僚としてのマスクが戻ってきて、無関心な瞳が焦点のない視線を漂わせていた。

タニアはその日の夕刻にサーディ大佐とデートした。レストランとナイトクラブ、そして夜の海岸のドライブ。それもまたヨーロッパの生活の延長のものだった。

そして次の日にはソホラープ将軍と会った。タニアは極力政治や軍事に対する関心を示さないよう務めた。サーディ大佐もソホラープ将軍も、ともにタニアの父に関して知っているようであったが、二人共その話題には触れようとしなかった。


次の日からタニアは暇があればスタジオへ行って一人ピアノを弾くようになった。クランのリズム楽器による演奏のテープをかけ、タニアのピアノは組曲フリーランドを演奏し続けた。毎日のように新しい曲が加わっていった。父のテーマやイッフェとホードのテーマ。父は静かに何かを待っているようにクランのリズムの中に孤立し、イッフェのテーマによって消されてしまう。イッフェのテーマの若々しいメロデイがフリーランドのテーマと和合して明るいクランのリズムに乗った。だが、やがてイッフェのテーマも乱れていき、遂に孤立する。そして父のテーマと重なって静寂の中に消えていった。

父は偽国家を作ろうとしていたのよ。イッフェは誤解していたんだわ。――タニアは考えた。でも問題は偽国家がどういうものだったかということね。偽国家と本物の国家とは簡単に見分けられるものではないわ――。

彼女はピアノのキーに両手をいっぱいたたきつけた。そして立ち上がった時、薄暗い録音室のガラス窓にホードの小さな首がみえた。

「ホード!」

タニアは叫んだ。ホードはスタジオに入ってくると、タニアに向けて初めて笑顔を作った。

「同志タニア」

ホードはいった。

「今日の演奏もすてきでした。この組曲フリーランドのテープを私に下さい」

「ええ、もちろんよ。あなたに聞いてもらいたかったのよ」

「同志タニア。お別れですね」

「ええ、フリーランドのために」

「あなたの演奏を聴けなくなることだけが心残りです。お元気で、美しいタニア」

そしてホードは去った。

タニアはその夕刻、サーディとデートした。

2

タニアはサーディとソホラープに関する情報を送ることができるようになっていた。どちらかがチカノを離れることが多く、その都度タニアへのいいわけのために軍の行動に関して二人は話した。タニアはそうしたことには関心がないかのように聞き流し、のちに暗号文にして送り出した。連絡先はイッフェだけでなく、様々なゲリラに伝えられた。同一人物に何度も連絡することは危険だったからだ。

やがてサーディとソホラープはタニアに求婚した。二人はもともと仲が良くなかったが、タニアの一件によってアルビラ連邦の上層部に於ける最悪の関係となっていた。そのためかヨンロエルがチカノ政庁に反抗するような出来事も多くなっていた。それはタニアの見事な工作であったといえるだろう。ヨンロエルはフリーランドへの攻撃をやめて全軍をチカノ中央軍に向けて待機させ始めていた。

大統領はこの両者を調停した。その結果、実質的な行動は生まれなかったが、その後もヨンロエルは軍を自国に駐留させたままである。しかし、その間のフリーランド側の動きについてはタニアにもわからなかった。報道管制のためだけでもないようで、将軍たちの間ですらフリーランドの事が殆ど議論に出ることはない。

フリーランド——それはタニアにとって、いつまでも遠い国であったのだ。

タニアはサーディとソホラープのどちらかを選ばねばならない状況に追い込まれていた。ソホラープは遂に彼女の父のことを話し、彼女の父と現大統領との間をとりもつために彼自身が様々な活動をしたことを告白した。

タニアがタンテ・ルースのもとに引き取られた頃、イッフェとソホラープは二十代の若者として、当時のフリーランド側の首脳であったタニアの父に選択を迫っていたのである。そしてタニアの父はソホラープを選んだ。

「タニア、君と私とは不思議な運命の絆で結ばれているんだ」

ソホラープ将軍はいった。そして、その一言でタニアの決心はついたのである。彼女は自分の運命にいつしか反抗してやろうと考えていた。彼女はイッフェが助言した通り、サーディを選ぶことにしたのだ。

サーディはソホラープよりも十歳若く、タニアともさほど離れていない。だが、その若さでタニアが知り合ってのちも次々と勢力をたくわえていき、今では事実上ヨンロエルの最実力者にのし上がっていた。ソホラープのようにキザッぽいところはなく、殆ど軍務と政治以外には関心を示さない男である。そしてソホラープに対するやきもちも、ソホラープのサーディに向けられるものよりもずっと少なかった。

タニアはサーディ少将と婚約し、共にパーテイに出るようになった。

パーテイで驚かされたのは、イッフェの行政庁での進出がめざましいことである。イッフェはもともとザコフグラッドの官吏で、フリーランド革命の時も専らザコフグラッド政庁側に属しながら解放戦線に情報を流していた。そしてザコフグラッド政庁が崩壊するとタニアの父の連邦参加案に反対し、暗殺計画を実行すると亡命者としてチカノに入った。当時はイッフェ自身が大物ではなかったし、亡命者も多かったので、イッフェの素性は暴露されることもなかったのだろう。イッフェはそのまま連邦政府の行政庁に入ったのである。

また、タニア自身不思議に思ったことは、アルビラ連邦側がフリーランドのスパイに対して、さほど神経を使っていない点である。それはのんびりしたこの国のお国柄とも思えるし、この国で事実上戦争相手であるはずのフリーランドに関する話題が殆ど出ない点とも何らかの関連を持っているように思えた。

果してフリーランドは本当に戦っているのだろうか?

タニアにはそんな疑問まで生まれるのだった。

タニアとサーディの結婚式は華やかに大統領の来席のもとで開かれた。白いウエディングドレスはおそらくタニアに最も似合う服装だっただろう。パーテイ会場にタニアが入場すると人々は思わず息を飲んだ。そして盛大な拍手が起こった。サーディはタニアと腕を組んで得意げに頷いた。だがタニアの表情には何の変化もみられなかった。白い手袋を差し上げて最小限の返礼をしただけで、遠いフリーランドをみつめるようにシャンデリアのきらめきを眺めていた。褐色の髪を白いヴェールに包んで僅かにゆらめかせ、長いすそを床すれすれに滑らせて、彼女はウエディングケーキに近づいていった。

サーディがタニアに接吻をしようとすると最前列の席にいたソホラープが急に立ち上がり、

「まった！」と叫んだ。一瞬会場がどよめき、サーディは当惑して身構えた。二人に歩み寄ったソホラープはタニアの手をとった。タニアは無関心に為されるままになっていた。

「お前はこれから毎日できるんだ。最後に俺に接吻させろ」

ソホラープは笑いながらいう。会場の緊張が解かれ笑いと拍手が起きた。サーディも笑いながらソホラープに手を差し出した。二人は握手して肩をたたき合い、ソホラープはタニアの頬に接吻した。フラッシュライトが三人を包み、ウエディングマーチが鳴り響いた。タニアはそれでも笑うことはなく、時折カメラが彼女に向けられると僅かに唇をゆるめた。そして窓際ではシャンパンを持ったままのイッフェがそんなタニアをじっとみつめていた。


タニアの結婚生活はバルセロナやミラノでの生活と似ていた。殆ど物質的な苦労はなく、様々の贅沢が認められ、他人行儀な付き合いと孤独だけが永遠に続いていた。タニアはハープシコードの演奏と乗馬で虚ろな時間をどうにか充たし、可能な限りの社交性を発揮し、週に一度はイッフェや他の連絡員に暗号を送った。

サーディのチカノの家は首都エリアの端にあって後方は丘に接している。タニアは馬で丘を登り、記念碑の近くから積雲の下のフリーランド方向を眺めた。時には馬を走らせてハイランドに向かうこともあったが、いつも二キロも行くと馬を返した。チカノの街はいつも白く輝き、全ての影を拒絶するかのように太陽光線を反射し続けていた。この鏡のような街が何かを隠している。白いウエディングドレスの中の私のように、口を閉ざして作り笑いをして装っている。

だが、何を？

タニアの中のフリーランドのように、このチカノの中にフリーランドの革命の炎が燃えているのだろうか？　イッフェの空虚な瞳や、ホードの敵意のまなざしのように！

タニアはサーディからプレゼントされた鹿毛の良血ハンターにムチを入れた。馬は坂を下って一気にタニアの庭に駈け降りる。岩や柵を越え、左右によれながら荒々しく走る。タニアは手綱を引きしめながらも腰を浮かし、障害レースの騎手のように姿勢を崩すことはない。その堂々たる名ジョッキー振りは普段のしとやかなタニアからは想像し難いものであった。

家に戻るとサーディが彼女をやさしく迎えた。

「あら、こちらにおいででしたの？」

タニアは僅かに笑顔を作っていった。

「そうだ。大統領閣下のお呼びでね」

「私のためにきていただけたのではなかったのね？」

「いや、もちろん君に会えることが一番の目的だ」

サーディはそういってタニアの肩に手をかけた。サーディはタニアが過去に付き合った男の中で最も不快感を与えることのない人間だった。それに、タニアがチカノにいる限り一年の三分の二は一緒にいなくてもよかった。タニアがサーディの国ヨンロエルに行ったのは結婚式前後に二度と、その後に一度だけだった。サーディはタニアの美貌と知性のために結婚したのであり、そうしたタニアを首都に住まわせることが彼には結婚の目的とも合致していたのだ。

「ザコフグラッド奪還のための私の案がどうやら採択されそうだ」

サーディがいった時、さすがにタニアも彼の腕の中で肩をこわばらせた。しかし、すぐにいつものタニアに戻ると、静かに首を下げて呟くようにいった。

「また戦地にいらっしゃるのね」

「ああ、君には悪いが今度はソホラープ将軍には遠慮していただくことになりそうだよ」

そういって、サーディは乗馬服のタニアを荒っぽく抱き上げた。

「戦争がお好きなのね」

タニアはいった。サーディは「いや」と一言いって黙り込み、タニアをソファに下ろした。

「平和のためだ。我々の国は弱い。ヨーロッパのようにはいかない」

「ええ。でも、ヨーロッパがこれまでに最も多くの戦争をしてきましたのよ」

タニアはサーディを見上げながらいった。そのタニアによりそうようにしてサーディは接吻した。


次の日、サーディが大統領官邸に出かけていくと、タニアは暗号文を持って馬に乗った。いつものように丘を登り、記念碑からハイランドへ向かう尾根道を駈けた。そしていつもの岩石の穴に暗号文を入れると再び記念碑まで戻って一気に家に駈け降りた。

やがてサーディが不機嫌にドアを荒々しく開いて戻ってきた。タニアはハープシコードでソナタを演奏していた。

「タニア！」

サーディが叫んだ。タニアは演奏をやめて立ち上がり、サーディに近づくと、いつものように口元に微笑を作った。

「ヨンロエルへ戻る。君もここを引き払うんだ。すぐに準備にかかりたまえ」

サーディは命令した。タニアは静かに頷くと自室に向かった。

「いや、待ってくれ。今日でなくてもいい。私は今日ヨンロエルに発つが、君は明後日までに来たまえ。君までここを出てしまうと怪しまれるだろう。私は明後日までに準備をして、三日後にヨンロエルの連邦離脱を公表するからね」

タニアは立ちどまった。

「サーディ」

タニアは振り返っていった。

「すまない。君に苦労をかけて」

サーディはタニアに近づきながらいった。そして呟くように、「くそっ、イッフェのやつめ」といった。

「イッフェさんが何か?」

「そうか、君をこの地に呼んだのはイッフェだったな。しかし、あの頃は奴もただの文化担当行政官だった。一体奴はどうして軍事にまで口を出せるようになったのだ！」

タニアは眼を閉じた。

「そうでしたの。あのイッフェさんが――。とても大人しい人のように思いましたわ」

「そうだ。俺もだまされていた」

サーディはようやく落着きを取り戻して、スコッチを持ってソファに坐った。タニアもそれに従ってソファに腰を降ろす。

「サーディ。一つうかがっていいでしょうか？」

「何だね。タニア」

「私の父はザコフグラッド生まれです」

サーディはスコッチをグラスに注ぎながら頷いた。

「あの土地は、今はどうなっているのですか？」

タニアはいった。サーディはグラスを口に運んで大きく嘆息した。

「それが、俺にもわからないんだ。あそこはフリーランドと呼ばれている。名の通り税金のいらない国だ。国ともいえないだろう。行政府も警察も何もないんだからね。しかし軍事力はある。あの国の人間の全員がゲリラなのだ。だから、わが軍が攻め込んでも必ず負けるんだ。もっともそれがソホラープの軍だから当然ともいえるがね。ともかく攻め込んであの地に行政府を開いても一週間もすればテロの嵐を受ける。ソホラープの奴は五度もチカノへ逃げ戻ってきたんだ。そこで俺は徹底したゲリラ狩りによって強固な治安を保つために三か月間のアルビラ全軍による戒厳体制を提案したんだ。それは成功すると思う。フリーランドは癌の病巣のようなものだ。今の内に手術で除去しなければならない。それができるんだ。だが、あのイッフェがソホラープと組んで反対したんだ。それを口実にオフタンが再戦を布告してくるというんだ。いいさ、オフタンとも戦えばいいではないか！」

それだけ喋ってサーディはグラスを空け、再びスコッチを流し入れた。タニアは両手をひざにのせて黙っていた。

「ともかく、わがヨンロエルはやる！」

サーディは叫んだ。そして立ち上がり、タニアに軽く接吻すると外に出て車に乗り込んだ。そして全速力でヨンロエルに向かって去っていった。

次の日、召使いたちがヨンロエルへ持ち帰る品物を選んでいる間、タニアはハープシコードを弾いていた。ようやく完成した組曲フリーランドを初めて最初から通して演奏した。クランのリズムがタニアの過去を次々思い出させた。チカノの街へ着いてから、もう何年になったのだろう？　フリーランドはクランのリズムの中に長い間凍結したままだ。ハープシコードの柔らかい金属音はタニアの意識をせきたてるように高音と低音の間をさまよいながら吠え廻る。タニアは急に両手を鍵盤にたたきつけて立ち上がった。

「やはり私は運命に逆らうわ！」

タニアは呟いた。そして部屋に入ると、引きちぎるようにドレスを脱いで乗馬服に着換え、拳銃を腰のベルトに差し込んだ。

召使いたちは二階から何かを降ろそうとして騒いでおり、タニアの外出には全く気づかなかった様子である。ガレージにはサーディの軍用ジープがタニアのスポーツカーと並んでいた。タニアはジープに乗り込み、アクセルをいっぱいに吹かせて飛び出した。

チカノの街の白い鏡面がタニアを取り囲み、タニアはその平穏さに逆らうように荒々しくジープを運転した。首都エリアの国旗の群れを抜けて行政庁にくるとタニアは車を停止させた。

イッフェは次官室の奥に国旗を背にして坐っていた。タニアが机に歩み寄っても驚いた顔をみせず、「これはこれはサーディ夫人。何か御用でしょうか」といいながら、手をメモに走らせ、『タニア、こんなところへ来てはだめだ』と書いて示していた。

「主人があなたをひどい奴だといっていましたわ」タニアはいいながらメモに書いた。

『サーディはヨンロエルを連邦から脱退させるつもりです。すぐに軍をチカノに向けてくるでしょう。軍部にはサーディ派が強いのでクーデターになるかもしれません。それから私はフリーランドへ行きます』

「ええ、御主人とはかなり意見の相違がありました。古いお付き合いのタニアさんにはお気の毒ですが、これは私と御主人との政治上の対立です」

イッフェがいった。彼はタニアのメモを読みながらタニアをみつめていた。そして一瞬二人の空虚な会話が途切れた。

イッフェは嘆息し、やがて頷いていった。

「致し方ありません。貴女のようなお美しい方にまで、こうしてお叱りを受けるのは心苦しいことですが、おそらく今後サーディ将軍と和解することもないでしょう。残念ですがあなたともお別れですな」

そういってイッフェはメモを示した。『キトのローラという女に連絡をとれ。彼女はK２の登録番号の同志だ』

「そうね。お別れですね。イッフェ」

タニアはいった。そして歩きかけて、もう一度振り返ると、イッフェはいつかの彼のように同志に向ける瞳を輝かせていた。

「さようなら。同志」

タニアは口の中でいった。イッフェも僅かに口を動かせた。


タニアはジープをフリーランドに向けた。荷台には街で買った食料や毛布が積まれていた。キトの街はフリーランドとの中間付近にある。タニアは坂を登ってハイランドの端までくるとジープを停めた。後方にチカノの街の白い鏡面が輝き続けていた。ホードと話したスタジオも、イッフェと歩いた繁華街も、全てがガラス面に沈み込み、太陽の乱反射だけがハイランドに向かって昇ってくる。

タニアは再びクラッチを踏み、灰色のハイランドへの尾根道に向けてハンドルをとった。クランのリズムがエンジンの音と共鳴し、彼女の口元から組曲フリーランドが流れ出ていた。

アスファルトの道路は間もなく途切れて灰色の乾いた土をむき出したダートコースに進入すると、ジープの後方には砂嵐が渦巻いた。太陽の照りつけが厳しく、タニアの褐色の髪の間に汗がにじみ出る。彼女は乗馬帽を脱ぎ、汗をぬぐって、街で買ったストローハットの中に長髪を押し入れて被った。ジープは激しくゆれ動き、砂埃が何度もタニアの顔を襲った。それでもタニアは快い解放感に浸っていた。フリーランド――今こそフリーランドへ向かっているのだ。エンジンのクラン・リズムにジープの震動や風の音も加わってタニアの内部には組曲フリーランドがオーケストラの交響詩となって演奏され続けていた。

やがて巨大な岩壁が突き出したベアロックに出ると岩陰に車を停めて昼食をとった。岩の上にワインやチーズ、コールドビーフ、オイルサーデン、スモークドサーモン、キャビア、などチカノで買ってきた最後の欧風昼食を並べ、ゆっくり時間をかけてタニアは食べた。頭上には二百メートルもの巨岩が熊の顔のようにタニアをみつめ、そよ風が貧しい草を灰色の砂の中に泳がせていた。前方の崖下には樹木の密生したバブースク平野がうかがえる。それは純白のチカノの街や灰色のハイランドに対し奇妙な異和感を与えていた。

タニアはデザートのオレンジを食べ終えて食事を済ませ、またジープを走らせてフリーランドに向かった。

道は更に登り続け、周囲には岩石が群がった。一面に奇形の墓石をまき散らしたような岩山であった。或いはその褐色の岩のどれかがタニアの父の墓石であるかもしれない。そしてまた、それら全てがフリーランドで死んでいったゲリラたちの墓石かもしれない。

タニアは組曲フリーランドの『死にゆくゲリラたち』を口ずさんでいた。単調なメロデイがくり返し、くり返し、音階を変えて登場し、そこに不調和な幾つかの和音が割り込んでくる。和音は小さく現われて、急にフォルティッシモとなってすぐに消える。再び単調な柔軟なメロデイが始まるが、すぐに別の不協和音が出て消えていく。闇の中から現われ出たような合成音。それは誰もの中にある闇だったのだろう。タニアの父も、イッフェも、ホードも、そしてタンテ・ルースも、タニア自身も、どこからかそれを運んできて、自分自身の不可解を生み出しているのだ。むろんそれはフリーランドそのものの不可解でもある。

峠をすぎて下り坂にかかると、間もなく下方に僅かな緑地がみえ、そこに家屋の青い屋根も姿をみせた。キトの村であった。村の中央には灰色の池があり、池の周囲は弱々しい草に取りまかれていた。家屋は僅かで、一軒だけが雑貨屋とレストランと酒場をかねている店だった。小さな店の半分は様々な商品が床から天井までを埋め、残る半分はテーブルが一つと、カウンターがある。

タニアはジープを出て店に入ると、静かにテーブルの汚れた木製椅子に腰を降ろした。丁度店の奥からジープの音を聞きつけた若い女が現われて、タニアの乗馬服を眺めていたところであった。

「ローラさん?」

タニアは小声でいった。

「シー、セニョリータ」

女は用心深く彼女をうかがいながら答えた。

「C4号のタニアと申します。よろしく」

タニアがいうと、ローラは急に眼を大きく見開いた。

「セニョーラ・タニア！　あなたが⁉」

「ええ、C2号のイッフェからあなたのことをうかがってきましたの。フリーランドへ行きたいのですが」

ローラはゆっくりと頷いた。

「シー、セニョーラ。喜んで御案内しますわ」

「すぐに、でもいいかしら？」

「ええ、もちろん。ここには長居はできません」

そういってローラは一度奥へ入り、すぐにジーンズと白いネッカチーフを着けて出てきた。タニアがジープに乗り込むと、ローラは馬を連れ出して背に飛び乗って走り始めた。タニアはその後を追った。

更に坂道を下り、少しずつ草木が増してくると、やがて広大な草原に出る。道は一直線に続き、その途中に小さな小屋がみえた。ローラは馬をとめて、タニアのジープに近づいた。

「あの小屋が検問所です。でも向こうからくるのには厳しいけれど、こちらから出るのにはあまりめんどうはありません。私が兵隊の相手をしている間に走り抜けて下さい。それから、私はここでお別れします。本当はゆっくりお話ししたかったのだけど、お元気で旅を続けて下さいね。フリーランドに入ったら、もう一度キトという村があります。そこでもう一度ローラという女の人に連絡をとって下さい。アディオス、セニョーラ」

「ありがとう、セニョリータ」

タニアがいうより早く、ローラは検問所に向かって走っていった。そしてローラが小屋に到着すると、タニアはジープを始動させた。すぐにギヤをトップまで上げて、アクセルをいっぱいに踏んで小屋の前を抜けると、ローラが馬上から手を振った。タニアも手を振り返すと、ローラの横にいた兵士がタニアのジープに向けて銃を撃った。しかし、それだけで検問所の儀式は終った。

おそらく、もう、そこはフリーランドと呼んでよい土地なのであろう。草原が切れて、丁度その草原に下ってきた道と同様の登り坂を上っていくと、全く不思議な対称を示して、再び泥の池を取り囲んだキトの村に出た。そしてそこにも雑貨屋をかねたレストランがあり、タニアは再びテーブルについたのである。

だが、店の奥から出てきたのは老婆だった。

「ローラさん？」

タニアがいうと、女は頷いた。

「向こうのローラに聞いてきなすったのかね」

老ローラがいった。

「ええ、チカノからまいりましたの。タニアと申します」

「そうかい。それで、どちらへ？」

老ローラはタバコをくわえてゆっくりタニアの前の椅子に腰を降ろす。

「軍と連絡をとりたいのですが？」

タニアはいった。

「軍なら、向こうのアルビラ連邦へ行かなければ連絡できないよ」

「いいえ、私のいっているのはゲリラのことです」

「ゲリラなら、このフリーランドの全員がゲリラだね」

「ゲリラの司令部はないのでしょうか？」

老婆は無表情に頷いた。細い眼が笑っているようにも、眠っているようにもみえる。

「今はないね。時々できることもあるが、すぐに暗殺と爆破でおしまいさ」

「では、命令系統はないのね。それなら、私たちの情報はどうしてみんなに伝えられるのかしら」

「情報ってなんだね」

「私はチカノでずっとスパイ活動をしていたのです。このフリーランドのために」

タニアは老ローラを試すようにみつめていった。

「ほう。それはごくろうさま。だけど、私は知らんね。私のところへはこないようだね」

老ローラはいった。タニアは落胆しながらも頷いた。

「わかりましたわ。私がどこへ行けばいいか教えていただけませんか？」

タニアはやや苛立ちを感じ、それを極力押えようとして手を握りしめていた。

「教えるほどのことでもないでしょう。フリーランドへ行けばいい」

「でも、ここがフリーランドでしょう」

「そうとも。ここだよ」

「ここにいればいいってこと?」

「さてね。ここにいてもいいし、他所でもいい。この辺り一帯がフリーランドで、遠いオフタンまでフリーランドだからね」

「わかったわ。ありがとう。ところでホードって人を存じませんか?」

タニアは立ち上がっていった。老ローラは口から出したタバコの煙をみつめて首を振った。

タニアはまたジープに乗ってフリーランドの奥地に向かった。数学者の偏執狂が設計したようなシンメトリーは更に続き、峠を越えると墓石のような小岩石の群がった高地に出る。タニアは運命にからかわれているように思い、大きくはね上がりながらもアクセルをゆるめようとせずにジープを走らせ続けた。やがて遂に対称形が崩れ、急な下り坂を降りて広大な果樹園に抜けることができた。

太陽はすでに沈みかけており、タニアはジープを果樹園の奥に入り込ませると、密集した樹木の間に停めた。そして陽の沈み切らない間に毛布などを用意して、今度はパンとチーズと水だけの貧しい食事をとった。

ジープの上には整然と並んだ梨状の樹木が枝葉を拡げていた。タニアは疲労もあって、陽の沈んだ頃には眠り込んでしまった。

朝は夜明け前に目覚め、タニアはオレンジとクラッカーを食べて出発した。白いヘッドライトの光線は僅か十メートル先しか照らさず、タニアはどこを走っているのかわからぬままゆっくり進み続けた。そして陽が昇った時には街に入ろうとしていたことがわかった。おそらく旧ザコフグラッドの首都、タニアの父やイッフェの故郷であるザコフグラッド・シティであろう。

早朝の街は沈黙して朝もやの中にかすんでいた。石畳は僅かに湿気を帯びて白い朝の光にきらめいており、上壁は古びて褐色の影に潜み、路端には僅かな草花が白い花を開いている。

タニアは街の静寂を崩さないよう、ゆっくりジープで坂道を下っていった。どこを走っても小道ばかりで、かつて大通りだったと思えるような道もすぐに途切れて家屋が立ちはだかり細長い広場に変わってしまっている。チカノの街の純白の光はどこにもみられず、奥行きのある中間色が街全体を包み込んでいた。

坂を下り切って谷底に出ると、革命戦争の跡を留めた廃墟が開けた。中央にはコンクリートや鉄骨の瓦礫の山があり、その中心に半ば崩れたコンクリート壁がそびえ立っている。周囲の広場の一隅には市場が開かれていて、朝市に集まった商人が荷を解いているところであった。

タニアはコンクリートの瓦礫に接してジープを停め、しばらく頂上に朝日を受けたコンクリート壁をみつめていた。壁の中央には煤煙による奇妙な模様が画かれており、それがこのフリーランド遺跡の何かを暗示しているように思える。渦巻のように中心から拡がった黒い模様に奇妙な線が入り込んでおり、丁度フリーランドの現実性を否定して、ある過去の現実を代用してしまったような時間の混乱を示しているかのようであった。

タニアの前を荷台に籠を乗せた自転車が走っていった。男の吹く口笛のメロディには聞き覚えがあった。男は市の片隅に自転車を停めて荷を降ろし始めていた。

タニアが近づいていくと、男はまだ口笛を吹き続けていた。間違いなく、タニアの組曲フリーランドの一部である。籠から荷を降ろしかけて、前に立ったタニアに気づくと、男は口笛を止めて乗馬服姿の彼女の全身を眺めまわした。

「何か御用かね？　セニョリータ」

「今の口笛の曲は？」

「ああ、これかね。タニアって曲さ。流行してるんだぜ」

そういって再び男は口笛を吹いた。

「その曲を紹介した人を存じませんか？」

男はもう一度タニアを見上げる。雑貨品を木製の折りたたみ台の上に並べ、その一つ一つに値札をつけていく。そして呟いた。

「ラジオでやっているのさ」

「放送局はどこですの？」

「さてね。山の上だろう」

男はいった。タニアは今度は男の並べている品物を見降ろして、ケースに入ったデリンジャー銃を一つ手にとった。

「ここでもチカノのお金が通用するのかしら」

タニアはいった。

「ああ、チカノの金でもポンドでも、トルコリラでも何でも通用するよ。ドルなら百ドルだよ」

「高いわ」

タニアはそういいながら銃を置いた。そして「ありがとう」といってジープに戻っていった。

またジープを運転して坂を登りながら、タニアは自分にも理解し難い不満がこみ上げてくるのを感じていた。

ここは平和すぎる——タニアは思った。むろん平和であることが悪いはずのものではない。だが、この地には何かフリーランドと呼ぶに相応しくないものがあるのだ。タニアが考えていたフリーランドを完全に拒絶するために全てが設計されているかのように！

朝もやが晴れると、街は更に年をとったかのように古びていく。ある道はアムステルダムの裏街のように、ある街角はバルセロナの広場のようになつかしげにタニアの眼前に現われた。

そして急に「タンテ・ルース！」とタニアは叫んでジープを停止させた。苔の生えた壁の小さな窓から、そう、タンテ・ルースが底抜けにやさしい顔でタニアをみつめていたのだ。タニアはジープを降りて駈け寄ろうとして思わず足をとめた。

「ちがう！　そんなはずはないわ」

タニアは呟いた。タンテ・ルースは人形のようにタニアに笑いかけたままである。タニアは長い間、そこに立ちすくんでいたが、やがて気を取り直してそっと小窓に歩み寄った。

「タンテ・ルース」

タニアはもう一度小声で呼びかけた。

相手はまるでタニアの意識とは異なった時間に生きているように、ゆっくり反応を示し、タニアに向けて首を振った。

「ごめんなさい。あまりよく似ていたもので大声を出してしまって」

タニアはいった。女はやはりやさしく笑いかけたままゆっくり頷いた。

タニアは再びジープに乗った。曲りくねって登っていく石畳の坂道には革命戦争の跡は全く発見できず、もう何千年も昔から同じ状態が続いているように重々しい時間を取り込んでいる。

「嘘よ。何もかも嘘だわ!」

タニアは口に出していた。すでに朝の生活が始まって家々からは笑い声が飛び出してくる。そしてラジオの音楽が聞えた。クランのリズムが踊り、組曲フリーランドが流れ出る。タニアはチカノでの生活を思い出していた。ホードのスタジオでの演奏や、祝典の夜のカーニバル。イッフェやサーディやソホラープ。そして——。

「わかったわ。タンテ・ルース」

彼女は叫んだ。だが、それがオランダのタンテ・ルースに向けられたものか、今別れてきた偽のタンテ・ルースに向けられたものか、自分でもわからなかった。更にまた、本当に何がわかったのかすらわからなかったのである。ただ、その瞬間、タニアの意識の奥底に潜んでいた何かが彼女の意識世界から消えていったように思えた。古く摺り切れた石畳や苔の生い繁った壁が永遠の時間を吸い込んでいくように、タニアの心の中の何かもこの街の風景に吸収されて簡単に同化してしまったのだろうか?

犬が一匹駈けてきて、ジープの前で立ちどまると、問いかけるように耳を立ててタニアをみる。そしてすぐに首を廻して駈け出し、煉瓦の壁の陰に入り込んでしまった。ラジオの組曲フリーランドはまるで初めて耳にするかのようなよそよそしい別世界の音楽をタニアに伝えた。確かにここでは時間単位で失われていく何かを感じる。ここは同化するか、はじき出されるかどちらかしかできない街なのだろう。同化しながら、次々と大切なものを失っていく——あの偽タンテ・ルースの誘惑的な笑顔、そしてアムステルダムに似た路地。路地は入り組んで迷路を形成している。その迷路が全てを吸収する複雑な時間の停滞を生んでいるのだ。時間——この街の時間は恐ろしい質量を持っている!

タニアはこの街を脱出しなければならないと思った。重厚な時間に押し潰されない間に脱け出なければ自分のこれまで隠し持っていたものの全てを失ってしまうように思えた。坂道を登り続け、全ての分岐点で意識の流れに逆流するように曲っていった。偽アムステルダムを脱け出て、偽ミラノも偽パランツアも脱出した。そしていつか彼女は広大な草原に出て街を見降ろしていた。背後には確かにチカノに続くハイランドが開けていたのである。

タニアはジープを停めて汗を拭いた。陽はすでに沈みかけている。彼女はそこから全速力で果樹園まで走り、前日とほぼ同じ場所で眠りについた。

次の日も早朝に目覚めたが、今度は用心深く明るくなるまでジープの座席で待った。

昨日自分が迷い込んだところは本当にフリーランドだったのだろうか？　彼女は薄く白い光がにじみ始めた東方の空をみつめながら考えていた。むしろ彼女には、自分のフリーランドへの積もり積もった期待が、何か狂った幻想を生み出していたように感じられるのである。たとえ昨日ジープを走らせた道が全て実在していたとしても、それをみつめてきたタニアの意識が長いフリーランドへの幻想を投影していたはずだ。確かに現実は存在するが、それを理解するのは常に意識であり、意識によってこそ現実は意味を持つものである。しかし、それ故に彼女はこのフリーランドを出なければならないといえるだろう。タニアはある意味で、ここにきて初めて自分の目的を自ら認めたともいえるのだ。

空は急速に青くなり、太陽は真赤な炎を地平線に燃え立たせた。地平線の霧はその炎を屈曲させ、一面の大地に拡げていった。

「わかったわ、タンテ・ルース」タニアは地平線の炎上をみつめながら呟いた。「フリーランドはいつまでも遠いところなのね！」

彼女はエンジンを始動してクラッチを踏み込んだ。ジープは坂道を登り、朝霧は谷底の街へ降りていく。そして小岩石の高地までくると太陽は完全に空に浮き上がって強力な白光を放出し始めた。

フリーランド側のキトへ着くと、相変わらずタバコを吸っている老ローラが、眠っているような笑っているような眼でテーブルからタニアをみつめていた。

「セニョーラ、チカノへ戻りたいのです」

タニアがジープを降りて店の前からいうと、老ローラはゆっくり立ち上がり、店を出て空を見上げた。

「たぶん、向こうのローラが兵隊と話し込んでいるはずだから、その間に検問を走り抜けるといいよ」

「もし、セニョリータ・ローラがいなければどうすればいいの？」

タニアがいうと老ローラは煙を大量に吐き出した。

「やはり検問を一気に走り抜けることね」

老ローラはいった。

タニアはジープに乗り込んで坂道を降りた。草原を走って検問の手前で車を停めたが、検問には人の姿がみえなかった。アクセルをいっぱいに踏み込んで小屋の前を走りながら覗き込むと、やはり兵士の姿はなく、屋根についていた小さな旗も折られて倒れていた。

タニアは再び坂道を登ってチカノ側のキトへ着いた。店の戸は開いていたが、そこにもローラの姿はみえない。

「セニョリータ・ローラ！」

タニアは大声で叫んだ。店内で小さな物音がして、カウンターに男物の帽子が持ち上がった。

タニアは思わずジープのコックピットに身を伏せてベルトの銃を抜いていた。

「セニョーラ！」

カウンターから現われた小さな頭は確かにホードのものだった。ホードは勢いよくカウンターを飛び越えると身軽に店の外まで一気に走り出た。

「ホード！」

タニアもジープを飛び降りて叫んだ。ホードのあとからは武装した三人の男とローラが現われた。

「タニアさんがおいでになったとローラがいうので、きっと戻っていらっしゃると思って待っていたのです」

ホードはいった。

タニアはいった。

「ずっとあなたを捜していましたのよ」

「チカノでは戦争が始まっています。イッフェとソホラープが大統領を暗殺してクーデターを起こし、サーディ将軍がソホラープと戦闘中なのです。我々だけでなく、フリーランドからは次々ゲリラがチカノに向かっているのです。同志タニア、これは全てあなたの工作の御成果です！」

「わかりましたわ。みなさんジープにお乗り下さい。荷物を捨てて下さって結構です」

タニアがいうと、ホードが助手席に、三人のゲリラが荷台に乗り込んだ。ローラはゲリラたちの一人一人にキスをして廻り、最後にタニアと握手した。

「すてきね。タニアさん」

ローラは大きな眼を見開いてタニアを見上げた。タニアはローラの頬にキスをしてクラッチを踏み込んだ。アクセルをいっぱいに吹かせてセカンドギヤで勢いよく飛び出すと、手を振るローラの周囲に砂塵が立ち昇った。

「アディオス、セニョリータ」

タニアは叫んだ。ジープは更にスピードを上げ、小石を蹴りながら坂道を登っていった。

「でも変だわ」

タニアは呟いた。

「私がフリーランドにいた時はとても静かでゲリラの姿などみかけなかったのよ」

ホードはゆれ動くジープの席で跳び上がりながらタニアに小さな顔を向けた。

「ええ。そういうこともあるようです。私にもフリーランドのことはよくわからないのです」

ジープは坂を登り切って岩石の曲りくねった道にかかっていた。後部のゲリラたちは手すりを握りしめて眠っている。

「ホード。あなたはずっとどこにいらっしゃったの？」

タニアはいった。

「廃墟です。何もないただの廃墟ばかりの場所でした。そこには十数人のゲリラがいて指令を待っていたのです。でも不思議なことに、私は僅か三か月ぐらいそこにいただけと思っていたのに、ローラの店へ戻ってきた時には何年も経っていたのです」

タニアは頷いた。

「つまり、私も二日間しかいなかったつもりなのに一か月ぐらいいたことになりますのね」

「ええ、結局のところフリーランドは一種のまがいものの自由都市のように思えます。あれはシンボル以上のものではないのでしょう」

ホードがいうと、タニアは小さく笑った。そしてその笑いを打ち消すように顔をあげて力強くハンドルを廻し、ホードに横眼を向けていった。

「でも、私達のフリーランドは存在しますわ。チカノです！」

タニアは前方にみえてきたベアロックを指差した。ホードはようやく揺れの少なくなったジープの鋼鉄をたたいてリズムをとった。むろんクランのリズムである。

タニア、タニア
セニョリータ、タニア、タニア
レボルシオナリーア、タニア
タニア、デ、フリーランド
デア、タニア、タニア

ホードはフリーランドで流行していた組曲フリーランドの中の『タニアの歌』を歌った。詩は簡単なもので、同じ言葉が何度もくり返される。後部で眠っていたゲリラたちも、いつかホードに加わって歌っていた。

ベアロックでジープを停めると、全員が歌いながらジープを飛び降りて、踊りながら食事の準備を始めた。タニア自身もその自分の曲をまるで古くから親しんできたもののように歌っていた。

ローラの用意してくれた食事は簡単なものだったが、歌と踊りとワインのおかげで最も楽しい昼食会を開くことができた。

歌は再びジープに乗ってからも続いた。同じメロデイと同じ詩を、もう何千回くり返しているることだろう。ジープはまるで宣伝カーのように騒々しくチカノへ向かって走り続けていた。そしてチカノの街が白い光を放って眼下に出現すると兵士たちが叫んだ。

「ヴィヴァ、フリーランド！」

丘上には兵士たちが待っていたが、チカノの街のどこにも炎や煙がみえなかった。ホードは兵士から情報を聞いてきた。

「ソホラープとサーディはチカノとヨンロエルの国境付近で争っているそうです。そしてチカノはイッフェがほぼ統治しています」

ホードがジープに乗り込んでいった。

「ホード」

タニアはジープを再び始動させながらいった。ホードはアスファルト道路に入って静かになったジープに同調するようにゆっくり顔をタニアに向けた。

「教えていただきたいの。私達が集めた情報は本当にフリーランドへ伝わっていたの？」

ホードは首を振った。

「いいえ、あの情報は全てイッフェとソホラープのところに集中することになっていました」

「つまり、イッフェとソホラープのＣ１号、Ｃ２号が私達のフリーランドだったというわけですね」

「ええ」

そういってのち、ホードの黒い眼はまだタニアの顔をみつめ続けていた。

「タニアさん。あなたの賛成が得られるかどうかわからないのですが」

ホードはいった。タニアは下り坂にかかってジープのハンドルを勢いよく切った。

「イッフェを暗殺するとおっしゃるのでしょう」

タニアは素気なくいった。

「彼は私の父がおこなおうとして失敗した偽国家を作ろうとしているのです」

ホードは眼を閉じた。

「イッフェはあなたと同じことを私の父に対しておこなったわ。私にとってイッフェを殺すことは父を殺すことであり、父の復讐をすることにもなります」

タニアがいうと、ホードは決心したように頷いた。

「わかりました。イッフェを殺すことはあきらめて、国境へ行きましょう。タニアさんはこのチカノに残ってイッフェを見守っていて下さい」

「いいえ！」

タニアはいった。その声はジープのエンジン音を消しチカノの白い鏡面に鋭くはね返る。

「イッフェは殺すべきです。ここは私にとっても、あなたにとっても、父にとっても、イッフェにとってもフリーランドでなければならないからです。今、あのフリーランドの重い時間に隠されたものが吹き出ようとしています。虚構のフリーランドが実体化しようとしているのです。大切なのはあなた自身のフリーランドであり、私自身のフリーランドです。運がよければまた会いましょう。ホードさん」

タニアはそういってジープを停めた。丁度首都エリアの入口にかかったところであった。ホードは頷いてジープを降りた。

「セニョリータ・タニア」

ホードはいった。タニアは小さく頷いた。三人の兵士も納得いきかねるようにゆっくりジープを降りると、ホードの後に立った。タニアは荒っぽくジープを出発させていた。

彼女はすでに完全にヨーロッパ人に戻っていた。ホードが敵意を示さねばならないマドモワゼルの傲慢さを充分発揮していた。それでも首都エリアの兵士たちは英雄タニアを歓声で迎えた。イッフェやソホラープからタニアの神話が伝わっており、また、いつの間にかタニアがジープに乗った人物であることも伝わっていた。

路上に寝ころんでいた兵士たちや、広場で踊っていたゲリラたちは大声でタニアの名を呼んだ。それは一瞬の間に全ての兵士の間に拡がって大歓声となってしまっていた。

ヴィヴァ、タニア！

ヴィヴァ、タニア！

タニアはそれら群衆にヨーロッパ風の微笑を返しながら、かつての大統領官邸、今は革命評議会本部となっている巨大な建物に入っていった。

イッフェは会議室を飛び出してきて、ホールの中央でタニアを抱きかかえた。そのイッフェにタニアは過去のイッフェにはなかった男の体臭を感じていた。

「タニア。遂にぼくは君の父上の計画を実行したんだ！」

イッフェがいった。

タニアはそういいながらベルトの銃を抜いた。

「ありがとう」

「父もとても喜んでいることと思いますわ」

タニアはそういいながら銃口をイッフェに向けて引き金を引いた。銃声は会議室から玄関まで反響し、すぐに消えて空虚な余韻を残した。タニアは疑問符を画くような眼を開いたまま倒れたイッフェに更に三発の銃弾を撃ち込んだ。それに続いて四方からタニアに向けられた銃声が渦巻いた。そして全ての反響が消えた時、タニアとイッフェの屍が白いロビーの大理石に赤い血を泉のようにわき立たせながら転がっていた。

タニアは遠ざかっていく意識の中で組曲フリーランドを聞いていた。そしてホードの名を口に出しかけた時、全てが消えてフリーランドの重厚な時間がのしかかってきた。

フリーランド。それはここで一つ消えていった世界である。そしてそれはここに、誰かが生み出そうとしている世界でもある。

世界の革命家よ！　孤立せよ！

サムワンとゲリラ

Someone and Guerrillas

おそらくそこは『記念広場』と呼ばれるべきところだろう。第八解放軍とフリーランド民族戦線の決戦が、両軍の無差別破壊によって殆ど完全な終結を遂げた時、解放軍の僅かな生き残りの一人であるピート・ランペットがそれを発見した。熱気で乾き切ったガスがゆっくり低地に向かって流れ降りていくと、ピートは酸素錠を口に入れて壕からはい上がり、よろめきながらコンクリートブロックに立ち、赤く焼けた大気の中に拡がる熔解した合成樹脂やコンクリート瓦礫を眺め渡した。まるで大地が癌を患ったかのように、ただれきった廃墟が一面の不気味な輝きの中に開けていた。

ピートの戦闘服も熱のためにもろく砕けて、彼女の動きとともに地面に散り落ち、両手でようやく重いヘルメットをはぎとると、短く刈った髪が逆立って熱風に舞い、顔面には鋭い痛みが襲いかかる。それでも彼女が命を保っていたのは奇蹟だった。

ピート自身、僅かな自意識を取り戻した時に初めて考えたのもそれで、彼女は自分の生命を確かめてみるように呟いた。

「生き残ったのね」

彼女がもう一度周囲を眺めると、自分の潜んでいた壕の付近だけに小さな広場が開けており、嵐とともに押し寄せたような瓦礫群と、プラスチックのタールがみえない防波堤にでも遮られたようにその小空間には入り込まず、黄褐色の土が僅かな湿気を含んで露出していた。壕は丁度その奇妙な空間の入口になっており、彼女が生き残ったのも、その広場の奇蹟に救われたものと思われる。

ピートはよろめきながら全身から湯気をたてるように汗や服の破片や土煙をまき散らして広場に降りていった。

裸足になって黄褐色の土を踏むととても気持よく、足だけが別世界に入ったように目覚め、何かを模索するように一方向に進んでいく。丁度広場の中央までくると、直径およそ一メートルぐらいの穴があり、それは無限の暗闇へ続いているように黒々と開かれていた。

ピートはただ足だけで思考するように、穴の周囲をなでまわし、その滑るような感触を楽しんだ。

やがて彼女の足は穴の中央に進み出て、まるで飛び上がる鳥のように軽々と穴上の宙空に浮上すると、そのまま少しずつ吸い込まれ、暗黒の穴の中へ沈んでいった。

闇は渦巻いていた。強い重力を感じながら、足だけが伸び続けるように奥底へ突き進んでいき、落下と飛翔とを同時におこなっているようであった。足から伝わってきた神経の覚醒はようやく頭脳にまで及び、彼女の思考は急に鮮明なものとなって加速的な神経活動が展開された。やがて彼女の思考は、彼女自身を追い越し、まるで闇の中に突然開けた新世界のように彼女の外に出現した。

風景は様々なシンボルの複合された次元地図であった。道が幾つかゆがみの中に続き、それが時を刻んでいる。時間を表示するのは巻き貝の一種で、丁度深海に潜むように静止して奇妙な数字を示していた。幾つかの門が破壊されたまま不気味な入口を開いており、その奥に怪物が隠れているのがうかがえる。風が吹きつけ、彼女の僅かに残った衣服をはぎとると、閃光が周囲を照り輝かせた。だが閃光とともに道も絶え、周囲は再び暗黒に変わる。山羊の疑問をなげかけるような眼、そして無形の波。白い布がベルを鳴らし、青い一枚の紙のようにゆっくり舞い散っていく。砕け散る船の像、太陽の中央に画かれた文字。

SOME ONE

そして一人の男がいた。「あ」」。「」「「だ」「「『『「「〈《》」『」」」「
『』『』』』『「」」「」『〉。！」」」」」」。キ○（・－」」」
『だ！』　　　　！！！「《〈《〈もつ？）―「A））☞「「「」」」」「や！」――」」
」」」」」」」」よ」「」

ピートが暗黒の地底からはい出た時、前方にもう一度同じ男をみた。

「誰？」

彼女は叫びながら身構えた。男は両脚を拡げて立ちはだかり、両手をゆっくり拡げて頷いた。

「オメヤド端和、考来学者です」

男はいった。

「こうらいがく……？」

「そう。伝統的用語でいえば、予言者——かな？」

オメヤドが得意気にそういって桃色の空を仰いだ時、ピートは一気に体当たりを喰らわしたが、体力が弱っていただけに逆によろめいて地面に倒れた。それでも身を引こうとした男に向けて裸の足を精いっぱい蹴り上げる。

「私は敵ではない。私は解放軍とも民族戦線とも無関係だ」

男はそういってピートの脚を両手で押え込んだ。単にピートの体力が弱っているという理由だけでなく、オメヤドの力はまるで鋼鉄のように頑強でピートがいかに暴れても動じなかった。結果的にはピートは彼の眼前に性器をさらけ出したままそこに横たわって、オメヤドの次の行動を待つだけとなった。

だが彼は無関心に彼女の火傷で赤く染まった裸体を眺め、そのままいつまでも動かない。そして、やがて一言呟いた。

「君はこの来跡の発見者だ」

「来跡？」

ピートは弱々しくいった。

「そうだ。これは未来から過去へ向けられた記念のモニュメントだ。丁度過去から未来に向けられた史跡があるように、ここに終末の記念物が出現したのだ。君はこの……」

オメヤドは更に長く彼女に話しかけていたようだ。だが、横たわって力を抜いたピートからは急速に活力が失われていき、今度はただ虚無の中に消えていった。そして三日間目覚めることはなかったのである。


ピート・ランペットは赤十字病院で意識を取り戻した。彼女はもう一度奇蹟的な生存を確認して叫んだ。

「死にぞこないめ！」

彼女は医師に様々な質問をした。

「ここはどこ？　なぜ私は生きているの？　フリーランドはどうなったの？」

だが医師は答えずにただ注射をしただけである。ピートは再び眠った。そして、そんな日が三日間も続いた。

病院での一週間目の朝、ようやくピートは新聞を読むことが許された。

「ここはどこ？」

ピートは看護婦に尋ねた。

「赤十字病院ですよ」

ピートとほぼ同年齢の看護婦は職業的な落着きを示していった。

「では、フリーランドに赤十字軍が乗り込んできているのね。国連軍も？」

「いいえ、非武装部隊だけですよ。でも生存者が僅かだから、この病院も殆どからっぽよ」

「フリーランドは無人化したの？」

「いいえ、終戦会議ができて、ロビンフッドが議長になったわ」

「ロビン！」

　ピートは叫んで立ち上がったが、すぐにベッドへ押し戻された。

　新聞（赤十字軍が発行している外国向け電送新聞である）によると、フリーランドは全滅し、第八解放軍とフリーランド民族戦線の生存者は合わせて僅か五十人であったそうだ。非戦闘組織ではロビンフッドを中心とするゲリラ主義者集団が最大組織となったが、それでも僅か二千人で、フリーランドの全人口も七千人しかいない。すでにフリーランドには他国からの侵略から身を守る力もなくなっていた。

　ロビンフッドは第八解放軍では『ゲリラ生活主義者』と呼ばれている。フリーランドの様々な小ゲリラ集団が争い、和合し、更に新しい敵を求めていく時、そうした戦闘集団から離れて周辺山岳地帯に逃げ込んでいく者も多かった。全ての軍はそうした逃亡者を許さず、山間に狙撃兵を送り込んだ。また、彼等逃亡者は各軍のスパイ達にも利用され、逃亡者を装って接近して情報を得ようとする者も多かった。ロビンフッドはかつて第八解放軍の戦略局長だったが、レインボウブロック壊滅作戦に失敗した時、解放軍を逃走した。そして山岳地帯に入ると逃亡者たちを組織して新しい軍を作り、狙撃兵やスパイ達から逃亡者を守った。ロビンフッドは積極的に戦闘することはなく、無思想で他の軍とはいっさい関係を持たず、ゲリラ生活を一つの理想的な自由状態と考えていた。それ故に、彼等は自ら、『ゲリラ主義者集団』と呼び、また『ゲリラ生活主義者』と呼ばれていたのである。

ピートはロビンを決して嫌ってはいなかった。彼女は彼が解放軍を脱出したのを残念に思い、彼を追っていこうと考えたほどであった。


二日後にロビンフッドがピートを見舞いにきた。

「ピート、よく生きていてくれたな」

例によって羽根のついた帽子を被り、緑の服を着たロビンが笑いながら入ってきた。

「ありがとう、ジェリー」

ピートにはロビンフッドとジェリー・コーネリアスとを混同するくせがあった。

「でも、議長とは偉くなったものね」

ピートがいうと、ロビンは帽子を脱いでベッドの上に投げつけた。

「俺にはフリーランドを支配するつもりはない」

「わかってるわ。でも、つもりはなくても権力は生まれるものよ」

ロビンフッドはゆっくり頷いた。

「その通りだ。だから君の力を借りたい」

「だめよ。私は第八解放軍の幹部なのよ。どこからも不満がでないはずはないわ。それよりあなたは私を軍事裁判にかけて処刑すべきね。銃殺の前にキスしてくれれば私は満足だわ。どのみち死にぞこないなのよ」

　ピートはいいながらベッドに起き上がった。ロビンはゆっくりソファに坐りながらピートをみつめた。

「ピート。俺は君が好きだ。俺は誰も処刑しないし、軍事裁判は開かない」

「そんなこと保証できるの？　保証できるとすればあなたはやはり権力者よ。権力的に処刑や裁判をやめさせるのね」

「そうだ。俺には保証はできない。だけど、それがいまのところ俺の考え方だし、俺と仲間の考え方でもある」

　ロビンはそういってピートのベッドに近寄った。

「ありがとう」

　ピートは手を伸ばし、ロビンはゆっくりピートの横に坐った。いつか二人は抱き合って接吻していた。

「ところで」

　ピートはいった。

「オメヤド端和って男を知っている？」

　ロビンは急にピートの身を引き離し、大きく眼を開いて彼女をにらみつけた。

「知ってるの？」

「いや。俺も知りたい。終戦後突然フリーランドに出現し、得体の知れないアジテーションをしながら街中を廻っているんだ。何らかの意図を持っているんだろうがね」

「考来学者っていってたわ」

「そう、終末の伝道師だとか、予言者だとかいっている」

「いかさまくさいわ」

「俺もそう思う」

「でも、わからないことがあるのよ」

ピートは呟いた。

「どういうことだ?」

「来跡のこと」

「来跡?」


三日後、ピートとロビンはホーバー車で廃墟の街中へ出た。フリーランドは完全に崩壊し、大小のクレイターや無造作な瓦礫の山、タールの盆のような沼地などの荒んだ光景が続いている。樹木も土もなく、僅かに消し炭と、時折残っている崩れかけたビルのコンクリートの空洞がかつてのシテイの名残をとどめていた。病院と同じようにトラクターと簡易建築でできた救援基地や食堂がある。

「ここを二度と都市にしないのが俺の計画だ」

ロビンはいった。

「でも、都市はゲリラにとって天国よ。特にフリーランドのような歴史的なところならね」

ピートはいう。

「それに代わるものを作る。迷宮だ。全ての計画や予定を排除して、一人一人のゲリラが勝手に地下道やコンクリートブロックやバリケードを作る。それらは常に埋められ、壊され、毎日変わっていくのだ。誰もフリーランドをゲリラから奪えない」

「でも、あなたがそれを命令するの？」

ピートがいうと、さすがにロビンは腹を立てたように姿勢を変え、口をとがらせた。

「君は他人を信じないところが取柄の一つだが、他人を認識しないことが欠点だ。ぼくは自分の考えをみんなに述べるだけで、一度でも組織を使って何らかの強制をしたことはない」

「嘘よ、そんなこと——あなたが強制しなくても誰かがあなたに強制されているわ。組織とはそんなものよ。あなたの欠点は、自分の理想に何の矛盾もないと信じていることだわ。むしろ私はあなたが命令者となり、権力者となって悪者として生きるべきだと思うの」

「いやだね。俺は少なくとも同じ悪者なら、偽善者という最悪の悪者になりたいと思うよ」

ロビンはいった。ホーバー車はタール沼を横切り、巨大なコンクリート片の山を昇っていった。

「いるわ、ジェリー」

ピートが指差した方向にオメヤド端和とはっきりわかる男が、両手に銃を抱いて太陽を背に立っていた。

ホーバー車のジェット噴出が停止すると、一面の荒地を急に静けさが支配する。ドアを開いて赤く錆びた鉄骨群の上に降りたピートの足元で何かが崩れるような音が発生した。

ロビンとピートはバンケットを飛び越えて記念広場の黄土に踏み込んだ。オメヤドは動かず、ただ鋭い視線を二人に向けている。

「オメヤド端和ね」

ピートはいいながら手を差し出した。だがオメヤドは握手を受けようとせず、得体の知れない笑みを浮べてロビンをみた。

「お前がロビンフッドか」

オメヤドはいった。

「君は無礼な人間だな」

ロビンがいった。そして二人は更に鋭くみつめ合った。

「あなたは、私の敵ではないといったわ」

ピートはやや用心深くオメヤドとの距離を保ったまいう。

「そうだ。あなたの敵ではない。だが、こいつは別だ。私はこいつを敵にする」

「では私とも敵よ。私とジェリーとは昔からの友達だわ」

「ピート、君を助けたのはこの男なんだ。君はこの男を敵にできないよ」

ロビンがいった。

「ほう、義理堅いんだな。だが私はピートを病院まで運んだだけだ」

オメヤドがいうと、ピートも頷いた。

「そうよ。何も助けてくれとはいってないわ。私はおかげでくたばりそこなったのよ」

「その通り。私は利己的な理由で彼女に生きていてもらったのだ」

「俺は君がこのフリーランドで何をしようとしているのかを知りたい」

ロビンはいった。

「お前がしようとしていることと逆のことだ」

「なぜだね？」

ロビンがいうと、オメヤドは銃を肩に廻して振り向き、ゆっくり歩いて、ピートが落ちていった穴に近寄った。だが、それは穴ではなく、単にタールの小さな沼としかみえなかった。

「これが来跡？　私が落ちた時は穴だったわ」

ピートがいうと、オメヤドは素早く首を振ってピートをにらみつけた。

「落ちたって？　では、この来跡に接触できたのか！」

オメヤドは叫んだ。そして次の瞬間にはピートを抱き寄せるように肩をつかみ、顔をのぞき込んだ。

「で、何を見た？　何を体験した？」

「よく、覚えて、ないの」

ピートはどもりながらいった。

「何も思い出さないのか？」

「一つだけ、男がいたことを覚えているわ」

「男？」

「ええ、でも、それはオメヤド、あなただったような気がするの。だから、穴から出てからみえたあなただったのかも知れないわ」

ピートはいった。

「一体、これが何だというんだ」

ロビンがじれたようにいった。

「これが来跡だよ。未来からの記念モニュメントだ。やがてここフリーランドが終末の起点となる、そのための予兆だ。丁度史跡が過去を知らせるシンボルであるようにね」

オメヤドがいった。

「ピートは信じるのかい？」

ロビンがいうとピートは首を振った。

「わからないの。ここだけに土が露出しているのも変だし、私がここにいたために生き残ったのも奇妙だわ。何か奇蹟があったようにも思えるわね。ただ、私がみた時にはこんなタールだまりではなかったわ」

「そう、単なるタールだまりではないはずだ。何らかの理由で、このモニュメントと接触できるはずなのだ。今のところそれをできたのはピートだけだ」

ピートはゆっくりタールの上に足を置いた。弾力ある油脂の感触がはね返ってきた。

「だめだわ。あの時とはちがうのね」

オメヤドは頷いた。

「もう誰も接触できないのかも知れない。だから君は聖者なのだ。君こそフリーランドの終末と全世界の終末を知っている人間だ。ピート」

ロビンフッドは羽根のついた帽子をやや持ち上げ、横眼でオメヤドをみてからピートにいった。

「死にかけたピートに暗示をかけたのだろう。俺は事実を冷静にみたいね。もう少し証拠があれば信じるが、これはどうみてもタールだまりだ」

「冷静さとは俗っぽいことかね。確かにお前は冷静だよ。だが天才は冷静ではない。そして運命もだ」

「大げさ野郎だ」

「おろかな俗物だ」

すてぜりふを交換し合うと、二人は逆方向へ歩き出した。ピートもロビンに続いてホーバー車に戻った。二人はそこから終戦会議場までの車中では何も話さなかった。


全フリーランドの兵士諸君！　再び銃を持って戦おう。ゲリラにとって終戦はない。全ての権力は敵であり、全ての社会の存在は敵である。ゲリラには常に新しい敵が待っているのだ。ゲリラは戦いだけに生き、戦いによって死なねばならない。誰もがそう決意したはずだ。大国ブラジルの存在を許すのか？　シベリア連邦は？　極東政庁は？　これら権力をフリーランドの戦いに巻き込もうではないか！　我々の死はより新たな多くの死を呼ぶためにある。我々の死は終末をめざすためにある。破壊と死を！


オメヤドからの無線通信を聞きながらピートは粘土をこねていた。彼女は粘土を同じ大きさのかたまりに分けて、その一つ一つを少しずつこねていった。

「退屈そうだね、ピート」

ロビンフッドが彼女の簡易アトリエの窓からのぞき込んでいった。

「ジェリー。どう？　今日の会議は」

「成功だね」

そういってロビンは戸口に廻り、室内に入り込んだ。

「フリーランドに対する外国の干渉を全て断つことができた」

ロビンはそういって羽根のついた帽子を机の上に置いた。

「不可能ね」

ピートは粘土作業を続けながらいった。

「そうかも知れない。だが時間はかせげる。その間に迷宮を作ってしまえばいい」

「財政は？」

「国連が出す」

「いつまでも出しはしないわ。フリーランドには戦争以外の産業はないのよ」

「大丈夫だ。観光とギャンブルと自由通商と自由情報が売り物になる」

「それでゲリラは生活をするわけね。だけど、オメヤドのいうことももっともだわ。ゲリラは生活ではなく、戦うためのものよ」

「ちがう。戦いも一つの生活だ。ゲリラにとって重要なのは自由だ」

「そうね。そして戦うことこそ自由よ。生活は自由と反するものだわ」

「相変わらず君は戦闘好きだな。だが、もうすぐ戦闘をしなければならなくなるだろう。あのオメヤドがいるからね」

ロビンはそういって一枚の書類を出した。

アブラハム・ミランド
アメリカに於けるD・D・ゴールド大統領暗殺計画指揮者、国外に逃亡。
ロバート・ブルックリン
ブラジル革命（失敗）の秘密書類に度々登場する名で、当人は外国にいた様子。
滝岡修
極東政庁大爆破事件の主犯。国外逃亡。
モーリス・カーン
国連大汚職事件に関連ありとされている。

オメヤド・端和

?

以上全て同一人物と考え得るだけの根拠はあるが実証は難しい。他にも不確実だが、幾つかの事件に関連ある人物が、やはり同一人物かも知れない。この人物は〝サムワン〟と呼ばれている。

J・C

「サムワン?」

ピートは書類を読み終えるといった。

「その名は、あの来跡の中でみたわ」

「では、やはりあの男と関係あるのだろう。死にかけていた君に、暗示をかけたんだ」

「それで、オメヤドはどうしているの?」

「それがなかなかつかめないんだ。もし、オメヤドがサムワンなら、世界中からゲリラ兵士を呼び集めてフリーランドを再び戦場に戻すだろう。様々な国がそれに反発してどれかの組織に援助し、やがてまた全滅だ。全くナンセンスではないか?」

ロビンはいった。

「ええ、でも、わからないわ。少なくとも戦っている間だけは奇妙な未来への展望があるように思えるのよ。こうしてのんびりすると忘れてしまうけど」

「ところで、何を作っているんだ?」

ロビンがピートの粘土を指差した。ピートは笑いながら首を振った。

「わからないのよ。それも」

ロビンもつられて笑った。笑い合いながら二人は抱き合ってベッドへ倒れ込んだ。


ピートがもう一度来跡にやってきた時、そこは何者かの手で荒らされていた。沼のタールは取り出され、土は掘り返されていた。それは来跡というもののでたらめさを証明するためのものだろう。ピートはみじめに転がったタールのかたまりをひろい上げた。そして、それを持ったままジープに戻った。

すでにフリーランドには幾つかの道が生まれていたが、常にバリケードや溝やコンクリートで閉ざされたり、別の道へそれたりするように工作されている。ロビンの一隊がかなり広域に潜伏しているのだ。事実ジープで走っていると、ブルドーザーやパワーシャベルで溝や地下道を掘っている若者を何度かみかけた。彼等の姿はまるでこの不毛のフリーランドに新しい農業を起こそうとしているかのようであった。

「なるほど、すてきな観光地だわ」

ピートは呟いた。ようやく一帯を支配していた熱気が消え去って、タールや瓦礫は太古からのその地の地形であったかのように落着いてどこまでも続いている。ジープに流れる風は快かった。砂塵もほこりもなく、空気はとても透明である。

ピートはロビンの計画に従って、わざと道に迷おうとしていた。生まれたばかりのアスファルト小道に突っ込むと、丘陵を流れ落ちながら固まったタール群のゆっくりとしたスロープを登った。どこから道が消えたのかわからないが、そこは明らかに戦争中に自然に生まれたアスファルトであった。丘陵の上にはかつてどこかの軍の砦だったと思われる崩壊した鉄骨とコンクリート瓦礫があった。道は途切れ、彼女はコンクリート群の上を銃を手に歩き始めた。鉄筋につかまり、コンクリートの破片を何度も崩しながらようやく小さな山の頂上にたどりつくと、ピートは身体を伸ばして周囲を眺めた。

太陽は白く照り輝き、なだらかな起伏の黒と灰色のフリーランドの死の世界は遠く地平線に消えており、南には僅かに緑の残る山岳地帯が蜃気楼のようにみえた。丘陵の下方には広い盆地があり、比較的激戦の少なかったその一帯には僅かなビル街の面影が残っている。およそ一キロの道路がほぼ完全な形で残されており、三か所に幾つかのビルが、はげ落ちたコンクリート壁を陽光にさらしていた。よくみると、そのビルの一つに小さな旗がみえた。赤と黒の模様が僅かにうかがえる。

（永久革命コミューン?）

ピートは口の中で叫んだ。そのセクトは第六解放から分裂し、第八解放によって全滅させられた小軍団であった。更によくみると、建物の陰に垂直尾翼と思えるような板状の突起がうかがえる。永久革命コミューンならシベリア連邦と密約があったので、シベリア連邦機かも知れない。そういえばトロツキー788型のように垂直尾翼の頂上は幅広い。

ピートは急いで瓦礫を駈け降りた。途中でコンクリート群が崩れ、ピートの身体のいたるところを打ちながら転げ落ちた。そして、その時、周囲に銃を持った一小隊が現われた。

「立て！」

自動小銃を腹部に抱き、ゲリラ軍の完全装備をした髭の男が叫んだ。

「誰なの？　あんたたち」

ピートは腰をさすりながら立ち上がった。

「自分の不利な立場を考えれば、名乗るのがどちらかわかるはずだ」

男は明らかに外国人とわかるなまりの強いフリーランド英語でいった。

「私はピート・ランペット、第八解放軍の死にぞこないで、今はロビンフッドにつかまって、なぜか自由を許されている身よ。あなた方が、永久革命コミューンの亡霊なら、すぐ銃殺にしてくれていいわ。あなたハンサムだから、死ぬ前にキスしてね」

ピートはそういって銃を投げ出し、両手を上げた。そして上衣を脱ぎ、ズボンも脱ぎかけると、男はそれを制した。

「服は着ていていい。特に女性の場合は」

ピートはズボンを戻し、ブラジャーだけになった上半身に上衣をかけながらいう。

「あなたフリーランドの道徳を知らないのね。ここでは男であろうが、女であろうが、捕虜は素裸にするものよ。ほら、こういうものがあるんだから」

ピートはズボンの先からガス弾を出し、足で踏みつけた。一瞬、煙が荒々しく立ち昇り、同時にピートは駈け出していた。銃声が聞える前にタールの坂を転がり、突起の陰に隠れると、次にはジープに向けて走っていた。

だが、ジープに近づくと再び手を上げ、急に動けなくなったように立ちすくんでしまった。

「さあ、今度は服も脱いでもらうかな」

髭の男はジープの後部座席の上に立って銃を構えていた。ピートが上衣とズボンを投げると、彼はジープの布カバーを投げてよこした。


髭の男の運転するジープは永久革命コミューンの旗と思われるもののあった方向とは逆の、砂漠地帯に向けて走り始めた。

道路は何度も途切れていたが、男は巧妙にぬけ道を通り、何度か地下道をくぐり抜けてフリーランド郊外に出た。

「あなたたち、永久革命コミューンではないのね」

ピートはいった。

「あれは永久革命コミューンではない。新しく結成された永久革命行動軍だ。シベリア連邦がヒモだってことは同じだが」

男はいった。

「では、あなたたちは？」

「我々はザベートーベンという軍だ」

「つまり、ＤＤＲがヒモってわけね。それにしてもドイツ人らしい壮大な名ね」

「あなたは、おそらく助かるだろう。我々のオメヤドとの取り引きに使われるだけだ」

「オメヤドと?」

「そうだ。あの男の呼びかけで、我々もこのフリーランドへやってきたが、なにしろ、今のメンバーと留守番のメンバーを合わせて僅か二十人という中小企業だ。オメヤドに助力してもらわなければ、とても戦闘集団にできない」

「組織を大きくするには、その人気のない名を変えるべきよ。せめてザビートルズぐらいにすべきだわ」

ピートはいった。男は思いあたるふしがあるのか、頷いて考え込んでしまった。

「なるほど、名前などどうでもいいと考えていた」

男はいった。そして、彼は部下に、人気の出そうな名を考えるよう命令した。その後は楽しい議論が続き、幾つかの名が提案された。

『日の丸行動隊』

『ゲリラ・ワークショップ』

『地球壊滅軍』

『終末予備軍団』

『労働者ゲリラ愛好会』

「みんなオメヤドが喜びそうな名ね」

ピートがいうと、髭の男は満足げに頷いた。

ザベートーベンの根拠地は、旧鉄道駅の地下道を使ったものだった。髭の男の名はF・ノルトラインといい、間のぬけた所もあるが、優れたエンジニアであった。彼は地下道を見事な機械要塞にしていて、ロビンのところよりも通信機械はそろっていた。

ノルトラインの部下がピートをまじえてポーカーに興じている間、彼はオメヤドに連絡をとった。ピートと交換に、地元フリーランドの無所属ゲリラを数十人、ザベートーベンに加入させるよう希望したのだ。

「大丈夫だ」

ノルトラインは通信機から離れると、ピートの後に廻っていった。

「なるほど、フルハウスか。もう少し大きな基地が必要だな」

彼はいった。

「残念ね。あなたと寝てみたかったのに、今日中にオメヤドのところへ行くなんて」

ピートはいった。

「まず最初の攻撃目標は、ロビン軍だ。連中をもう一度山岳地帯に追い払うのだ。そして次には永久革命行動軍だ。現在フリーランドでナンバーツーの軍だ。我々はともかくナンバースリーになることを目標にすべきだろう」

「ロビンは、これだけ次々と新しい軍が生まれてるってことを知らないわ」

「いや、知っているさ。毎日夜には無灯機が飛んできているんだ。だから、あせっていることだろう。ただ、今のところロビン軍と戦えるだけの組織は生まれていない。だからロビンは奴の軍に完全な守備体制を作らせようとしている」

やがて日が落ちて、ポーカーにも飽きた頃、オメヤド端和はザベートーベンの基地へやってきた。だが、一人ではなく、ザベートーベンの三倍もある中隊を引き連れてトラックで乗りつけてきたのである。

ノルトラインとピートは地下道から出て、オメヤドに向かって歩き出した。オメヤドと彼の軍は急に銃を構え、威嚇射撃をした。

「手を上げろ、ノルトライン！」

オメヤドは叫んだ。

「私はお前を甘やかすつもりはない。組織を大きくしたければ自分でがんばることだ。ここはフリーランド、戦闘の場だ。誰も馴れ合えないし、どこにも妥協はない。さあ、ピートを殺して自分たちも全滅するか、我々の捕虜になるか、どちらかを選んでもらおう」

ノルトラインは当惑したようにピートをみた。この男は物事が予定通りに進んでいる時には自信満々だが、変則的な事態には全く対応力を欠いているようだ。ゲリラよりも官僚に向いた人間なのだろう。だが、ピートには助けを乞う気持はなく、ゆっくりオメヤドの軍を眺めて腕を組み、崩れたコンクリートの一片に腰を降ろした。

ノルトラインは銃をピートに向けた。

「本当にピートを殺してもいいのか？」

「いいとはいってない。ピートを殺せば我々は総攻撃をかける。どのみちここは戦場だ。人命尊重を優先することはできないだけだ」

オメヤドが五十メートル先のトラックの荷台から叫んだ。ノルトラインは今度は部下の顔を一人ずつみて、再びピートに対面するとゆっくり銃を下げた。オメヤド端和のトラックはゆっくりピートたちに接近し、オメヤドの部下たちが銃を構えたままノルトラインたちを取り囲んだ。

「ザベートーベンも簡単に崩壊ね。せめて名前ぐらい変えておけばよかったのに」

ピートはそういって立ち上がった。

オメヤドはトラックから飛び降りてノルトラインに走り寄った。

「ノルトライン、お前には組織を運営する力がない。お前はヒトラーにはなれない人間だ。だが、第九解放戦線にはお前が必要だ」

「第九解放?」

ピートは大声で叫んでオメヤドの前に立ちはだかった。

「そうだ。私は第九解放を組織した。事態が切迫している。ロビンフッドは国連軍をフリーランドに入れようとしているんだ」

「ロビンが? でも、ロビンはそんなことといってなかったわ」

「奴も最初はそんなつもりではなかっただろう。だが、ここにこうして次々新しいゲリラがやってきている。ロビンフッドに他の対抗手段があるかね? 奴はアングロサクソン的プラグマティズムのかたまりだ」

「わかったわ、オメヤド。あなたも結局みんなと同じね。ロビンたちを倒せばそれでいいってことなのね。あなた自身の権力欲か、どこかあなたのヒモの国への義理立てか知らないけれど、とにかくがっかりよ。あなたが軍を組織するなんて！」

「私は君にもてたいとは思っていない。私は私の理想のために何でもする。それだけだ。さあ、ピート。君も私の捕虜だ。大人しく来ていただこう」


第九解放の基地は粗末なものだった。むしろザベートーベンから分捕った地下道の方が本部にふさわしいだろう。砂丘の陰にコンクリート壕が一つとテントが二つ、その横にトラックが三台と戦車が一台あるだけだった。ピートは捕虜とはいえ、監禁される場所もないのでテントに他の兵士とともに寝かされ、脱走も容易な状態である。ノルトラインたちは簡単にオメヤドの軍に順応した。そして極めて有能な将官になろうとしているようだった。それは日々の行動にも出ており、ノルトライン自身の態度が急速に変わっていった。

ピートは脱走する気配をみせず、のんびり基地建設を眺めながら過した。オメヤドとはその後一度も話していない。ピートが声をかけても多忙げに動き廻りながら笑い返すだけであった。

基地建設は急速に進んでいた。どこからか壊れたコンクリート塊が運ばれてきて積み上げられ、鉄柱とセメントで固定されていく。屋根には砂が積まれ、一日の内に建物は地下へ潜った。兵士の数も増加した。おそらく基地の数もかなり多くなっているはずである。

オメヤドがそこを本部基地に選んだのは、どうやら井戸水のせいだったようだ。水は不思議な甘さを持っており、他の基地からやってきた兵士たちは着くなり水を求めた。ピートすらここを脱走しないのはその水から離れ難いからで、彼女は井戸の近くに寝転んで本を読んでいる間にいつか水番担当番外士官として第九解放軍に名を連ねるようになっていた。だが、ピートは戦闘には全く無関心だった。果してオメヤドとロビンフッドの軍が既に戦い始めているのかということすら知らなかった。彼女が情報を得るとすればノルトラインを通じてであるが、ノルトラインは一切戦略的なことを話さなかったのである。

ピートが井戸の近くで本を読んでいると、ノルトラインが見張り台へ登ろうと誘った。

「私が登ってもいいの？」

「いいさ、君ももう第九解放の人間だし、もともと第八解放の勇者なのだから」

ノルトラインはいった。地下道を通って丘の中腹の岩陰にある出口から黒い岩石の間を抜けて付近では最も高いクルセイダーヒルを登る。かつて西洋諸国の義勇兵たちによるフリーランド・クルセイダーズが全滅した丘で、フリーランドの中央地区からは十数キロ離れた辺境である。

「でも、なぜオメヤドは第九解放と名付けたのかしら」

ピートは吹き上げる強風に向けて大声でいった。

「おそらく、彼も第八解放を最も正統なフリーランド軍であったと認めているのだろう」

「正当な！　ね？」

ピートは叫んだ。ノルトラインはピートの横に並びかけ、右方にある大きな岩石を指差した。岩の背後には再び洞穴が開いており、ピートは身をかがめてその中に入った。

「オメヤドはやはり正当なフリーランド軍を作るつもりね」

「それは正しい解釈ではない」

ノルトラインはピートの背後から穴の中いっぱいに声を響かせる。

「むしろ、第八解放以外の軍が、なんらかの国家や民族や経済圏を代表していたと考えているのだろう。第九解放は何をも代表しない。ただ、フリーランドの戦闘を持続させることを目的としている」

「結局はロビンと変わらないわ。ロビンは疑似戦闘状態を作ることでフリーランドを持続させようとしていて、オメヤドは本当の戦闘状態によって持続させようとしているのよ」

トンネルは登り坂にかかり、急な坂では梯子がかかっている。

「そういういい方なら、第八解放と民族戦線にもいえるだろう。民族戦線はフリーランドを恒久的な小国としようとし、第八解放は恒久的な国連植民地にしようとした。だが、小国と植民地とはどう違うのだ？」

「国は安定に向かうわ」

「疑似戦闘状態も安定に向かうものだ」

丁度出口の光がみえてきたので、ピートは振り返ってノルトラインに笑いかけた。

「論争がうまくなったわね。でも厳密に話し合ってみる必要があるわ。私はオメヤドを信じない」

「むろんだ。誰も信じることなんかできないさ」

ノルトラインがいうと、ピートは笑った。

「それは私があなたに教えたことよ！」

出口はほぼ丘の頂上付近にあった。そこに小さなトーチカが作られ、第九解放の黒地に九星の旗が風にはためいている。背後には山岳地帯が続き、左右には砂丘が拡がり、前方に黒々とフリーランドの廃墟があった。付近の山頂のいたるところに第九解放の旗があるのはデモンストレーションと擬装のためだろう。砂丘では砂煙が舞い上がり、真昼の太陽を受けて白く輝いている。砂塵の中を走っていくトラックが一台みえた。

「あれは？」

ピートが尋ねると、ノルトラインは首を振った。

「ここでは自軍のこと以外は全くわからない。いつもそうだろう？」

「ええ、そうね。でも、第九解放の力は大変なものね」

「そうでもない。実際には様々なセクトの集まりだ。オメヤドはあえてそうしている。他の軍に命令を出すことはないし、作戦会議すら持っていない。ただ旗だけを統一したのはロビンの軍を最初の目標としていることを全軍に徹底させるためだ。それでも互いに争っている第九解放軍セクトもある。いずれロビンのゲリラ主義者同盟が倒れたら敵になる連中だ」

フリーランドの市街地は静かだ。所々瘤状のタール塊が黒く光り、崩れたコンクリート群は死んだようにその影に沈んでいる。だが、ロビンの軍がそこで忙しく活動を続けているはずだった。

ノルトラインは眼を輝かせて市街地をみつめていた。ピートは数日前の彼の当惑した顔を思い出して不安に襲われた。

「オメヤドは間違っているわ。あなたが指導者の器でないといったのは！」

「だが、結構な誤解だ。おかげで私の第九解放になる」

ノルトラインは笑った。ピートは背筋に寒気が突き走るのを感じながらノルトラインの肩を引き寄せて接吻した。ノルトラインの勢いは素晴しく、ピートはピートを強く抱き寄せて岩陰に軽々と運び込んだ。ノルトラインはピートは久々の悪感に全身を昂揚させた。まるで細いピートの肉体に新しいゲリラの血を吹きそそぐように、ノルトラインは長い射精を続けた。そして確かにピートに新しい闘志がわいてきた。

(面白くなってきたわ！)

ピートはそう考えて全身を震わせた。渦巻く突風が砂を運んできて二人を巻き込んだ。それでも抱き合ったままの二人は離れなかった。


二日後、軽飛行機が飛んできて、第九解放のミニ・ミサイルによって撃ち落とされた。そして、オメヤドが井戸にやってくると、珍しくピートに声をかけた。

「みに行かないかね。一人落下傘で降りたが危険はないだろう」

「いいの？　むろん行くわ」

ピートはいいながらベレー帽をつかんで飛び出した。

「待てピート。第九解放の制服を着ていってもらう」

オメヤドは大またでピートを追いかけながらいった。ピートは立ちどまって振り向いた。

「なるほど、そういうわけなのね。私を完全に第九解放に参加させるつもり？」

「君に関しては自由だ。だがロビンたちに君が参加していることを知らせてやる」

「なにしろ私は第八解放の死にぞこないだからね。第九解放の看板になるってわけね」

「そういうことだ、いやかね」

「あなたも随分セクシーなことをいうわね。私はそういう嫌なことをいう人間が大好きなのよ。むろんやるわ」

ピートはオメヤドに連れられて備品室に行き、新品の制服を着込んだ。むろん第九解放の全員が制服を着ているわけではなく、制服は全て個人用ではない。制服を着て行く必要のある場合だけ、備品室から借りて行くことになっていた。だが、ピートはその第八解放時代のものと似た服が気に入って、それを返さないことに決めてしまった。

一台のジープと一台の砂上車にオメヤドら数人の将官と兵士が乗り込んでピートを待っていた。ピートがオメヤドの横に乗るとジープは走り始めた。

「久々よ。なつかしのフリーランド」

ピートはいった。オメヤドは穏やかに笑いかけ、ポケットから取り出したオレンジを一つ手渡した。

「今日はまた随分ごきげんをとって下さるわね。マキャベリさん」

「私はそういう種類の皮肉で顔色を判断できる人間ではない。だが自分で面白い冗談だと思っているのだろうからとがめる気もない。できれば大笑いするような冗談をいってくれないかね」

「ではお言葉に甘えてもう一つ。いつかあんたを暗殺するわ！」

ピートがいうと、オメヤドはもう一度静かに笑いかけた。

「大笑いはしないね。君が私を殺したくなるのは当然だ。私自身も私を殺したいと思っているぐらいだからね」

オメヤドはいった。ジープは砂丘を登り、第九解放の旗のみえる小山の方角に砂煙を立ち昇らせて走った。小山のふもとには一人の兵士が銃を持って立っており、ジープに向かって手を振っている。ジープからは荷が投げ出され、そのまま走り続けた。兵士はその荷に向けて砂に足をとられながら走っていく。

「立派にフリーランドは統治されているようね」

ピートはいった。

「ロビンフッドによってね」

「でも、私のみる限り、オメヤドの勢力もなかなかのものよ。かつてこれだけ統一されたことはフリーランドではないわ」

「私だけではなく、全てのフリーランドの軍がロビンに対して脅威を感じているから力が結集されているのだ」

「使い古された論理よ！　アメリカに脅威を感じてソ連が核武装し、ソ連に脅威を感じてアメリカが核武装していったわ」

「わかっている。だがこのままロビンの支配力が強くなっていくと、フリーランドは完全にゲリラ生活の場になってしまうのだ」

「わかってないわ。あなたは予言者のはずではなかったの？」

「予言者だからこそ、なさねばならないことがわかっているつもりだ」

「マキャベリではないわね。ボナパルトよ。ボナパルトもそんなつもりで革命の勇者から帝王になっていったわ。フランスだけではなく、イタリアやドイツまで軍をのばしていったわ。あなたもフリーランドを統一して、フリーランドの混乱から世界の混乱へ夢を拡げていくのね。そんな時、あなたはフリーランドを守り始めるわ」

ジープは干涸びた河川あとに降り、ひび割れた固い地面を揺れながらスピードをあげて走った。舌をかみそうで喋れなくなってピートは不満げにオメヤドをみつめる。オメヤドは相変わらず微笑し続け、自分でもオレンジを取り出して皮ごと食べ始めた。ピートは本当に皮も食べてしまうのかとじっとみつめていたが、遂にオメヤドの口から皮が吐き出されることはなかった。

（なるほどね。食べられるものも食べられないものも一緒に食べてしまうのがオメヤドの主義なのね？　でも、あなたはなぜ私を食べないの？）

一瞬の間にオレンジを口に入れてしまってオメヤドは再びピートに笑いかけた。名優が自信満々で舞台から挨拶をしているようである。ピートは半ばやけくそで相手した。

再びジープは砂丘にのり上げ、スピードをおとした。そしてそれを待っていたかのようにピートがオメヤドをののしった。

「ボナパルトだけではないわ。スターリン、ヒトラー、周恩来、ケネディ、中曾根、オメヤド！」

「同じ悪口を何度くり返しても仕方がないだろう。私はそれがわからない人間ではない。もし君が考えているようにフリーランド大国ができ上がってゲリラ帝国主義が生まれれば私の望むところだ。だが、それを私自身も悩んでいることは確かだ。果して旧軍国主義や経済主義のような力を、ゲリラ主義が発揮できるかね？」

「できるわ、あなたなら。私はあなたがそれをできる人間と思うわ。もし私に殺されなければよ」

「私はそのつもりでフリーランドにやってきた。もし、世界中のゲリラを保護し、支援することができる国があれば、世界中をヴェトナム化できる。ゲバラのいったことが可能になるのだ。ハイジャック機は全てフリーランドへ飛び、世界中のゲリラはフリーランドを通じて激戦地へ入り込む」

「あなたは大国と取り引きして、ゲリラ戦でおどしをかけながら国力を増強し、支配力を増していく」

「やってみる価値はあるだろう。君は終末をみてきたのだから」

「ちがうわ！　私がみてきた世界は、もっと冷たく、静かな世界よ」

「だが、そこに私がいた」

「ええ、そうよ。でも、終末は個人の内的な存在よ。あなたには来跡はあくまで現実的存在なのよ。利用価値のあるものなのよ」

「私には終末がわからないというのかね。そうかも知れない。私自身そう思う。だが、おそらく私は終末に貢献できるだろう。私は未来ではなく、考来学者だ。いつまでも終末の真実を求めていくだけだ」

いつか砂上車がジープを追い越して砂丘の頂上に停止していた。ジープがようやくスロープを登り切ると、中腹に砂紋を乱して黒く軽飛行機の残骸が散っていた。最も大きな破片の近くには数人の兵士が集まっていて、オメヤドたちもジープから降りるとそこに近寄っていった。

「機種はロッキードXA―3型で、軽飛行機ではなく、高性能の偵察機です。ミサイルでなければ撃ち落とせなかったでしょう」

兵士の間から、おそらくラテンアメリカ系と思えるスペイン語なまりの将官が歩み出ていった。その将官の後に、飛行服の黒人が一人、両側の兵士に腕をつかまれて立っている。

「奴は？」

砂上車できたオメヤドの将官の一人がいう。

「国連軍のケニヤ兵だといっています」

「ケニヤ空軍中尉ジョン・ポコニだ。オメヤド端和に会いたい」

男は叫んだ。

「私が端和だ。気の毒なお役目ごくろうさんですな。つまり、ロビンとの間の和平交渉にいらっしゃったということでしょう。そしてむろん我々は拒否する。そこで国連軍がオメヤドの第九解放を攻撃する名目が立つわけですな。イギリスがその方法でエジプトを攻撃し大きな非難をあびたのを覚えてますかな?」

オメヤドはいった。

「よく存じています。イスラエルはこれ幸いとシナイ半島に軍を進めた。そして中東戦争が激化していったというわけです。我々はそうならないよう望んでいます。フリーランド内での戦闘にかかわる気はありません」

「ところが我々はそう望んでいる。フリーランドの戦争は全世界のものだ」

「だから困るのです。国連はいかにすればこの戦争を内政問題として片づけることができるだろうかと考えています。官僚的にね」

「結構なお考えです。すぐ手を引くのが最良の方法でしょう。どうしてノコノコやってきたのですか」

「すでに国連がロビンの軍と協定を結んでいるからです。ロビンの軍に対する全ての外国の干渉を許さないとね」

「我々は外国ではない」

「わかってます。しかし、永久革命行動軍がシベリア連邦と無関係ではなく、FLCがメヒコ人民政府と無関係ではなく、世界労働主義者同盟が中国と無関係ではないことも確かだ。それらを含む第九解放をロビンたちは侵略者と呼んでいます」

「それで、一体どうしようというつもりかね」

「最も期待していることは、和平ですが、やはり無理でしょうな」

「無理ですな。次には？」

「次に期待していることは八百長です。両者の一応の名目的戦闘の末、名誉ある和平をするということ。国連は少々の犠牲を覚悟しています。つまり悪役に廻ってもいい」

「ほう。随分低姿勢ですな。しかしそれも無理ですな。次は？」

「次は、ともかく両者を国連の場での討議に引き出すことです。会議さえ続いていれば、ここで何が起こっていてもかまわない。いつまでも第九解放が侵略軍か、それともこの戦争が内政問題かを議論していて下されば、その間に戦争の方も結着がつくでしょう。世界は夫々の利害関係をめぐってもつれ続けるでしょう。それでいいのです」

「まあ面白い提案といっていいでしょう。しかし、我々は国連さんを助けるつもりはない。まあ、二、三日わが軍で遊んでからお引きとり下さい。せっかくおいで下さったのだから、この高性能偵察機をバックに記念写真を撮りましょう。ピート・ランペットさんも御一緒にね」

オメヤドはわざとらしくピートに手を差し出した。国連の男もピートの名は知っている様子で、一瞬驚いたような視線を向けた。オメヤドはそれをみてまた微笑した。

一週間後に届けられた新聞には、この写真が第一面を飾っていた。国連はロビンフッドと一方的取り引きをした様子で、直接的な干渉はさけることができたようだ。そしてヴェトナムの時と同様、各国の志願兵による義勇軍が、事実上国連軍としてロビンのゲリラ主義者同盟に参加した。

戦闘は始まった。

フリーランド周辺の砂漠地帯には連日空爆が続けられたが、この大ざっぱな攻撃にはデモンストレーション以外の効果はなかった。第九解放側は、永久革命行動軍が早くもフリーランド中心部でゲリラ主義者同盟軍と衝突し、あまり戦意のみられないロビン軍を一方的に撃退した。更にノルトラインの指揮する第九解放軍もフリーランドシテイ周辺を固め、ゲリラ主義者同盟軍は完全に包囲された。そして、そこでオメヤドは進軍を制止した。ロビン軍の攻撃と、それ以上に義勇軍や他国軍の介入を待ったのだ。だが、永久革命行動軍は更に攻め込んだ。それもまたオメヤドの計算ずみの事態で、たちまちロビンの迷宮作戦にひっかかって敗退し、永久革命行動軍の逃げのびてきた兵士たちはノルトライン軍に編入されていった。

ロビン軍は相変わらずゲリラ生活を楽しんでいるようだった。彼等が市街地の迷宮を出てオメヤド軍に戦闘を挑むことはまずないだろう。

そしてピートはずっと井戸端で過していた。お気に入りの第九解放の制服を着込んだままである。彼女はそこで水を飲みにくる兵士たちから様々な情報を手に入れ、フリーランド全域の戦闘状態について極めて正確に把握していた。

オメヤドが井戸へくると、ピートはわざとらしく敬礼する。

「は、ヒトラー総統閣下、お水を御所望でしょうか」

「大した楽天家だな、君は」

「お返しのつもりね。あなたでも皮肉をいうことがあるとは思わなかったわ。でも、遂にあなたの失敗が明らかになってきたわね。このまま事態が凍結したらロビンや国連の思うままよ。ノルトラインなら割り切って突っ込むでしょうけれど」

「だから私を殺すのかね？」

「そうよ。くたばれサムソン！」

ピートは素早く短刀を突き出していた。オメヤドは大きな身体に似合わず軽々と身体を伏せ、片手を伸ばしてピートの足をつかんだ。ピートは重心を失って転倒しながら突き出していたナイフをポンプに突っ込んだ。はげしい音をたてながらポンプは停止した。オメヤドはすでにピートを押え込んでいた。

「二度目だなピート。下手くそなゲリラ役者。残念ながら私は君に恋狂いしていない」

「ちくしょう！　長い間のらりくらり生活していたから身体がなまってしまったのよ。どうするの？　今度は私を殺すの？」

オメヤドはピートの頭上で首を振った。

「私は君に恋以上の気持を持っている。君は終末の遺跡を知る唯一人の人間だ。君は女神なのだ。私は君にはしたいようにしてもらう。もし私が君に殺されるのなら、それもなりゆきだと考えている。が、君が失敗したのは、君の考えの誤りを示すものだと思う」

オメヤドはピートの手をゆるめて立ち上がった。

「わかったわ」

ピートはいった。

「私、あなたを暗殺してからロビンを殺しに行くつもりだったのよ。第八解放からの宣戦布告のつもりでね。でも、ロビンを先に殺すわ」

「今の君の腕では無理かも知れないな。幾つになったんだ？　ピート」

「三十三よ！　まだ老いぼれてはいないわ」

「確かに老いぼれてはいない」

オメヤドはピートの全身をゆっくり眺めたのちにいった。そして平然とピートに背を向けて歩き始めた。

「待ってサムワン！」

ピートは叫んだ。オメヤドは振り返った。

「私を抱いて！」

オメヤドはもう一度ピートを眺め、最後にじっと眼をみつめながら首を振った。ピートの悲し気な視線だけが静かな井戸端に漂い続けていた。

（ロビンを殺すわ、ノルトラインも殺すわ、オメヤド‼）

ピートはオメヤドの去った地下道に向けて呟いた。そして、その日の間にピート・ランペットは第九解放軍の基地を去った。

次の日、オメヤド端和は前線に向かった。ノルトラインと共にいよいよ市街地へ突入し、ゲリラ主義者同盟との最終的な戦闘を開始するためである。

一方、ピートは唯一人フリーランド市街地を歩いているところをゲリラ主義者同盟軍の兵士に捕えられた。だがロビンに会いたいというピートの希望は受け入れられず、地下壕の一か所にある独房に閉じ込められ、あとは呼んでも叫んでも応じてもらえなかった。

やがて夕刻になると食事が差し入れられたが、その時も全くとりあってもらえない。ピートは日が暮れて電灯もなく星のみえる小窓すらない地下室で途方に暮れていた。兵士たちの話し声も聞えず、遠くで散発的な銃音だけが世界の存在を告げていた。ピートはその夜あまり眠ることもできず、暗闇の中に何かをみようとするかのようにじっと眼を見開いて過した。

（オメヤド——彼は正しいのだろうか？ 私にはわからない。私にわかっていることは唯一つ、彼が大物ということだけだ。彼に精いっぱいやらせてみたいと思う。だがそれは危険な道でもある。彼自身の意志に反して、彼の軍は国家を作ることだろう。彼は最も憎むべき権力者となるだろう。そしてそれでもオメヤドの暴走をみつめてみたいとも思うのだ。ロビンとノルトラインはどのみち殺さねばならない。もし私にできるなら、まず殺すべき敵だ。それが一方的にオメヤドに奉仕することになっても！ それとも私がしたいのはその奉仕なのだろうか？）

夜が明けてようやくピートは眠った。夢に登場したのは例によってあの来跡で出会った『サムワン』であった。

目覚めたのは何時頃だろうか？　壕内に入り込む光は僅かで鉄柵の前に朝食らしきものの他にパッキングケースが一つ置かれている。ケースの上に紙きれが乗っており、ピートは朝食と共にとり込んだ。

『我々は今朝移動する。捕虜を連行する余裕はないので、食糧を残していく。我々が戻れなくとも、本部には連絡してあるのでいずれ救助されることと思う。国際法上の問題はないものと考えているが異議を申し立てる場合は本書を証拠書類としてもらってよい。ゲリラ主義者同盟陸軍軍曹レスター・ハワード』

「ちくしょう！」

ピートはいった。だがそれ以上ののしり声は出なかった。涙が出てきたのである。

その頃オメヤドの軍はフリーランド市街地を進軍していた。ゲリラ戦では異例というべき数十人単位の中隊を組み、まるで大国の陸軍のように砲撃を重ね、無人化した安全地帯を進んでいく。それがロビン軍の迷宮作戦への唯一つの対抗策だった。少人数間の争いでは迷路を作ったロビン軍が有利に決まっている。先に突入した永久革命行動軍は持久戦に持ち込まれて一人、二人と殺されていき、遂に全滅していったのである。

第九解放の五隊は、五方向から中国製ミサイルや日本製砲弾、アラブ製バズー弾、バングラディシュ製手榴弾などを次々と撃ち続けた。その一つは、ピートの閉じ込められた壕を爆破したのである。

脱出方法を捜し求め、遂に諦め半分で食器を使って壁を掘り始めていたピートの頭上の土が突然崩れ落ちてきた。一瞬をしのぐ場もなくただ両手を差し上げたまま、ピートは土に埋もれていった。重い土におぼれながら、ピートが夢中ではい上がり、どうにか首を空中に突き出した時、第二の砲弾がやってきた。頭が燃え上がった。真っ赤な炎がピートの視界を包み、手足の感覚が急に失われていく。それでもピートは土壕からはい出して大声で叫んでいた。

「助けて！　誰か助けて！」

あの民族戦線との激闘のあとはただ死にたいと思った。だが今はちがう。今は生きたい。ロビンを殺したい。ノルトラインも、そしていずれはオメヤドも！

だが、手足の神経はピートの意志から離れていく。死ぬわ、死ぬのよ。やっぱり私は死にぞこないね。こんな時に死ぬなんて！

ピートは走っているつもりで転げまわり、叫んでいるつもりでうめきまわっていた。毛髪は焼け飛び、鼻から血が吹き出していた。壕にそった堤から落下し、片足の骨を折り、ゆがんだ足を引きずって更に転がっていく。片手が何かをつかんでいた。黒い泥のかけら、或いはタールだろうか？　三度目の砲弾が完全にピートを分解した。既に小さな肉片群となったピート・ランペットの身体は、フリーランドの空へ舞い上がり、赤く焼けた一面の空気の中に蒸発し、僅かな血の跡を土砂の上にまき散らせた。どす黒い肉片をつけて転がり落ち小石に当たって止まったのは頭蓋骨の破片か、それとも恥骨か。

ピートは第八解放の全滅から約半年遅れて死亡した。誰にもみとられることなく……。

オメヤド端和はその一瞬叫び声を聞いたように思った。自軍の激しい砲撃の音が市街地の大空に響き渡り、乾き切った風が渦巻く中に何者かの悲鳴が走り抜けていた。

「砲撃をやめろ！」

オメヤドは叫んだ。砲声はオメヤドの近くから順に消えていき、やがてオメヤドの第一中隊から砲火が消えた。だが遠くで他の中隊が撃ち続ける砲音が続いている。

「砲撃を四分の一に減らそう。殆どが無駄撃ちだ」

「しかし、まだ敵軍が待ち伏せている可能性も充分ある」

オメヤドの古くからの部下で戦略家のリャンがいった。

「それを期待したいものだが、待ち伏せるとすればもう少し基地から離れるのが常識だろう」

「その通りです。ここからは重点地区だけの砲撃にしましょう」

リャンはいった。オメヤドは頷いて呟いた。

「他の隊が奴等と衝突している様子もないし、一体どこへ消えたのだ。ロビンの奴め！」

オメヤド軍は進軍の速度を増し、一気にゲリラ主義者同盟軍基地までやってきた。そこはあきらかに無人地帯だった。

ビルの残骸を積み上げた囲いを越えると、奇妙に整備された広場があり、そこに簡易建築が三つ、ゲリラ主義者同盟の基地と義勇軍の本部を形成している。中央の建物には堂々と国連旗が風に泳いでいた。オメヤドは唯一人だけ時代から取り残されたように感じた。

「変だな。他の隊はもう着いているはずなのに」

リャンがいうと、オメヤドは自嘲的に笑った。

「裏切りだよ」

オメヤドはそういいながら広場に落ちているビラを一枚ひろい上げた。ビラは建物の壁やコンクリート塊にも貼られている。

第一中隊の諸君に告ぐ！
我々ゲリラ主義者同盟と、第九解放との間には条約が結ばれ、停戦に入った。条約は各軍の自主独立を保障し、他国に対するフリーランドの中立を守るものである。我々はゲリラ帝国主義者オメヤド端和の暴挙に断乎反対するものであり、ゲリラは小組織に戻り、夫々の理想のために戦うべきものであると信じる。第一中隊の諸君！　諸君の地位は保障されている。降服する必要もない。オメヤドによる野合から離れ、主体的なゲリラに戻れ！
ゲリラ主義者同盟　ロビンフッド
第九解放戦線　F・ノルトライン

「ノルトラインめ、砲撃をしただけで進軍しなかったんだ！　ロビンたちを逃がしやがったんだ！」

リャンは叫んだ。オメヤドは表情を変えずに笑いかけ、ゆっくり歩き始めた。

「リャン、君はこの第一中隊のメンバーで第十解放を組織して基地へ戻れ」

「いや、我々はここを占領すべきだ」

「これだけの軍では敗けるに決まっている。ロビンの不戦ゲリラをますますのさばらせるだけだ。やがてノルトラインはロビンと戦うだろう。その時に君も立ち上がればよい」

オメヤドはすでに軽々とコンクリート柵を乗り越えていた。リャンは柵上から叫んだ。

「では、ノルトラインを許すのですか？」

オメヤドはタールのスロープを登って振り返った。

「許す？　彼は正しいのだ。ノルトラインはロビンとの長い戦いを続けるだろう。フリーランドのゲリラの火を断たないために」

「あなたはどうするのです？」

オメヤドは空を見上げた。

「私には行きたいところがある」

そして大またで歩き始めた。


市街地の外では、ノルトラインが条約を破ってロビン軍に戦闘を開始していた。不意をつかれたロビン軍はばらばらになって市内に逃げ込んでいく。ノルトラインはそれを深追いすることなく、新しい有利な態勢に持ち込んだところで新基地の建設に入った。当初ノルトラインが夢見たザベートーベンの大組織が生まれたのである。

ロビンフッドは数十人の兵士とともにフリーランド迷路を抜けて記念広場に出た。黄褐色の土が露出したその低地には不思議な形状のモニュメントが建っており、その横にオメヤド端和が一人で立ちはだかっていた。ロビンにはモニュメントの形に見覚えがあった。いつかピート・ランペットが粘土で作っていた不思議なものと同じで、それはおそらくオメヤドがコンクリート塊とタールで作り上げたものと思われた。

「やはりここにいたのか、オメヤド。お互いにあのドイツ野郎にはいっぱい喰わされたな」

ロビンはいった。オメヤドは銃を持ち上げて叫んだ。

「ここへ近づくな！」

「ほう、一人になっても随分強気だな。我々は君の亡命を認めようと思っているんだがね」

「どこから亡命するんだ。ノルトラインは少なくとも私の敵ではない。彼は私の誤りを訂正しただけだ。そして私もまた自ら誤りへと向かっただけだ」

「負け惜しみか！　立派な予言役者だな」

ロビンがいった時、オメヤドの銃から火が噴出し、一瞬、周囲の一帯に仕掛けられた地雷が爆発した。ロビンは肩を撃たれて転げるように壕に入った。ロビンの一隊から銃弾とバズー弾が記念広場に殺到した。赤い炎がモニュメントとオメヤドの身体を取り囲む。

（ピート、君が正しかったのだ。終末はまだ遠い）

オメヤドは来跡のモニュメントに倒れかかった。モニュメントの黒々とした物体は現実空間に開いた虚空への通路のようにオメヤドの身体を飲み込んでいた。

暗黒の空間は突然オメヤドの眼前で拡がり、渦巻く闇の重力に引き寄せられていく。落下と飛翔とが同時に進んでいるようだ。オメヤドの思考は急に鮮明となり、彼自身を追い越して外に飛び出した。

　風景は様々なシンボルの複合された次元地図であった。道が幾つかゆがみの中に続き、それが時を刻んでいる。時間を表示するのは巻き貝の一種で、丁度深海に潜むように静止して奇妙な数字を示していた。幾つかの門が破壊されたまま不気味な入口を開いており、その奥に怪物が隠れているのがうかがえる。風が吹きつけ、彼の僅かに残った衣服をはぎとると、閃光が周囲を照り輝かせた。だが閃光とともに道も絶え、周囲は再び暗黒に変わる。山羊の疑問を投げかけるような眼、そして無形の波。白い布がベルを鳴らし、青い一枚の紙のようにゆっくり舞い散っていく。砕け散る船の像、太陽の中央に画かれた文字。

SOME ONE

　そして一人の女がいた。

「ピート！」

「あなたは誰？」

「私はサムワン、そして君も。我々は終末から過去へ向けた予言者だ」

「私が？　私はあなたを知っているような気がするわ」

「そう。私は君と会う。そして君も私も死ぬんだ」

「私はもう死んだわ。全滅したのよ。第八解放は！」

「その通り。だが、君には予言者として、或いは女神としての仕事が残されている。君はここを出て私に会うだろう。そして私自身に大きな影響を与える。私だけではなく、ノルトラインや、その他全てのフリーランドのゲリラに」

「わからないわ」

「そうではない。君の方がよくわかっているのだ。終末は君と私の内にすでにある。それは聖サムワンの仕事ではない」

「わからないわ」

「おいで、ピート！」

サムワンはピートを抱き寄せた。ピートはサムワンの広い胸の中で不思議な平安を知った。

(終末！　そうね。それは私達の行きつくところなのね)

(そうだ。やがて行きつく素晴しい虚無だ)

(そうね。帰ってきたのよ)

(オメヤド端和はサムワンとなる。ピート・ランペットもサムワンとなる。そしてサムワンですらなくなる。天地は崩れ去る)

二人は消えていった。

ロビンフッドが壕を出ると、大爆発のあとに、なぜかオメヤドの作ったモニュメントだけが崩れ落ちずに残されていた。それが果してオメヤドの仕掛けによるものか、或いは来跡の奇蹟なのか判断できかねた。

ロビンフッドとノルトラインの戦闘はその後も数か月間続き、やがてノルトラインが勝利を収めると、来跡は正式に記念広場として残され、聖サムワンの神話もフリーランドで不滅のものとなった。だがそれは消え去ったオメヤドやピートの関知するところではない。

戦場からの電話

Telephone Call from the Field

受話器からさまざまな雑音とともに「ああ、やっとつながった」という声が聞えてきた。

「どなたでしょうか」と私が訊ねると、「第十二解放戦線第三遊撃隊のKというものです。救助をお願いしようと思ってずっと電話をかけていたのですが、もう間に合いません。電話がつながっただけで満足ですから、どうか切らないでください。この回路だけが通じているのです。お願いします。そちらはどこですか？　日本語が通じるのですね」と電話の相手がいった。

私は当惑しながら答えた。

「ええ、ここは東京です。そちらは？」

「こちらも東京です。東京の杉並です。私は今、ビルの一室に隠れています。窓の外には政府軍のゲリラ探知器が飛びまわっていて、どうやら何度か私を発見しているようです。第三遊撃隊はほぼ全滅しました」

「こちらも東京の杉並ですが、ここでゲリラ戦があったというニュースは聞いていません。杉並に限らず、東京のどこにも、日本のどこにもゲリラ戦などないようですし、発生の兆候もありません。おそらくあなたの発見した回路はいんちきでしょう」

「そうですか。なにしろ戦場では電波があまりにも複雑に飛び交っていて妨害のためのいんちき電波も多いので、そんなこともあるのでしょう。どうも平和な世界に大変失礼いたします」

「どういたしまして、ただ、私にはあなたの状況をシリアスに考えることができないもので、どうしても興味本位的な関心しか持てないのですが、一体キリスト生誕から何年目に東京でゲリラ戦が始まったのでしょうか？」

「一九八五年です。そちらは？」

「ええ、現在です。つまり、そちらは——」

「正確には一九八〇年から始まっていたのですが、政府が単に政治犯罪という認識から、戦争状態という認識に変えたのが今年です」

「よろしければ、あなたの住所と名前と年齢を教えてください。こちらの世界にも同人物がいらっしゃるかどうか調べたいのです」

「結構です。ただ、政府軍のトラックが到着しましたので急いで書きとってください」

そういって相手は住所と名前と年齢をいったのち、丁寧に礼をいってから電話を切った。相手は終始冷静で、私の一方的な質問に応じてくれた。たとえこれが悪ふざけの電話であったとしても演技賞ものである。私はさっそく電話の相手と同じ姓名の人物を捜してみることにした。住所は私の家からさほど遠くない。


電話の相手の人物Kは、確かにその住所にいた。しかし、彼は私の訪問の前に警官に連れていかれたところだった。私が行った時もまだ警官が残っていたので、私も仲間と思われて警察に連行された。そして警察で私は、この東京で大規模なゲリラ戦が始まろうとしていたことを知ったのである。

私はKの仲間であると自供し、拘置所の中でゲリラ兵士となった。

フリーランド

Das Freiland

夜が明けると風が強くなり、風車が急にカラカラと音をたてて廻り始めた。腕を縛られたキムは沈黙したまま東方を眺めていた。深い森林に包まれた山々が朝日を隠しており、鳥の群れも夜明けに気がつかないかのようにどこかに潜んでいる。

オオタがキムの背を押すと、キムは一歩進み出て自分でロープに首を入れた。キムは最後まで無表情だった。

キムは恐ろしい男だった。彼は何度も私を殺そうとした。キムが私を崖から突き落とそうとした時、私が本能的に抵抗すると急に気が抜けたように力をゆるめ、軽蔑するように私を眺めて黙って去っていった。次に洞穴の前でキムと顔を合わせると、彼は無雑作に小石を投げつけた。私が逃げだして、遠く離れてから振り返るとキムはまた同じ表情で私をみつめていた。

何度かキムのそういう表情に毒されると、私は抵抗力を失っていった。私は彼に殺されるより、彼のあの視線に出合うことが一層苦痛になっていた。キムが昨日私の頭上に大きな岩をたたきつけようとした時には、もう私には抵抗する気が全くなかった。私は岩を振り上げたキムに笑いかけた。キムは無表情に私を眺めたまままいつまで待っても岩を振り降ろさなかった。

そしてその現場をハオにみとがめられると、キムは何の弁明もせず、自分の処刑だけを受け入れた。

足場を払われて宙空に飛び出した時、キムは一瞬もがくように腕と両足を振った。しかし僅かのちにはもう眼を閉じて死体となってからの自分に同化していった。風車は今にも壊れそうにきしんでいた。キムの身体も風に揺れていた。

「変なやつだったな」

ハオはゆっくり木の根に腰を降ろしながらいった。

「ここの連中はみんな変だよ」

ジョンが大きなためいきをつきながらいった。確かにみんなわけのわからない男達である。だがキムは特に得体の知れない人物だった。過去にどこかの組織に属していたわけではなく、活動家としての実績もあるわけではない。朝鮮半島の出身と思える名だが、会話には日本語と英語を使い、日本語には殆ど朝鮮風のなまりがなかった。『金』という姓は中国や日本にも少なくないので、単にその字を朝鮮風に読ませていただけかもしれないし、金坂とか金光とかいった姓かもしれない。それとも木村か、或いは全く無関係の名であるかもしれない。だが、私は彼が日本人であったと思っている。ここにいる男たちはみんな、そういう国籍や経歴の偽装をしており、私自身もピートと呼ばれていた。

「これでゆっくり眠れるだろう。ピート」

ハオがいった。私はもう一度吊されたキムを見上げた。トロツキーが銃を構えてキムの死体を狙っていた。

「もう降ろしてもいいかな」

私がいうと、ハオは首を振った。

「お前も変な奴だな。同国人のよしみかね」

私はキムの身体を持ち上げて手を伸ばしたがロープには届かない。銃声が響き、トロッキーがどうやらロープを狙って撃ったようだが命中しなかったようだ。

「このまま吊しておこう。我々にも少し嫌な思いをするだけの理由がある」

ジョンがいった。私はキムの死体を手離した。キムはゆっくり揺れ動いてだらしなく宙空に停止した。死の直後には残っていたキムの優れたゲリラとしての残忍さや冷酷さはもうどこにもみられない。それは単にぶざまな変死体でしかなかった。

「キムはスパイではない」

私はいった。

「ピート。お前はキムを昔から知っていたのだろう」

ハオがいった。私は首を振った。だが、キムが私を知っていたのかもしれないとも思った。キムが私を殺そうとしたことにも、何かの理由があったはずだ。私をスパイと思っていたわけではないだろう。私の身元はかなり知られてしまっており、国内では指名手配を受けていたほどで、疑われるような理由は殆どなかった。キムが私を殺そうとした時も、私に敵意や憎悪を向けたことはない。むしろ彼はまるで猫がねずみを捕えようとする時のように、いともあたりまえのこととして私を殺そうとしていたかのようであった。キムは私を殺すことそのものにさほど執着していたわけではなく、むしろ、何かの理由で、そうしなければならない状況に追いこまれているように思えた。

「キムは優秀なゲリラ戦士としての素質を全て持っていた」

私はいった。トロツキーは銃を肩にかけて近づいてきた。

「おれもそう思う。まともにゲリラ戦をやっていたら、こいつは今頃英雄だっただろう。こんな状況になったのが不幸だったのだな」

「フラストレーションというわけかね」

オオタがいうと、即座にハオが否定した。

「そうではない。少なくともキムの場合は不満なんかではなかったと思う。やつは要するに幻想症だったんだ」

「幻想症というのなら、おれもそうだ。みんなそうだろう」

トロツキーはいう。

「全くだ。だけど、キムは我々以上に現実認識を持っていたのだと思う」

私はいった。ジョンが吊されたキムを見上げながらゆっくり首を振った。我々の議論の全てを自分だけで否定しているようであった。私もキムを眺めた。絞首刑から僅か数分しかたっていないのに、もうキムの屍は干涸びてしまったようにみえた。

「見張りの交代に行ってくる」

私はそういって洞穴に入り、銃と水筒と、食糧などの入った小さなバッグを持って、滑りやすい山道を登って行った。

見張り台までは、およそ十分の登りである。最後の岩場がけわしく、ロープが張られているものの一気に登り切らねばならないため登り着いた時には話を交わす余裕もない。カルロスもそれを体験しているので、私と顔を合わせてのち、しばらく遠方を眺めていた。そして私がカルロスに顔を向けると、たまりかねたように近づいてきていった。

「やったのかい？」

私は頷いた。カルロスは我々の小隊で最も若く、眼を大きく開いて何かを知ろうとしているような表情はとても可愛い。

「よかった。あいつは大嫌いだった」

カルロスはいった。

「大事なゲリラが一人減ったんだ」

私は冷たくいった。無邪気なカルロスの本音なんぞに付き合う気はない。

「異常なしか？」

私がいうと、カルロスはまだ私の本音をさぐろうとするかのように大きく眼を開いてみつめていた。そして、あきらめたのか遠くの峰に眼を移して小声でいった。

「あの山の中腹で明け方に光がみえたのですが、信号ではなかったようです」

「誰かが歩いている様子だったのか？」

「いいえ、長く光は続かなかったし、全く動かなかったようです。およそ三十秒ぐらいだったと思います」

「懐中電灯か?」

「よくわかりません。ラジウスでも使っていたのかもしれません」

「そうか。ジョンに報告しておいてくれ。それから、次の交代要員のトロッキーにザイルを持ってくるように伝えておいてほしい。廻り込むところが滑るのでロープを張っておいた方がよさそうだ」

「イエス・サー」

カルロスは笑いながらアメリカ兵のような敬礼をした。

「アイ・アイ・サー」

私はカルロスを真似て答えた。そしてカルロスはロープを伝って降りていった。

見張り台は岩棚になっていて、この山域の入口にある小さな村の近くまで見渡せた。村から奥に林道が続いており、対面する山陵の中腹を通っている。我々のトラックはその林道から谷へ突き落とされた。そして、トラックの部品は解体されて洞穴での生活に役立っている。

見張り台は風当たりが強く、大部分は岩陰に入り込んで過すことになっている。それは極めて退屈な時間であるが、幻想症の我々にはむしろ充実した時間というべきかもしれない。少なくとも見張り台にいる時には、山々の彼方にフリーランドの存在を感じることができるし、いつか始まることになっているゲリラ戦への緊張感を持続できるのだ。

私がフリーランドからの奇妙な呼び声を聞いたのは一年も前のことである。すでに私は幾つかの事件に関連した容疑で指名手配を受けており、地方都市を転々とする逃亡生活を続けていた。他人に迷惑ばかりかけて過す毎日に嫌気がさして、何度か自首をしようと思ったが、自首をすればそれまでの逃亡経路を洗われて、更に他人に迷惑をかけることになる。自首するぐらいならつかまって完全黙秘をした方がずっとましというものだろう。

私は半ばやけっぱちになって白昼堂々と東京に戻り、仲間のたまり場や雑誌社のような危険な場所に出入りするようになった。最初は周囲の人々が気を遣ってくれたが、やがて私の存在にも慣れてしまったのか、街中で大声で私の名を呼ぶことすら気にかけないようになってしまっていた。それでも私は自分の家へ帰れるわけではなく、友人の家を泊り歩いていた。

運よくつかまることはなかったが、東京へ戻ったところで逃亡生活には変わりはない。しかも友人たちは私を逃亡者として扱ってくれなくなっていた。私が東京にいることが、人から人へと伝わって警察に情報としてもぐり込む日もそう遠くないはずだった。私はあえてそれを待っていた。私のようなよけい者の行くところは他にないのである。

だが私はもう一つ自分が行ける場所があることを知った。それは死んで地獄へでも行こうというのと同じように得体の知れない漠然とした場所である。

フリーランド。私はその名を知っているが、それがいつ、どこに存在するか知らない。かつて、フリーランドと呼ばれた場所は何度か存在していた。ある土地で幾つもの軍が戦争を始め、どの軍も統治できないまま無政府状態が続き、世界中からゲリラが武器や思想を持って集まってきて戦争を拡大していく。理論的にはそれが世界的規模になって、インターナショナル永続革命時代を迎えることになるのだが、今までは全てのフリーランドが短期間に崩壊してしまっていた。アメリカの大統領が、フリーランドは『国際社会の癌』だと演説して各大国に呼びかけ、ソ連やＥＣがこれに応じて大軍を派遣し、早期大手術でフリーランドという癌を除去してしまった。

これに対し、フリーランド主義派は、フリーランド転移論を唱えて早々と軍をひきあげ、各地で小規模なゲリラ活動を始めた。しかし、実際には世界中のどこにもフリーランドは転移しなかった。アメリカ大統領は癌が完治したと宣言し、事実上フリーランドは幻想の土地となってしまったのだ。

私の仲間たちも一般的概念でいえば大部分がフリーランド主義者である。『日本にフリーランドを——』という誘致運動が我々のプラカードに現われることも珍しくない。しかし、日本にフリーランドの生まれる望みは全くなく、少なくとも十数年間はこの国の健康が持続しそうである。日本だけではないだろう。世界中のどこにもフリーランドが再発する可能性が薄くなってきた。

ただ、世界のゲリラ組織の情報は、どこもここもフリーランド化は近いと主張していた。私たちの機関誌すら、日本こそフリーランドになろうとしていると宣伝し、小さな爆破事件やセクト間の抗争を伝えていた。フリーランドは私たちにとっては、やはり存在しなければならない土地だったのである。

私は友人たちの家を泊り歩き、次々と行くあてを失っていく間に日本のフリーランド化という思想とは別の寓意的なフリーランドを夢みるようになっていた。なぜか、どこかに間もなくフリーランドが生まれようとしていると思い始めていた。それはおそらく私の期待でしかなかったものだろう。だが、私のそんな期待に応じるかのように、ヨーロッパで大量の人質とゲリラの交換事件が発生したのだ。三か国で同じ日に大使館や空港が占領され数千人の人質がとられた。そしてその人質と交換されたゲリラの数も百人を超えていた。解放されたゲリラと、大使館や空港を襲ったゲリラを合わせると三百人もの軍となる。それらが逃亡する先に更に多くのゲリラが待っているはずだ。私はかつてのフリーランド戦争経験者である滝岡に連絡して兵役を志願した。滝岡は数年前に帰国して日本で裁判を受け、刑期を終えてからは公然組織『フリーランド義勇軍救援隊』の役員をしており、私の名を聞くと次に電話をかける場所だけを指定した。そして何度もの複雑な手続きののち、私は伊豆大島行きの船に乗るよう命令された。船内で会ったのは滝岡ではなく、私の知らない人物であったが、相手は私をよく知っている様子だった。私は最初滝岡に売られたのではないかと疑ったが、相手の男はすでに私のパスポートまで用意しており、いとも事務的に出国方法を伝えた。私の名は数か月前に義勇軍に登録されていて、滝岡側からも捜されていたそうだ。

　すでに十数人の新規兵がフリーランドへ渡っていると、男はいった。その中には私の知っている人間もいた。国外の日本人ゲリラを合わせると五十人近い中隊が組織できることになるが、全員が同じ派に参加するとは限らないだろう。しかし、少なくともフリーランドが生まれるまではみんな同一の革命を目的とすることになるはずだ。

私は伊豆大島で一日遊び、熱海から電車で大阪へ行って、大阪空港から国外へ出た。

カルロスが降りていってから二時間経っていた。私は見張り台に登り、双眼鏡でゆっくり周囲を観察していった。もう十日間も全くの静寂が続いており、他のゲリラ隊も、アルバラデイア軍も全く姿をみせることはない。他の隊が全滅したとも思えないし、アルバラデイア軍が我々の追跡を断念したとも思えないのに、これはどうしたわけなのだろう。

キムは五日程前から山を降りて戦うべきだと主張し続けていた。私やカルロスもそれに賛成したが、トロッキーが強固に反対してハオたちが同意したため、山ごもりは今日まで続いてきた。いずれ食糧がつきて降りなければならなくなるだろうと思っていたのだが、有能なゲリラというべきジョンが、食用になる山菜を捜し出し、川魚の捕獲方法を考え出して長期間の洞穴生活を可能にしてしまった。しかもジョンはトラックのバッテリーを風車で充電する技術まで持っていた。少なくとも我々はそのバッテリーによってラジオを使えるし、マッチなしで枯葉に点火することが可能であった。

三六〇度を双眼鏡で眺めまわしても何の驚くべき光景も発見できない。それはとてもフリーランド化するとは思えないのどかな山々と緑の平野である。

結局私はどこへ行ってもこんな具合に逃げまわっているだけの生活しかできないのだろうかと思う。もうずっと前から同じようなことばかりを考えているようだった。

双眼鏡を眼から離すと、急に視界が拡がり、見張り台の岩棚の高度感が私の足元をとらえた。

いっそここから大ジャンプでもすれば、キムと同じようにのたれ死にできるなと思い、同時に恐怖感を覚えてすごすごと岩陰に入り込んでしまう。

「キムよ――」私は一人ごちたが、呼びかけのあとの言葉が続かなかった。しかし、一人ごとをいうのは良い習慣だ。少なくとも口に出していえば、私がキムに語るべき何の言葉も持っていないことに気付くことができるのである。

キムと知り合ったのは私がヌーヴ市へやってきた直後であった。滝岡の組織の情報ではヌーヴ市こそ第七次フリーランドと名を変えるべき都市であったのだ。事実、私がヌーヴに着いた時には市街戦が始まっており、ゲリラは空港を占領してヨーロッパからのゲリラたちを迎え入れていた。私はフリーランド戦争に対し中立の立場をとっているレバノンからの定期便でヌーヴへ飛んだのだが、空港でフリーランド人民としての登録を受けたのち、最初に紹介されたのがキムだった。

キムは半年前からヌーヴ市での組織活動に参加しており、実直に新参兵の世話をしている官僚型の人間のように思えた。無口ではあったが、必要なことは全て教えてくれたし、夜の空港ロビーで碁を打った時には東京でのどの友人よりも親しみを覚えたほどだ。碁は好勝負で、私が半目だけ勝った。その頃のキムに奇妙なところがあったとすれば、彼が過去のことを何も話そうとしなかったことと、同国人に対して最近の日本の様子などを聞こうとしなかった点だろう。むろんそれはキムが日本人であったとしてのことであるが、たとえ彼が中国人か朝鮮人であったとしても、キムの日本語の能力から考えて日本にかなり長く滞在しているはずであり、日本の現状に何かの興味を持って当然と思えるのだが、彼は遂に、日本に対するノスタルジアを全く見せることなく死んでいった。キムと碁をしたのも、あの空港での対局だけであった。私はその後ヌーヴ市のフリーランド崩壊の日までキムに会わなかった。

フリーランド崩壊の日、ハオの運転するトラックに飛び乗った私は、荷台の一番奥にキムの姿を発見した。

「キム！」

私が大声で呼びかけ、彼の横へ行って手を差し出しても、キムは私をにらみつけるようにみすえ、口を少しゆがめただけであった。そしてその後は私を何度も殺そうとした。

現在の洞穴居住者たちの中ではトロツキーと私だけが過去のキムを知っていた。トロツキーもキムの変化を認めており、キムが気が狂ったのだといっていた。しかし、私はそう思っていない。私にはキムが最も正常にこの状況を受けとめていたように思えるのである。

夕方になると風がおさまり、トロツキーが時間通り登ってきた。トロツキーも岩をはいあがって、しばらく荒い息をついていた。丁度カルロスが私に話しかけた時のように、私は待ちかねてトロツキーにいった。

「キムは埋葬したのか?」

トロツキーはまだ呼吸に苦しみながら首を振った。

「あんたがやるんだろう?」

私はそういわれてゆっくり頷いた。

「異常なしだ。正常なしであってほしいものだがね」

トロツキーはようやく背中のナップザックを降ろし、ロープを取り出して私に手渡した。私はそれを持って下りにかかった。

「そのうちジョンがエレベーターでもつけてくれるだろう」

私はロープにつかまって足場を捜しながら降りていった。途中足場の悪いへつりにロープを取りつけたので、洞穴へ着いた時には完全に日が暮れてしまっていた。

日が暮れた時は暗くて何もみえなくなるが一時間も経つと月が昇ってきて明るくなる。月がなくても晴れていれば星明りだけで歩く程度なら苦労はない。私は洞穴で二時間ほど眠ってからスコップを持ってきてキムの死体のある場所へ行った。カルロスが私についてきた。

キムの死体は木から降ろされて布巾の雑草の中からつみ集められた花をそえて寝かされていた。私は日本式にキムの両手を組んでやり、横に坐って手を合わせた。カルロスは私の真似をした。

「昼間ハオと光のみえたところまで行ったんです」

カルロスは小声でいった。

「どうだった？」

私は立ち上がって、スコップを地面で掘り始めた。

「首吊り死体が木にぶら下がっていました」

「自殺か？」

「ハオは処刑だろうって」

「別の隊が？」

「ええ」

「我々と同じ日に、すぐ近くでかね？」

「ええ、偶然だろうって」

「他に何か残っていたのか？」

「何も残ってません。ただ足跡だけは四人」

「四人の内一人死んで残りは三人か？」

「たぶんそうでしょう」

「死体の国籍は？」

「それが、やはりアジア人でした」

カルロスはそういいながらキムの死体から靴をぬがせていた。そして自分も靴をぬいでキムの靴をはき、もう一度自分の靴をはいた。

「合わないのか？」

私がいうと、白い歯をだして笑った。

三日後に私たちは移動を開始した。ラジオによるとアルバラデイア軍が山間部のゲリラ撲滅にのり出し、国連やアメリカ、ソ連が援助を開始したそうだ。アルバラデイア軍はもともと国内の革命軍であり、ヌーヴ市のフリーランド軍の活動に便乗して革命を達成した軍である。しかし、政権を獲得すると、アルバラデイア軍はフリーランド派に攻撃を開始した。フリーランド軍は数百人の少数派で、我々のように逃亡できたのはその内の数十人である。最初はアメリカ、ソ連を最大の敵と呼んでいたアルバラデイア軍が一か月も経たない間にアメリカやソ連と連合して我々を追いかけてくるのだから、我々ゲリラの内部でいかなる不可解な事件が発生してもおかしくないといえるかもしれない。少なくとも我々が自分達の仲間を処刑し続けていることはアルバラデイア軍には極めて不可解に思われることだろう。それでなくとも少数のゲリラが人数を更に減らしていくということは戦略的にも戦術的にも正しいはずはない。だが、開き直って考えれば、どのみちみんな殺されてしまうのだから仲間の間で殺し合っても同じことだといえるかもしれない。或いはキムが考えていたのもそんなことだったのではないだろうか？少なくとも、もう勝ち目のない戦いであることは疑いないし、フリーランドの実現は不可能と決まっている。むしろいかに少人数で、小規模であっても、ここで我々が戦い合うことがフリーランド的といえるのではないだろうか？

アルバラデイア軍と我々は僅かの間戦略的に結びつき、お互いに利用し合った。アルバラデイア軍は革命を成功させるほどの力を持っていず、我々の世界的規模の大スキャンダルなしではとても行動を起こせなかったことだろう。そして、我々もアルバラデイア軍の協力なしでは、ヌーヴ市にフリーランド化宣言をおこなえなかっただろう。従って両軍の結びつきは当然のものといえる。だが、アルバラデイア軍と我々とでは根本的に革命の意味がちがっていた。そして両者は互いの相異も認識しており、革命後の新しい戦闘にそなえていたことも確かである。ただ、我々の誤算は、世界的なフリーランドへの嫌悪状況だった。アメリカ大統領の『フリーランド癌論』の強さが、簡単にアルバラデイア軍に旧政府軍の合流を許し、アメリカやソ連やＥＣの革命軍への急な和解を促したのだろう。我々が開始したヌーヴ市のフリーランド化活動は一瞬の間にもみ消され、たちまちゲリラ狩りが始まってしまった。

おそらく、のちにはこのヌーヴ市の戦闘が第七次フリーランドと呼ばれることになるだろう。だが、我々にはそう思えない。少なくとも、私にとって、ここはフリーランドではなく、日本の私の状況と全く同じものでしかなかった。フリーランドはやはり遠い幻想の存在でしかない。

我々は更に奥地へ向けて転進していった。私やカルロスは平野へ出ていこうと主張したのだが、ハオ、ジョン、トロツキー、オオタの四人はゲリラ戦術としての退却を主張した。むろん私にも、今の我々が出ていって何の成果も得ることができないということぐらいわかっていた。私はただ死を急ぎたかっただけだ。そしてカルロスは単に私を好きだったというだけである。

重い荷を背負っての山歩きは苦しかった。特に身体の丈夫でないジョンは何度も我々から遅れてしまった。トロツキーはジョンが足手まといだから捨てて行こうといったが、誰も相手にしなかった。トロツキー自身も苦しくなってそういいだしたのだとみんな思っていた。急な斜面にかかり、沢筋には小さな滝が次々と出現した。我々はヤブの中を樹につかまって登り、滝の上で沢に降りるという道程をくり返した。一つの滝を越えるごとに苦しくなり、滝の上では休息をとった。それでもジョンは何度か樹にすがりついたまま動かなくなった。

我々はそれ以上急ぐことをあきらめた。渓流でうまい水と焼き魚の食事をとってピクニック気分にひたると、私は退却も悪くないと思い始めていた。私にはそんな日和見的なところがあり、自分でそれに気づいた時には決まってキムのことを思い出す。キムはストイックだった。少なくとも私にはそう思えた。碁を打った時、キムは私がいかに大石を生かす機会を与えても、断固として生きようとはせず、あえて冒険してでも振り換ろうとした。キムの敗因はそこにあった。大石を私は殺してしまい、振り換りに対しても私の備えが効果的に力を発揮した。私はというと、どちらに転んでもいいように、振り換った時に備えながら大石を攻撃した。どちらに転んでもいい――それが常に私の生き方であったような気がする。

ジェット機の轟音が聞えたが、樹林にさまたげられて機影はみえなかった。しかし、音の強さから考えて、さほど遠いところではないように思う。

「アメちゃんの飛行機だ」

トロツキーは落着かずにいった。

「おびえているのか?」

オオタがひやかすようにいう。トロツキーはそんなオオタを挑むようにみつめた。

「出発しよう。どのみち、あとからヘリコプター部隊がやってくる」

ハオがいった。

「ジョンは二番手を歩いたほうがいい」

私がいうと、ハオは頷いてジョンに合図をした。

「すまない。私が荷物になってしまった」

「ゲバラも身体が弱くってみんなについて行けなかったそうだ」

私はいいながらジョンの肩を押した。私はトロッキーを先に歩かせて、ラストを受け持った。

道は更にけわしくなり、殆ど樹にすがりつきながら登らざるを得ない。むろん道と呼べるものがあるわけではなく、単に我々の歩んでいるところを道といっているにすぎない。足元はよくすべり、何度かつかまった枝が折れて数メートルすべり落ちた。樹木が多いことだけが救いである。やがてジョンが樹にすがりついたまま動かなくなった。

「先に行ってくれ」

ジョンはあえぎながら、ようやくそれだけをいった。停止して休める場所でもないので私はジョンにザイルを手渡し、その一方を持って登っていった。そして丈夫な樹のところで確保してジョンを引き上げた。最初はみんなジョンを待っていたが、やがてトロッキーが先に行ってしまい、オオタやハオも待ちくたびれたように歩き出した。日暮れ近くまでかかって、ようやく尾根に登り着いた時、ハオは食事を用意して待っていてくれたが、トロッキーはどこかへ行ってしまっていた。

二時間ほど眠り、月が出ると我々は再び歩き始めた。しかしジョンがすぐに疲れてしまって我々の夜間行軍はあきらめざるを得なくなった。私とハオとオオタは議論した。さほど内容のある議論ではなく、単にみんなが不愉快になっただけであった。三時間ほど眠ると夜が明けた。

我々は思いもかけぬほど高いところに登っていた。ヘリコプターが三機やってきた。ヘリコプターは沢にそって登ってきて、丁度我々が住んでいた洞穴の付近に兵士を降ろし始めた。我々は尾根を登り切って更に奥の沢に向けて下っていった。

さすがの私もハオもカルロスも、みんな疲れ切っていた。山の中を歩き廻っても何のあてがあるわけでもなかった。それに銃や手榴弾が重く、そんな生活に不必要なものをなぜ持ち歩かねばならないのかわからなくなっていた。もうフリーランドも革命もどうでもいいことのように思えた。なぜか私は、今の苦闘をただキムのためにしているように考えていた。不思議なほどキムの死が私をはげまし続けていた。私は黙々と歩き続ける間、ずっとキムのことをとりとめもなく考え続けていた。

私にピートという名をつけたのはキムであった。ピートの名はフリーランドで最も非英雄的な人物に与えられるもので、過去のフリーランドでは常に女に名づけられていたものであったそうだ。キムはそんな話を何の冗談もまじえずに語った。私は今になってキムのいった非英雄的という言葉がキムの表情以上に深刻な意味を持っていたように思えるようになった。それはのちになって、キムが私を殺そうとした動機と重要な結びつきを持っていたのではないだろうか？　キムが最初に私をピートと呼び、非英雄的人物であることを予言した時、私は自分が非英雄的でありたいと思い、キムらしい友情のしるしだと考えていた。或いは我々の勝利ののちには、私のピートという名がキムから贈られた勲章となり得るものであったかもしれない。しかし、フリーランドはゲリラたちに大きな幻想を与えただけで消滅してしまった。そして、私のピートという名も、同じ幻想を背負って消滅してしまうものである。キムは幻想症であった。キムの幻想の中で、おそらくピートなる人物は何らかの重要な役割を担っていたのにちがいない。それは今、私自身のとりとめもない思考の中で、キムが重要な役割を果しているのと同じである。私の中にはキムが何人もいた。日本にいた時にもキムと知り合っていたような気がするし、私たちに殺されたのもキムならば、もう一つの首吊り死体もキムであった。そしてこれから行こうとしているのもキムのいるところなのである。

我々が沢筋にたどりついた時、すぐ近くに足音を聞いた。我々が立ちどまると、もう一つの足音も静止した。私は銃を構えて近くの樹の陰へ走った。すぐに私に向けて銃弾が飛んできた。だが銃声は一度だけである。その後、十数分間沈黙だけが続いた。やがて急に樹木が揺れ動き、足音が聞え、叫び声が樹木の間から伝わってきた。

「降服する。撃つな！」

すぐ近くの樹の根元に男が両手を上げて立ち上がった。そして、その後にもう一人の男が出てきた。アルバラデイア軍ではなく、我々と同じゲリラであった。

「二人か？　手を降ろせ、我々もゲリラだ」

ハオがいった。しかし、二人はわざとめかしく両手を上げたまま我々の構えの間に入ってきた。

「樹に人間をぶら下げてきたのは君たちか？」

ハオはいった。相手の男は頷いた。

「処刑したのか？」

オオタがいった。

「そうだ。理由は軍事裁判で話す。我々を逮捕してもいい」

先にやってきた背の高い白人がいった。

「我々も一人処刑した。君のグループの他のメンバーも処刑したのか?」

ハオがいうと、相手は首を振った。

「ゲリラの一人に襲われた。気が狂っていたようだ。ポケットに毒きのこをいっぱい持っていた」

私達は顔を見合わせた。

「トロツキーか!」

後からきた男は黒人だった。黒人は急に手を降ろし、走るように我々の会話の輪の中に入ってきた。

「俺を知っているのか? どこで会った?」

黒人はそういいながら、我々の顔を次々とのぞき込んだ。その男もトロツキーという名だったようだ。我々は笑った。

「では、そちらにもピートやキムがいるのかい?」

カルロスが笑いながらいった。

「いや、ピートはいないな。しかし、キンというのはいた。処刑した男だ」

ブランキと名乗った男がそういった時、ヘリコプターが上空にやってきた。我々は会話の連続性を断ってじっと空を眺めた。やがてヘリコプターは更に奥へ向けて飛び去っていき、私がブランキや新しいトロツキーの顔を眺め直した時、彼らはもう我々の仲間になっていた。

「それで我々の仲間だったトロツキーはどうなったのかね？」

ジョンがようやく会話に加わった。

「俺が殺した」

黒人のトロツキーがいった。少なくとも我々が知る限り四人のゲリラがアルバラディア軍と戦うことなく死んでいったことになる。

ブランキとトロツキーは比較的事態を単純に考えていた。逃げるだけ逃げて、時期をみて反撃に出るというのだ。我々はそんなあたりまえなことを考えてもみなかったので、この考え方に大いに勇気づけられた。

次の日、我々は山に入った時と同じ七人の小隊に戻って点呼や装備の確認をおこない、ゲリラの規律を取り戻して出発した。昨日までの悲愴感は消え、全ての行動を先々の戦闘に備えることで、先々に戦闘があるという仮定を持つことができるようになった。

ヘリコプターの数は多くなり、午前中だけで十機も上空を飛んでいった。そして午後に入ると、我々の進んでいる方向で約三十分もの撃ち合いの音を聞いた。

我々は援助に行くべきか、逃げるべきかを議論した。みんなどちらにすべきか決めることができないようだった。そして議論をしても決断できないことを知った頃、急に前方に閃光が拡がり、幾つかの爆発音が聞えた。我々は黙って前進を始めた。閃光と爆発音は、まるで飢えていた野獣の前を横切った兎のように、我々の本能を呼び覚ますものだった。閃光は美しく、爆発音は官能的だった。間もなく、閃光の方向に黒煙が昇っていくのがみえた。我々は急いでいた。ずっと銃を構えたまま、前方に眼をすえて走った。しかし目的地は遠かった。三十分も歩くと、ようやくペースを落とし、更に三十分歩いてから銃を肩に戻した。黒煙は消えてしまい、我々は本当に目的地に向かっているのかどうかすら疑い始めた。山の中だけに直進するということは不可能である。あてになるのは磁石だけで、磁石は常に現在地からの方角しか示してくれない。しかも、それはあくまで大まかな方角であり、距離の遠いところへ向かうにはあまりにも誤差が大きすぎる。我々はやがて戦場へ行きつけることが不可能だと信じ始めた。そしてごちそうを前にしながら誰かに持ち去られてしまったような苛立ちを感じ始めた。突然疲労がでてみんな乾パンをかじりながら寝ころんでしまった。誰もが何もいわず、落着きのない眼を周囲に向けていた。

「くそっ！」

オオタが短く叫んだ。そして急に立ち上がり、すぐまた寝ころんだ。声を出さなかったが、カルロスも同じ動作をした。前方には再び大きな尾根が横たわっており、少なくともそれを登り切らなければ目的地へ行けそうもない。そして、それを登り切っても、目的地へ着けるかどうかわからない。いつか我々の虚脱感をなぐさめるように日が暮れていった。

眠りに入っていた我々に、銃声が驚くほど大きな音で聞えた。我々は一斉に立ち上がり、いつの間にか荷物をかかえあげて歩き始めていた。しかし、月もなく、樹林に入ってしまうと何もみえなくなって、とても歩けるものではないことがわかった。登りはけわしく、昼間でも容易に歩けない場所である。しかし、そんな我々をはげますかのように、尾根の方向に照明弾が打ち上げられ、もう一度銃声が聞えた。少なくとも照明弾が落ちてくるまで我々は歩いた。だが、照明弾が消えると、また同じ暗闇の中で当惑し続けなければならなかった。我々は停止して、何かを待ち続けた。やがてもう一度銃声が聞え、その銃声に応じて単発的な幾つかの銃声が続いた。私はその銃声の方向を聞き定めようと思ったが、周囲のあちこちから聞えてくるように思えた。

「遠くないね」

カルロスがいった。

「うん。しかし、こうしていても仕方がない。交代で眠ろう」

そしてハオとトロッキーが見張りに立って他が眠ることになったが、疲労と興奮でみんな眠れない様子だった。その後も何度か銃声が続き、やがてヘリコプターが一機やってきて尾根の向こうに消えていった。

私はそれでもいつか眠っており、眼を覚ました時には空が薄明るくなっていた。カルロスとジョンが見張りに立っていたので交代しようといったが、もう今から眠る気になれないといった。いつかみんな起き始め、ジョンと私が朝食を準備して、出発の準備をしながらコンビーフとクラッカーを口に入れた。そして尾根に向けて出発した。今度はジョンもばてずにがんばった。ヘリコプターの音が聞えたが機影はみえず、銃声ももう聞えない。途中で樹木がなくなり、背の高い草やぶの中を登り、岩場に出るともう尾根は近かった。樹林が切れたのでヘリコプターがやってくると発見される危険性があり、ハオがヘリコプターが来た時の逃げ場を常に指定し続けた。

尾根は先に越えた山陵より更に高く、見通しもよかった。晴れてないので、平野まではみえなかったが、越えてきた山陵の向こう側に煙が立ち昇っていた。戦闘があったのではなく、単なるたき火だろう。尾根を越えると再び深い樹林の中に入り、見通しは全くきかなくなった。従って昨日の戦闘がどこであったのかわからない。我々はそれを当然のことと受けとめて下りにかかった。

ラジオは相変わらずゲリラ狩りについて何も報じていない。まるでヌーヴ市の革命のあと何の混乱もなく、平穏を取り戻してしまったように、交通事故のニュースや議会の話題を伝えていた。事実ヌーヴ市にはもう何の混乱もないのだろう。そして我々のような山中に逃げこんだゲリラは何の脅威にもならないものなのだろう。フリーランドはすでに私が日本にいた時と同じ遠い遠い存在でしかなかった。むしろ、アメリカやECにとって、このヌーヴ市に集結した一団こそ、国際ゲリラ撲滅への最大のチャンスであるといえるだろう。

ブランキは鈍重な男であったが、ゲリラ経歴の長い男で、何度もフリーランド戦争に参加していた。彼は独特のゲリラの性格分類をおこなっていて、私を正しくピート的人間だといった。だが、私はキム的人間に関心があり、彼の小隊にいたキンのことや、他のフリーランドでのキム的存在の人間について聞いた。彼はキム的人間はさほど重要なものではなく、単なる官僚落第生だと断言した。

「しかし、革命ののち最も力を持つのは官僚型の人間だろう。スターリン、周恩来」

私がいうと、ブランキはしばらく考えてから頷いた。

「だが、永続革命の中では最も有害な、反革命的な人間だ」

ブランキはいった。

「そして、その反革命性が、永続革命にとって最も必要なものではないのかね。少なくとも革命は反革命なくして永続しえないものだろう」

ブランキは黙って歩き続けた。そして、私が別の幻想に意識を向かわせた頃になって、ようやく頷いた。

「その通りだ。だが、キム的な性格は、誰にも存在しているんだ。おそらく、この小隊の中では、ハオが次にキム的になるのだろう。まず典型的な二重性格者で、常に片側を幻想、片側を現実として使いわけているんだ。私もたぶんその一人なのだと思う。だが、私には幻想が小さく、ハオ以上にキム的になり難い人間だと思う。最初にキム、そしてハオ、最後に私が幻想の中に入っていくんだ」

「冷静で面白い分析だな。少し単純化しすぎているように思えるが」

「君にはそう思えるだけなのだ。君のような先天的に幻想と現実をごちゃまぜにしている人間からみると、キム的人間が極めて複雑なものに思えるのだ。私にとって、君のような人間が得体の知れない存在なのと同じだよ」

今度はすぐに答えた。私はそのブランキの顔に、最初キムと会った時に感じたものと共通する何かを感じた。ブランキには、まだまだフリーランド戦争は終っていないのだ。我々のヒステリックな終末観を彼だけは冷静に受けとめていた。それが彼を平凡な人間にみせていたのだろう。

私とブランキの気配を感じたように、ハオが振り返った。ハオは我々に軽蔑するような視線を向けてから再び歩いていった。

予想された通り、次の休憩でハオとブランキの最初の対立が起こった。私はすでにブランキの支持者となっており、私と同じピート型人間であるカルロスもブランキについた。それがハオを必要以上に刺激した。いずれその対立が深刻なものになっていくことは眼にみえていた。

「一体、どこで戦争していたんだろう」

オオタは話題を変えようとした。そして結局みんな、オオタの通俗的な対立回避案を受け入れることになった。

我々が約三十分も歩いた時、急に硝煙の臭いを感じた。オオタとトロッキーは走り出し、少し登ったところに立って大声を出した。

「やった！」

そこは崖上になっていて、眼下に小さな谷を見降ろしていた。そして、その谷間の空間に焼け跡があった。ハオはオオタとトロッキーの大声をたしなめ、我々に戦闘体勢を要求した。我々は荷物をまとめてジョンに見張らせ、横に拡がって崖の両側から下っていった。こういう時に見張りを引き受けてくれるのはジョンだけである。ブランキにいわせると、ジョン型の人間はどこにいてもそれなりの有能さを発揮し、特にゲリラとなる必然性はないのだが、いきがかりでゲリラになると、そこで大きな失敗をするわけでもなく、有能なゲリラとして生きることもできるという人間らしい。確かにジョンは他のゲリラたちのような戦闘本能がない。少なくとも彼は荷物番に耐え得る貴重な人間である。

崖を降りるのに案外時間がかかり、下りついた時には待ち切れずハオが走り出した。冷静なハオが最初に走ったのには驚かされたが、みんな同じ気持だったのだろう。私もまた走っていた。付近は雑草の繁った緩斜面で、焼け跡は火炎銃によるものだった。アルバラデイア軍とアメリカ軍は繁みに潜んだゲリラを捜すのに火炎放射をおこなったようだ。焼け跡は至るところに散在し、手榴弾の爆発跡もみつかった。しかし、すでに人間はいないようだった。我々は銃を肩に戻して歩き廻った。

「おーい！」

かなり遠くでカルロスの声が聞えた。私がその方向に走っていくと、草原が途切れて樹林帯に出た。再びカルロスの声が聞え、その声は樹林の奥から伝わってきた。樹林帯は僅かで、すぐに再び草原に抜け、そこに巨大なヘリコプターの残骸があった。

「やったぜ！」

カルロスが大声でいった。ヘリコプターは半分破壊されており、長いプロペラを草の中に突っ込んでいる。

「資料を積んだままです。食糧もあります」

カルロスはヘリコプターの中に飛び込み、両手に罐詰を持って出てきた。

「武器はないのか?」

私がいうと、カルロスは罐詰を投げだしてもう一度中へ入った。

「銃や手榴弾はありません。綱やヘルメットは残ってます」

そういって、カルロスはヘルメットを被って出てきた。ハオたちもそこへやってきてヘリコプターの残骸を調査し始めた。

「夜中に飛んできたヘリで帰っていったんだな」

ブランキがいった。

「武器や死体が残っていないのなら、すぐには戻ってこないだろう。それにしてもゲリラはどうしたのかな」

私がいうと、ブランキは愚問だとばかりに答えた。

「連中が帰ったということは、全員殺されたか、つかまったか、どちらかだよ」

確かにブランキのいう通りだ。少なくとも、戦闘からかなりの時間が経っており、その間にここへヘリコプターがやってこないということは、ここが完全に無用の土地となったということだ。

昨日聞いた最初の銃声は、ヘリコプターの着陸を待っていたゲリラと、兵士の衝突によるものだろう。次の爆発はヘリコプターに投げられた手榴弾のものだ。そして黒い煙は火炎銃によるゲリラ捜しのもので、一度ヘリコプターの兵士たちは捜索を中止した。そして夜になってゲリラがやってきたか、兵士の側がゲリラを発見したかどちらかで、再び戦闘が始まった。おそらくその時に残っていたゲリラは一人だけだったのだろう。やがてゲリラが殺されるか、つかまるか、降服したか、ともかくヘリコプター兵士の側が勝利を収め、ヘリコプターが迎えにくると、死体や銃を積み込んで去っていった。おそらく、そんな風にここでの戦闘は終ったのだろう。

「でも、ヘリを一機やっつけたのなら立派なもんだよ」

トロツキーがいった。

「ヘリぐらい、連中は何機でも簡単に作るよ」

カルロスがいうと、トロツキーは力なく頷いた。

「それもそうだな」

ハオたちは荷物を運び出し、必要な物を選び出した。そして、それを一人一箱の荷物にしてかつぎ上げ、ジョンのいる崖上へ向けて出発した。

ジョンはヘリコプターの残骸があることを知ると、ラジオの部品や綱や布を欲しがった。我々はジョンがそういったものをいかにうまく使うか知っていたので、ジョンを連れてヘリコプターまで戻ろうとした。しかし、ブランキは反対した。

「できるだけ遠くへ離れた方がいい」

ブランキはいった。

「戻ってこないよ。武器も死体も持っていったんだ」

私がいうと、ブランキは首を振った。

「攻撃隊がくることはないだろうが、視察隊が報道関係者を連れてくるはずだ。連中は戦果を世界に向けて宣伝する必要がある。食糧が荒らされていることに気づいたら大捜索隊を送り込んでくるだろう」

「ブランキはジョンの腕を知らないんだ。ジョンにあの綱を与えれば鹿や兎の肉を喰わせてくれるぞ」

カルロスがいった。

「ともかく、逃げるのなら一人で行け。それともトロッキーも行くのか?」

ハオが冷たく宣言した。

「わかった。だが、連中は必ずやってくるから、早く戻ってきてくれ」

ブランキは妥協した。そして、結局ハオとカルロスとオオタとジョンがヘリコプターまで戻ることになった。確かにハオは驚くほど行動的になっていた。それはキムの場合とは異なった変わり方であったが、間違いなくかつてのハオと異なっていた。ブランキの分析が正しいとすれば、彼は幻想の中に入り込んで戻れなくなってしまっているのだろう。それとも彼にとって、今が最も現実と幻想のバランスのとれた時期なのかもしれない。私はブランキを知ってから死を急ごうと思わなくなったが、ハオは洞穴にいた時のキムのようにそれを求め始めている。いずれ彼は何かの事件を起こすことになるだろう。

ジョンとカルロスとハオとオオタは再び崖を下っていき、私とトロツキーは崖上の最も高い場所へ見張りに向かった。黒人のトロツキーは、以前に我々の隊にいたトロツキーとはかなり性格が異なっていたが、得体の知れない人間であるという点では共通していた。最初の印象では現実主義者というレッテルをはりつけたものの、彼の感性は独特の構造を持っているのか、他人が深刻になれば楽天的になり、他人が楽天的に騒いでいると、一人沈んでいく。それは何か自分だけのシリアスなゲームをおこなっていて、他人との間の優勢と劣勢とをくり返しているかのようだった。我々がヘリコプターを発見してはしゃいでいた間は沈黙していたトロツキーが、ジョンたちの身を案じて見張りに出ると急に楽しげに喋り始めた。トロツキーはジョンをいい奴だといった。私が同意すると大喜びで同じことを何度もいった。高台とはいえ、さほど見晴しのいい場所ではなかったので、私はヘリコプターやジェット機の音に注意しなければならないと思い、トロツキーに静かにするように要求した。トロツキーは一度頷いて黙ったが、すぐにまた喋り始めた。彼はヌーヴ市でのクーデター計画について話した。或いは私に関心を持たせるために作り話をしただけかもしれないが、私は遂に見張りを忘れてしまうほどトロツキーと話し込んでしまった。

ヌーヴ市がアルバラデイア軍の完全支配に陥る二日前に、ゲリラ側はアルバラデイア軍首脳に対して三つの申し入れをした。それは私も知っており、ラジオを通じて世界中に伝えられている。三つの申し入れとは、ヌーヴ市のフリーランド宣言と、外国の軍事、政治的介入の排除と、ヌーヴ市解放ゲリラの地位保障である。アルバラデイア軍は後の二つの申し入れを受け入れたが、ヌーヴ市のフリーランド宣言は世界世論の反感を買うという理由で拒否した。これはむしろ予想以上の妥協で、アルバラデイア軍がゲリラに対し裏切る意志のないことを宣言したような発表と受けとめられていた。しかし、その二日後にアルバラデイア軍はゲリラ追放にのり出した。私はその時、アルバラデイア軍に我々がうまく騙されたのだと思っていた。だが、トロツキーの話では、裏切ったのはゲリラ側で、発表の翌日にゲリラ側がクーデターを起こして失敗したというのだ。アルバラデイア軍は誠実そのもので、アルバラデイアによる政治支配と、ゲリラによる軍事支配を二権分立で持続させようとしていたという。

「しかし、そんなことは不可能だろう」

「そうだ。全く不可能だ。不可能性こそフリーランド特有のものなのさ」

「つまりアルバラデイア軍のヌーヴ市と、ゲリラのフリーランドとが同じ空間に存在するという二重世界になるわけか」

「それがアルバラデイア軍のコスタキ将軍の考え方だった。そのコスタキ将軍がクーデターによって暗殺された」

トロツキーは楽しげにいって岩に腰を降ろした。コスタキ将軍の死は事故死と発表されており、ゲリラの間ではアルバラデイア軍の右派に殺されたものと伝えられていた。コスタキ将軍の死によってアルバラデイア軍のゲリラ狩りが始まったのである。

「官僚派だ。ゲリラの官僚派が全てを予定通り進行させようとしたのだ。最初からフリーランド計画にはアルバラデイア軍の妥協は考慮されていなかった。ヌーヴ市解放後はアルバラデイア軍の裏切りがあって、ゲリラによる第二革命が生まれるはずだった。官僚派はあくまでその計画を推進しようとしたんだ」

私は官僚派という表現をキムと結びつけて考えていた。確かにトロツキーのいうことにも一理あるように思える。

「クーデターに参加したゲリラは何人ぐらいだった？」

「それが全くわからないんだ。我々の中にも混っている可能性はある。だが、そんなことはどうでもいいさ。我々はただ逃げるだけだ。少なくともおれは最後まで逃げのびてやる」

トロツキーがそういった時、頭上にヘリコプターの音が聞えた。ヘリコプターはすでに近くの嶺を越えて上空に姿を現わしていた。

「しまった！」

私が走り出すより速く、トロツキーは樹林の間を駈け降りていた。ブランキのところに戻ると、トロツキーは自分の荷物をかかえ上げて走りだした。ブランキは荷物を手に持ってジョンたちの降りていった崖下をみつめている。

「戻れそうもないな」

ブランキは呟いた。

「降りよう」

私はいった。

「君がそういうと思っていたよ」

ブランキは私の荷物と銃を手渡した。

私はすでに崖を下りにかかっていた。ブランキは森の奥へ走り去ったトロッキーに声をかけようとしているようだったが、すぐにあきらめて私の後を追ってきた。

「ありがとう」

私とブランキが崖を降りて草原に入った時、ヘリコプターは着陸した。ハオやジョンの姿はみえない。私とブランキは長く伸びた草むらの中をゆっくり動いた。

「まだヘリコプターの残骸の近くにいたのだろうか?」

私がいうとブランキは首を振った。それは否定するというより、わからないということの表現であるように思えた。ヘリコプターのプロペラ音は停止せず、もう一度大きくなって音の聞える方角が移動した。

「しまった。これは罠だ!」

ブランキは叫んだ。ヘリコプターの音が接近し、すぐ頭上に白い煙を吐いて飛んでくる巨大な機影が現われた。そして私とブランキが伏せた時、周囲が一瞬の間に霧につつまれてしまった。

「薬だ! 吸い込むな!」

ブランキが鼻をつまみながら叫んだ。私も口を手で押えたが、吸わずに逃げることなど不可能である。最初は化学薬品のような臭気を感じたが、慣れるとむしろ甘いような良い香りがした。息をとめていることに耐え切れなくなって胸いっぱいに霧を吸い込んでしまった時、私は僅かにめまいを感じた。だが、すぐにそれもおさまり、他に何の苦痛も感じることなく立ち上がっていた。

「大丈夫だ。どうもないよ」

私はいった。ブランキも不審げに指で霧をなめてみたりしながら立ち上がった。

ヘリコプターの音は遠ざかっていって、戻ってくる気配はない。私たちはいつか歩き始めていた。霧は薄くなったが、まだ周囲二十メートル程度しか見渡せない。方角もよくわからなかったが、なぜか自分の歩いている方向にさほど疑問も持たなかった。

「早くこのガスから抜け出た方がいい」

ブランキはいった。私たちは足を早めて一方向へ進んだが、いつの間にか本当の霧が混ってしまったのか、奇妙な冷気を感じ、霧から脱出するどころか、更に濃い乳白色に閉ざされた空間にもぐり込んでいた。

「だめだ」

私がいった時、ブランキも立ちどまった。夕刻に近づいて周囲は暗くなり始めていた。

「少し休もう。夜も眠れそうもないから」

ブランキはそういって荷物を降ろし、草の上に坐り込んだ。私はもう一度周囲を眺めまわしたのち、ブランキと背中合わせに坐った。

「あのガスは何だったのだろう」

ブランキが私の背に少し首を向けていった。私もブランキの顔がみえる程度に振り向いて首を振った。

「それに、ヘリコプターがどこかへ行ってしまった理由もわからない」

私はいった。

「たぶん、夜になると戻ってくるのだろう。昨夜もそうだった。あれは昨夜だったね？」

ブランキはいった。確かにもうここへきてから何日も過したように思えた。

「恐ろしい夜になりそうだな」

私はいった。それは不思議なほど他人事のようないい方だった。事実、私には恐怖感は全くなかった。暮れかける草原の霧の中で、何もかもが静かだった。

「トロツキーがヌーヴ市でのクーデターのことを話していたが、本当なのか？」

私はいった。

「本当だと思う。私もトロツキーにその話を聞かされたのだが、充分あり得ることだ」

ブランキはいった。その時、私たちは草むらをかきわけて歩く足音を聞いた。私とブランキは会話を中止し、ゆっくり銃を持ち上げて身体を起こした。霧の中に黒い二つの人影がみえた。ハオたちではなかった。私たちはどちらからともなく飛び出し、二手に分かれて銃を構えたまま叫んだ。

「停まれ。手を上げろ！」

相手の反応は早く、銃を構えると同時に引き金を引いていた。私は伏せながら撃った。顔を上げると一人の男がすぐ近くに倒れ、もう一人の男が両手を上げてブランキと対面していた。

「当たったのか？」

私は起き上がりながらいった。

「すごい腕だな。一発で即死のようだ」

ブランキはもう一人の男に顔を向けたままいった。

「当てるつもりはなかったし、当たるとも思っていなかった」

私はいった。私は射撃がうまい方ではなく、練習でも思うように撃てたことがない。それに本物の人間を撃ったのは、これが初めてであり、しかも動きながら撃ったのだから、命中したのは奇蹟という他はないだろう。しかも、服装からみて、相手はアルバラデイア軍ではなく、ゲリラであったようだ。

「相手が先に撃ってきたんだ」

私はいった。

「わかっているよ。この男は自殺したかったのだろう」

ブランキはいった。私は倒れた死体に近寄って、まだ頭から血を吹き出させている男の顔をのぞき込んだ。

「キムだ！」

私は叫んだ。血が顔にまで流れ込んでおり、顔の半分は草の中に突っ込んでいたので、確かに識別したわけではないが、私はその顔をキムのものと決めてしまっていた。

「手を降ろしていいぞ」

ブランキは男にいった。

「こいつはキムって名ではないのか？」

私はその男にいった。

「そうだ。知り合いだったのか」

男は力なくいった。

「いや、キムは処刑されたはずだ」

私はいった。自分のいっている言葉の辻褄が合っていないことはよくわかっていた。しかし、辻褄が合わなくても、それはそれなりの事実なのだと思った。

「お前は何という名だ」

ブランキはいった。

「イッフェ。ブラジルからきた」

「お前の仲間を殺してしまったが、やむを得ない状況だった。わかってくれるか？」

ブランキがいうと、イッフェと名乗った男は頷いた。

「私は撃たずに手を上げた。しかし、キムは最初から人をみると撃つつもりだった。出会った相手は絶対敵だと彼は信じ込んでいたんだ」

イッフェがいった。

「いや、キムは自分にとって、相手が敵でなければならないという必然性だけを受け入れていたというべきだろう。処刑されたキムも全ての他人を敵と考えようとしていた」

私はいった。キムの屍からの出血はようやく止まり、私が仰向けに寝かせると、半分泥に、半分血にまみれたキムの顔が空を見上げた。そして、それが単に私のアレゴリーとしての解釈だけでなく、本物のキムの顔であることを知って改めて驚いた。

「あの薬は幻覚剤ではないのか?」

私はいった。ブランキは不審げに私をみつめていた。


イッフェを加えて三人になった我々のゲリラ小隊は約一時間歩いて、遂に草原から脱出できないまま夜営に入った。火も懐中電灯も使わず、完全な暗闇の中で、三人の内一人だけが眠るという厳しい夜であった。ブランキが眠り、私とイッフェが見張りをしている時、私は自分が発狂してしまったことを知った。イッフェの話では、ヘリコプターなど一度もみたことはないし、アルバラデイア軍の追跡など全くあり得ないというのだ。アルバラデイア軍は反革命クーデターによって崩壊し、現在ヌーヴ市を統治しているのは旧政府軍の生き残りで、旧政府軍もアルバラデイア軍の残党やゲリラからの攻撃を受けて苦戦しているという。もし、その話が本当なら、我々もヌーヴ市に戻って戦うことができるはずだ。確かに私は気が狂ってしまっているように思う。だが、おそらくそれ以上にイッフェは狂っているのだろう。イッフェは今から山を降りて戦闘に向かうところだったといった。それがイッフェの願望であることはよくわかった。

イッフェとブランキが見張りをして、私が眠っている時、いきなりすさまじい銃声が鳴って眼が覚めた。夜が明けかけて白っぽくなった空に向けてイッフェが立っていた。

「どうした！」

私が飛び起きると、イッフェは手にした銃を動かした。そこにブランキが倒れていた。

「やつが先に撃ったんだ。お前は気が狂っているから殺してやるというんだ」

イッフェは半ば私に甘えるようにいった。私はブランキに近寄り、彼の死を確認するとブランキの銃を取りあげて、振り返りながらイッフェに向けて発砲した。今度は命中することなく、銃弾はどこかの空間に向けて飛び去っていった。しかし、イッフェはまだ当惑したように私をみつめていた。私は更に三発撃った。そのうち、どれかが命中したようだ。イッフェは銃を抱きかかえたまま後に倒れた。

私は自分の荷物を背負い上げて歩き始めた。イッフェが発狂していると思っていた点はブランキも私も同じ考え方であるが、それでも私はイッフェのいっていた事を信じていた。山を下ればフリーランドがあると思った。フリーランド解放戦線の本部ではまたキムに会えるとも思った。ブランキもトロツキーもカルロスも、みんないるはずだと思っていた。歩き続けると上空にヘリコプターがやってきた。しかし、それも幻覚であるはずだった。そしてヘリコプターに向けて手を振ると、ヘリコプターは接近し、私の頭上およそ三十メートルぐらいまできて手榴弾を落とした。幻覚の手榴弾は立派に爆発し、私のすぐ横の草むらを掘り起こし、私の肩から血を流した。

ヘリコプターはすぐ近くに着地した。扉が開いて、中からジョンとカルロスが出てきた。

「ピート！　迎えにきたぞ」

ジョンがいった。

「どうだ。すごいだろう。このヘリを分捕ったぜ」

カルロスはいった。

「ハオとオオタは？」

私はいった。

「ハオは裏切ったので処刑した。やつは気が狂ったんだ」

カルロスがいった。私は自分が幻覚をみていることを承知しており、カルロスたちの姿にみえるものがアルバラデイア軍であることがわかっていた。だから、最後の力を銃にかけて二人を撃った。おそらく、それが私のただ一つの本当の戦闘となるはずだ。私は敵と対面し、撃つことができたのを喜んだ。カルロスたちが倒れると、ヘリコプターから更に三人の男が飛び出してきた。キムとトロツキーとハオだった。キムの銃が最初に火を噴いて、もう僅かしか残っていなかった私の生命を断った。私はただ、自分の死も幻想だと考えていた。そして、まだまだ嫌な逃亡を続けなければならないと思い悩んでいた。

レヴォリューション No.9

Revolución No.9

a　革命年表

Mが学生時代に作成した『世界革命年表』には一七八九年のフランス革命から、一九六八年のチェコ革命までの五十八の蜂起に関する要因、契機、展開、戦闘内容、他国との関係、組織、指導者、思想、文化、内部抗争、粛清などについて簡明に記入されていた。チェコ革命は単にMが成立を信じていただけであって、現実に革命といえる状況に達したわけではない。Mはそれ以後にも幾つかの革命を予測していた。一九六九年に小さな第三フランス革命があり、一九七一年にはスペインで大革命が起きる。一九七三年のブラジル革命によってブラジルは分裂し、キューバ、ペルー、チリ、ボリビアと連帯したコミュニスモ・デル・スダメリカが生まれる。一九七五年のポーランド革命はチェコ革命以後の強い弾圧に対する大規模な蜂起となり、ハンガリーに波及してチェコを含む三国統一労働者組織〝連帯〟が生まれる。一九七九年にイタリア南部で革命が起こり、北部共産党とともにローマ連邦を成立させ、スペイン、フランスと同盟してユーロコミニスムを実現する。

だが、これらMの予想革命は全て起きなかった。革命というものは実現しなければ夢のようなものでしかない。すでに六〇年の安保闘争も、六七年頃の学園蜂起も全て見果てぬ夢となっており、今となっては革命を夢想したこと自体アナクロニスムとしか思えない。たぶんそうなのだろう。革命はアナクロニスムを背負っているのだ。もし、革命が成立すれば、革命以前の全ての存在がアナクロニスムとなり、それまで夢想であったものがリアリテイを獲得する。革命はその時代断層を生む時間の地すべりのようなものだ。

b　人物M

暗闇にも濃度があるのかもしれない。街灯の光が隅々に行きわたって、まるで力波をもてあましたかのように遠く離れた路上の水たまりをきらきら輝かせていることもあれば、僅か一メートル四方の光の空間をつくるのが精いっぱいというかのように闇の圧迫に抗し切れないこともある。おそらくそれは霧のせいなのだろう。昼間から気がつかないほどの僅かな湿気でも、夜には思わぬ質量となって闇に加担する。霧とすら呼べないほど微細な水蒸気が闇に濃度を与えている。

Mが湿気の強い六月に会おうといってきたのも、そのためかもしれない。確かに闇の力が強い日には人の顔も判別し難い。

「私は長い時間立ちどまっていることができないので、悪いが先に行って待っていてほしい」

Mは電話でそういった。学生時代の友人に話すには少々丁重すぎる話し方だった。彼が指定した場所は郊外電車の小さな駅の駅前通り商店街が途切れたあたりの坂道の下だった。そこは特に闇が滞ったように全ての存在を希薄にしてしまう場所だった。私は早目にそこへ行き、約一時間Mを待った。その間、私のすぐ前を何人もの人が通っていったが、誰も私の存在に気づかぬように早足で歩いていった。一時間も待つと、待ち合わせ場所を間違えたのではないかと心配になったが、その日はむしろ自分の身体が実体のないものになったかのような不安にとりつかれていた。

Mはいつの間にか私の横に立っていた。私が彼の急な出現に驚いて声をつまらせていると、彼は小声で「歩きましょう」といった。

私とMは黙ったまま歩き続けた。私は何度も彼に話しかけようとした。だが話すことは何もない。彼もまた私に何度か話しかけようとしていた。二人の間には断層があった。彼は革命の世界にいて、私は現実の世界にいる。彼は学生時代の友人Mではなく、現実感のない人物Mだった。やがて私たちは坂下の暗闇だまりに戻ってきた。私はポケットから数枚の一万円札を出した。

「失礼かと思うけれど——」

「いや、カンパは有難く頂戴します」

Mはそういって素早く私の手から札を抜きとり、自分のポケットに入れた。

「もし、ぼくにできることがあれば——」

私はいう。Mは私の肩に手を置いた。

「もう一度会って下さい。その時にはお話しできます」

Mはいった。そして肩から手を抜くと、消えるように歩き去った。闇は更に濃度を増していた。

C　市街戦　I

Mと私はいつもデモ隊の後方を歩いていた。われわれの大学の自治会は少人数だったし、連盟内での主導権を持とうというような意欲もなかった。今になって思えばその頃のMも私も革命遊びに逃げ腰で参加し、スリルを楽しんでいただけだったようだ。前方で喚声が上がるとMと私は素早く身構え、警官と衝突する寸前にゲバ棒を放り投げて逃げ出す。逃げている時はもう恐ろしくて仕方がないが、集合地にたどり着いて大声で警官隊をののしり、シュプレヒコールすると、とても充実した気持になる。何か立派な仕事を成し遂げたようにも思えた。

どのみち多くの学生がその程度の思想でデモに参加していたのだろう。決して生きることに追いつめられていたわけではないし、理想を口にしても、それが自分の存在に不可欠なほど成熟しているわけでもない。だから私は今のように会社勤めをし、妻と一人の娘とともに家庭を持ったのだ。会社の仕事も家庭も、当時考えていたほど味気のないものではなく、楽しみを見出すことは難しくない。むしろ自分にとって上出来な生活だとすら思っている。だが、Mは生きる事に追いつめられていった。それとともに彼の理想もまた熟していったことだろう。Mにはあの頃よりもずっと充実した生があるのかもしれない。

あの日もMと私はデモ隊の後方を歩いていた。シュプレヒコールに興奮しながら、用心深く前方の様子をうかがっていた。くもり空が私たちの胸に奇妙な圧迫感を与えている。大声でアジテーションを叫んでもすぐに胸の中に戻ってくるような気がした。時折遠くで警官に向けて怒鳴る声が聞えるが、いつもにくらべると驚くほど静かだった。交通整理の警官だけは忙しく走り廻って笛を吹いていたが、どうやら警察もデモ隊を早く通してしまおうというつもりらしい。

繁華街の通りを曲って解散地の公園に向かった時、急に背後で叫び声が上がった。それは一瞬の間に私たちに襲いかかり、とっさにゲバ棒を突き出すと、思わぬ音が響いて私の両腕に衝撃が伝わった。突っ込んできたのは右翼の宣伝車で、すでに近くの学生がフロントガラスをたき割っていた。前方の学生たちも興奮しながら私たちに向けて押し寄せてくる。私は夢中で車の側面をたたき続けていた。そして次の瞬間には、どこから出現したのか警官隊が学生の群れの中に割り込んでいることに気づいた。Mが「逃げよう！」と叫んだ。私はその声でようやく危険を知り、混乱したデモ隊の中から抜け出した。私たちと同じように多数の学生たちが走っていた。警官たちの大声と、スピーカーから出る甲高い雑音が周囲に興奮の熱気をまき散らしていた。警官は周囲から押し寄せてくるようにみえた。私たちが人混みの方へ走り込むと、人の群れは二つに分かれて道を作った。前方に国鉄の駅があった。そして走る学生たちは駅の構内に向かっていた。改札係はすでに逃げ去っている。Mと私は駅の通路から階段を駈け上がってホームへ出た。ホームの乗客たちは一方に寄って立ちすくんでいた。数人の学生がレールに飛び降りて陸橋の方向へ走った。私もまくら木の上を走っていた。陸橋の下では多数の警官が金属盾を突き出して駅に向かって走っている。私たちは線路上の石を警官に向けて投げた。次々と線路上にやってきた学生たちは走りながらあちこちの警官に向けて石を投げ続けた。この時、私もMも写真を撮られていた。私は後向きになっていたり、人の陰になっていたりで、証拠として使えるような写真を撮られなかったが、Mの写真には鮮明に顔が出ていた。そして、それが二人のその後の生き方を変えてしまったのだ。

警官隊から催涙弾が撃ち込まれ、放水が始まった頃には、Mも私も現場を離れて線路上を逃げていた。やがて鉄道が土手の上を走っているところまでくると街の中へ駈け降りて、ヘルメットもタオルも投げ捨てた。そして二人はゆっくり駅の方へ戻っていった。大通りでは交通整理の警官たちが通行どめの柵をつくり、見物人たちを追い返しているところだった。無人の路上には、たたき壊された自動車とヘルメットとゲバ棒と盾が散乱し、周囲に催涙ガスがたち込めていた。

Mは私たちの自治会の委員長であり、僅かに二十歳をすぎていたので、すぐに指名手配を受けた。それでもその時に自首していれば多くの同志とともに恵まれた裁判を受けることができたし、法廷闘争を続けながらも生活にこまらない程度の仕事につくことができただろう。Mは逃亡し、その結果更に過激な組織と深くかかわるようになっていった。さまざまな事件の容疑者としてMの名が出るようになり、彼は人物Mとして知られるようになっていった。私はその後、自治会の役員をやめて就職のための勉学にはげみ、農蚕園芸調査研究所という農林水産省の外郭団体に職を得ることができた。果実の品種に関する生産者と消費者の資料を作成し、農政指導のために提供するのが私の仕事である。そして学生時代のガールフレンドと結婚し、数年後には娘が生まれ、住宅公団のアパートを一つ買った。さほどの苦労もなかったが、Mに関する話題に接した時だけはとても辛くなった。

d　格言集　I

失われているのは革命的な雰囲気であり、闘争を通じて湧きあがる意識である——カルロス・マリゲーラ

革命を起こすためのすべての条件ができるのを待つ必要はない。反乱によってそうした条件をつくりだすことができる——チェ・ゲバラ

すべての人間が解放されるまで、革命は名誉ある人々の占有物としてのみ存在する——ホルヘ・リカルド・マセッテイ

恐れずに戦闘を！——カルロス・ラマルカ

戦闘はとりもなおさず破壊である——セルバンテス

君たちがわれわれの立場を悲劇的なものと考えようとしないのは、真実に目をふさいでいるからだよ——モリアンヌ

フランス人は偉いわ。プチブルが革命を起こすのだから！——ピート・ランペット

勝利か死か！——インテイ・ペレード

e　ゲットー

私は『紅玉』と『国光』の消費が伸びているように資料を作成せよと要求されていた。むろん私はその要求どおりの資料を作った。さほど難しいことではない。『富士』や『玉林』をアナロジーとして各地域にあり得る数値をコンピュータに作らせると、それなりに理由のつく数字が生まれる。書類が全て㊙となっているので発覚する可能性も殆どない。おそらく同じようにして、軍事や教育に関する世論も作られるのだろう。

もちろんこうした資料が信用できないものだという認識も広く行き渡っており、新聞社の作成する調査結果とも大きな開きがある。だが、そうした場合、政府は新聞社の調査に作為があるとして同じパターンの調査による別の結果を発表した。新聞各社の間でも同じ調査で全く異なった結果が出ていることも少なくないので、新聞社の資料とてさほど信用されているわけではない。いわば多くの偽資料が乱造されることで信用性などというものがあまり問題にならない状況が生まれているのである。

私は資料を封印して表面に大きな㊙のスタンプを押す。三時十五分前になったことを確認して立ち上がり、所長に農林水産省へ出向いて直接帰宅することを告げて部屋を出る。

「ごくろうさん」

所長は顔を上げずにいった。

通りに出ると定時運転で巡回バスがやってきた。ゲットーの中を走る車はこのバスと、僅かな乗用車と軍用車だけだ。アスファルトは空を映して黒く光っており、並木が風にそよいで音をたてている。バスはゆっくり走って官庁地区にくる。総理府、議員会館、国会、外務省と建物ごとに停車し、数人の人々を乗せたり降ろしたりしながら走る。外務省で降りる男が私の横を通る時に一瞬私の腕をつかんだ。私は眼だけでその男を追い、眼鏡と口元と髪型を記憶した。やがてバスが農林省に着いたので私は降りた。

農林水産省の検問では所持品を示すだけでよい。私の顔は知られているし、㊙の書類が改められることはない。省内に入ると、食糧庁、食品流通局、農蚕園芸局、構造改善局、経済局、大臣官房調査課、審議官室をまわって、それぞれで書類を手渡し、書類受領印を受け、ところどころで僅かな雑談をして最後に企画室にたどり着く。企画室のS参事官が私の仕事の最高司令官である。革命による混乱に乗じて圧力をかけてくる諸外国に対抗するため、フランスなみの食糧自給率を持とうというのがこの仕事の目的である。輸入に依存してきた小麦と畜産飼料を得るため、青果生産を合理化し、可能な限り麦やとうもろこしの生産に転換させていく。そのためには野菜や果実の品種を少なくし、集中生産をおこなうのが良いというわけである。そして選ばれたのが、紅玉と国光のりんごであり、デラウェアのぶどうであり、みかん、いちご、すいか、栗、プリンスメロン、パイナップルなどである。いずれグレープフルーツもバナナもキウイも果物屋から姿を消していくことになり、やがてはゴールデンデリシャスやマスクメロンもなくなることだろう。それらは消費者に人気がないために追放されることになっている。

Ｓ参事官はもともと食糧自給論者で、革命前からそれを提唱していた。人口密度の高い日本には自給自足が不可能だという迷信じみたものがあり、自動車や電子機器の輸出のために食品を輸入することが、いとも当然のように受け入れられてきた。だが、米に続いて牛乳や畜肉が生産過剰に入った時、農林水産省では完全自給が可能というデータを出していた。それは通産省や大蔵省の力でもみ消されてきたのである。面白いことに、革命派の主張もまた食糧の自給自足であった。革命派は革命の成功を待たずにこうした転換を実現してしまったことになる。

「バナナが少々問題です」

私はＳ参事官にいう。

「私もそう思っていたんだ。バナナというのはたくさんあれば誰も見向きもしないのに、無くなると食べたがるんだ。資料はできているのかね」

「調査は終っておりますので簡単に作成できると思います」

「バナナぐらいは輸入してもいいだろう。外務省も喜ぶし、ゴールデンデリシャスやインドリンゴの代用品にもなる。資料は直接私のところへだけ届けてほしい」

参事官はそういいながら応接間のソファに向かい、私にもそちらへ行くよう指で示した。女性がテーブルにお茶を置いていった。

「東北と信州を廻るのかね」

「はい。案外生産者の抵抗が強くって、革命軍もバックアップしているようです」

「しかし、食糧自給はもともと革命軍がいいだしたことだろう」

「そうなのです。もともとリンゴは固くってすっぱいものがおいしいのであり、甘くやわらかく大きくしていったことが間違いだってことは生産者もよく知っているのです。ただ新種を出すと一時的に消費が伸びるので、彼らも改良種を追い続けるわけです。そして革命軍の主張はそういう悪循環を廃止し、安定生産に向かうことなのです。私もそれをじっくり話してくるつもりです」

S参事官はしばらく上を向いていた。そしてゆっくり頷く。

「もともと革命軍が主張していたことは正しいんだ。だが——いや、まあ気をつけて行ってきて下さい」

参事官は立ち上がった。私は急いで煙草の火を消し、身体を起こして一礼する。

農林水産省の建物を出ると、透明な空に夕陽が赤い光の触手をどこまでも伸ばしていた。ゲットーの中はいつも静かで美しい。軍用トラックが一台走り去ってから巡回バスがやってきた。退社時刻なのでバスは混雑していた。旧高速道路を通り、トンネルに入ると検問所がある。乗客は全員バスを降りて検問所の通路へ向かう。何人かが別室で調べを受けているが、ゲットーの中に職を持っている人間は簡単な荷物検査だけですむ。再びバスに乗り、トンネルを出ると完全に日が暮れていた。外には赤や青のネオンがにぎやかに輝き、車のヘッドライトやビルの窓の光が闇を圧迫するかのように路上を照らしている。外に出てみるとゲットーは政府側が呼ぶ〝サンクチュアリ〟であるかのように神秘的に思えた。高速道路を離れ、ゲリラ活動で破壊された区域を通り抜ける。すでに再建中のビルも幾つかみられる。まるでゲリラ戦争が遠い昔のできごとであったかのようだ。

f　社告

二・二六事件といわれる大規模な東京戦争は三日間でほぼ鎮圧された。しかし、ゲリラ部隊は敗北したわけではない。笹子トンネルを閉鎖して甲府盆地に逃れたり、丹沢山塊や秩父山脈に入り込んでいった兵士の数は、東京戦争に参戦したゲリラの数を上廻るほどといわれており、この事件によってゲリラへの参加を決意した学生、農民、労働者の数は予想をはるかに上廻るものであったといわれる。ゲリラ側は東京戦争の前に山間地に幾つかの拠点を持っていたといわれているが、戦後も地方の市町村に入り込んで幾つかの地域を支配下に治めており、警察や自衛隊への通報も数百件に及んでいる。自衛隊は東京での治安出動ののち、首相の緊急指令によって撤退した。しかし、今も閣内には自衛隊による完全制圧を求める声があって、いつ第二の東京戦争が起こるか予断を許さない状況である。

弊社は昨日までの報道に於いて、革命軍を犯罪者集団として扱ってきたが、自衛隊の出動をもって、これを内戦と認識し、報道の中立を守るために革命組織を一部国民の支持を得た政治集団として扱うことに決定した。過去の報道に於いて革命集団への名誉に対する配慮が充分ではなかったことを陳謝するとともに、中立で公正な報道のための革命軍の協力をお願いする次第である。

おそらく東京戦争は日本に於ける内戦の始まりでしかないものであろう。同一民族の血で血を洗う悲劇が、この我々の大地で幕を開けた。弊社はこの戦争の一日も早い終結を強く要望し、両軍にくれぐれも自重を呼びかけたい。国民の声を代表する報道機関として、弊社は両軍の和解のための会談を期待し、そのための場として紙面を両軍に解放したいと思う。

――Y新聞社告

g　拠点A

あの暗闇での沈黙の会見から一か月後に、私はMからの電話を受けとった。彼は次の休日にハイキングの服装で小海線の清里まできてほしいといった。随分趣向を変えたものだねと笑うと、電話の声は冷たく――『あずさ5号』に乗って小淵沢で乗り換えてほしい。清里駅を降りると八ケ岳方面にまっすぐ歩いてもらえれば、どこかで私の知人と出合うはずだ――といって切れた。私に何かの決意を要求しているかのような口調だった。

その日は快晴で、清里から見上げる赤岳の溶岩柱が青黒い空に向けて驚くほど鮮明に突き立っていた。まるで頂上までの岩石の一つ一つが見分けられるかのように思えた。

アスファルトの道が赤岳に向けて一直線に伸びている。登山パーテイが幾つか、早足でその道を歩いて行き、高原での休暇を楽しむためにきた数組の若いグループはペンションの送迎車で走り去っていった。私は彼らが去ったのち、ゆっくり赤岳の山頂を眺めながら歩いていった。

単調な道はどこまで歩いてもはかどらず、赤岳はむしろ駅でみた時よりも遠くなってしまったように思える。やがて樹林の中に入って坂が急になると、付近にペンションや別荘が次々と姿を現わした。そうした別荘の一つにMがいるのかもしれないと思ったが、あまり人目につかない方がよいと思ったので、立ちどまらずに歩き続けた。坂は更に急になり、別荘やペンションもみあたらなくなった。私は遂に立ちどまり、樹の陰に入ってひと休みした。急に汗が吹き出し、夏の太陽の熱射が体内から戻り出てきた。

タバコに火をつけると、後から一人の男が登ってきた。登山服を着て、大きなバックパックを背負っていた。男は私に無関心に歩いてきたが、私の前までくると急に立ちどまり、ゆっくり私に顔を向けた。

「十メートルあとを歩いてきて下さい」

男は小声でいった。そしてまた無表情に戻って歩きだした。私はゆっくりタバコの火を消し、吸いがらをポケットに入れて立ち上がった。

しばらく歩いたのち、男は左手に曲り、更に行くと再び左に曲って樹林の中の小道に入った。私も続いて曲って小道にそって歩いていると急に男の姿がみえなくなった。私が早足で追いかけようとした時、すぐ後から別の男が追いついてきて「走らないで下さい」と耳元でいった。そして「もうすぐです。足跡を残さないよう、乾いた土や石の上を歩いて下さい」といった。やがて前方に別荘が一つみえた。男は手で私を立ちどまらせ、ナップザックから迷彩色のヤッケを出した。「白いシャツは目立ちますので、これを上に着て私に続いて下さい」

男は腰を低くして、樹から樹へ早足で進み、別荘の裏側に着くと私に合図をした。私は男と同じコースをとって別荘に着き、小さな扉から中へ入った。扉のすぐ裏にMがいた。Mは薄暗い通路の中で白い歯をみせて笑いかけていた。

「ここが拠点Aです」

Mはいった。

h　革命幻想

自治会室でMと私は革命的なものについて議論した。最初は犬か猿か、そのあたりの動物に関して革命的かどうか話していたのだが、いつか二人とも意地になって、思いつくものを片端から革命的か、反革命的か決めなければおさまらなくなり、日が暮れてしまっても憑かれたように話し続けた。海王星は？　消しゴムは？　ポプラの木は？　アルマジロは？　石灰は？　百科辞典は？——そして私にもMにも、どうしても譲れない革命イメージがあることが判明した。Mは船が革命的だといい、私はピラミッドこそ革命のシンボルだと主張した。Mは海も風も煙突も革命的だといった。私は三角定規もプリズムもおむすびも革命的だとがんばった。今にして思えば、あまりにもナイーヴなロマンチシズムで恥かしい限りだが、革命への志向がロマンチシズムによって育てられたものであることは今も否定できるものではない。当時の私たちにとって革命は遠い別世界のものであり、夢の国での冒険でしかなかった。私たちはその国をフリーランドと呼んでいた。フリーランドというのは一九世紀の想像上の革命理念を実現した土地の名であるが、トマス・モアのユートピアのように多くの人々に知られているわけではなく、いわばMと私だけの秘密の夢の国でもあった。確かに私たちは学生運動をフリーランドへのステップと考えていた。しかし、それは西へ向けて歩くことがヨーロッパへ少し近づくことになるという程度の方向感覚でしかないことも認めていた。デモやアジビラ配りによってフリーランドを実感したことがあるわけではなく、自治会でのさまざまな議論が革命思想として有効なものと考えたことがあるわけでもない。Mや私の意識を充たしてきたものは、常にイメージであり、幻想であった。革命的なイメージと考え得るものが、ヨーロッパへ飛ぶパスポートや航空券のようにフリーランドへの本物の絆となっていた。私たちはそのイメージの絆をたぐり寄せたいと願っていた。だが、夜まで議論を続けても、それは確実につかみとれるものですらなかった。船もピラミッドも、Mや私にとって、ようやくとらえた小さな手がかりでしかなかったのだろう。それを失ってしまえばもう絆の一端を捜し出すことすらできなくなってしまう。

のちに、私たちはあの国電のレールからの投石によって、革命的な戦慄を経験する。それは船やピラミッドとは全く異なった得体の知れないイメージを呼び覚ますものだった。私にはそれが全ての終りだったし、Mにはそれが始まりだった。私はフリーランドへの絆を失ってしまったが、Mはそれを着実にたぐり寄せていった。

私はその後の学生運動の低迷と、労働運動の現実路線化が、革命への全ての道を閉ざしてしまったように考えていた。マルクス主義が応用経済理論でしかなくなった時、革命がアナクロニスムでしかなくなったように思っていた。だが、Mにいわせれば、学生運動や労働運動の活力と革命とは無関係なのだそうだ。革命に向かうエネルギーは工作によって生み出されてくるものだし、革命に向かう理念は単一のイデオロギーであってはならないという。確かにそれはMが作った革命年表にもうかがうことができる。ロシア革命がマルクス＝レーニン主義に貫かれて実現したわけではなく、学生運動や労働運動の日常的な活力が増大していって革命に発展した例などあるわけではない。人民の不満が爆発して革命に発展したと歴史学者は主張するが、必ずしも不満の強さに応じて革命が発生しているわけでもないし、人民の不満などはいつの時代にもあるものだ。革命はもっとヒステリックに、もっと力学的に生まれるものだという。おそらくMは、あの国電のレールからの投石によって得た戦慄をそうとらえたのであろう。そして、私は――私もまたそう感じていたのかもしれない。私の足元で地すべりが起きていた。

i　工作

私たちの敵は国家体制、行政機関、警察、自衛隊、裁判所、国会、三公社五現業、エネルギー産業、建設・運輸産業、総合商社、金融・不動産業、化学工業、機械工業、それらの労働組合、国会に代表を送っている全ての政党、全ての外国軍隊、全ての外国諜報機関――と定められている。特に注意を要するのは外国諜報機関で、彼らは革命に対し最も敏感に反応を示し、そこから利益を引き出そうとし、革命勢力に積極的なアプローチをしてくる。次に要注意とされるのは一部の公務員労組と大手企業労組で、政府機関や会社組織と異なって長期的な独裁体制のもとで強固な保守体制を整えており、水面下の動向にも敏感である。これらに較べると書類以外の現実に関心がない官僚組織や会社重役は扱い易い存在といえる。

工作者は次の四つのグループに分かれる。

1 α工作員――合法活動によるプロパガンダをおこなう。「愛国人民戦線」「核廃絶世界連盟」「都市エコロジーを考える会」「救国結社」「アプレ・マルクス思想研究会」「鯨、象、馬、類人猿、人間共同体」「アメリカ的軽薄文化追放の会」「自衛隊、警察研究会」「失業者人権闘争戦線」「在日外国人共闘」「文化の新しい波運動」「反米反ソ愛国機構」など数多くの組織がそれぞれ自主的な活動をおこなって、人民の蜂起を訴える。

2 β工作員――既成の労組、大学自治会、政治結社、宗教団体、農協、報道機関、教育機関などに入り込んでオルグ活動をおこなう。特定の組織からの指令を受けるわけではなく、あくまで所属機関や団体の運動の中で革命への方向性を与えていくことが任務となり、思想的な矛盾は容認され、団体間の敵対もまた致し方ないものと認められる。

3 γ工作員――地下工作員で、破壊活動、謀略、密告、盗聴、誘拐、武器調達などの非合法活動をおこなう。戦略委員会ガンマと、戦術機関セーと兵士ツエの三クラスに別れており、ガンマは全ての活動に関する情報を持ち、直接外部と関係することはない。つまり、ガンマはセー以外の誰にも知られることはないわけである。セーはそれぞれの担当分野に関する情報を持ち、同分野の工作員と連絡を持ちながら活動をする。ツエは活動中の工作に関するもの以外の情報を持たず、裏切りや逮捕によっても組織に影響がおよぶことがない立場に置かれているが、活動に応じてセーに昇格することになる。Mが所属しているのはセーである。

4　δ工作員――政府機関、自衛隊、警察、外国大使館、大手企業や公務員労組、武器製造工場などに正規の手続きで潜入している工作員で、オルグ活動は全くおこなわず、革命派としての身分を隠し、情報収集をしたり、特定の人物を陥れたり、γ工作員を手助けしたり、機構内に対立を作ったりという策略をおこなう。入れ換えの不可能な工作員なので危険をできる限り避け、革命の最終段階まで革命派に合流することはない。もしγ工作員との接触が発覚したような場合でも、積極的にγ工作員を捕えて警察につき出すことで身を守るべきであり、γ工作員の側もそうした裏切りを受け入れることが義務づけられている。δ工作員はそれぞれ何人かの他のδ工作員を知っているが、相手方はそれを知るわけではなく、常に一方通行の同志関係が成立している。つまり、AはBを同志であると知っているが、BはAを同志だとは知らない。しかしBはCを同志だと知っている。更にCはDを同志だと知っており、DはAを同志だと知っている。AはDが同志であることを知らないので、全てが一方通行となるわけである。従って同志の間の監視はおこなわれるが、共謀はおこなわれない。また、得体のしれない援助を受けることはあり得ることになる。むろん私はδ工作員となり、政府機関の中の三人の同志を知った。一人は食糧庁に在職しており、一人は政府刊行物の編集者で、もう一人は総合庁舎などのエレベーターを扱っている整備員である。同時に何人かの人物が私を同志として知っているはずだ。

j　惨殺

革命軍には幾つもの拠点がある。私が知っている拠点Aは単に山中の隠れ家でしかなかったが、蜂起と同時に一つの町や村を支配地域とし、鉄道や道路を封鎖して大規模な拠点とした場所もあった。それらの中で、ゲリラ活動の中心地となり、最高司令部の置かれている場所は拠点Fと呼ばれている。しかし、拠点Fのありかは知られていない。少なくとも私は知らないし、大部分のゲリラも知らないし、政府関係者も知らない。おそらくそれは一部のγ工作員だけが知っていて、連絡や命令を受けているところなのだろう。内閣官房と警察庁と自衛隊によって組織された特殊公安機構でも拠点Fの追求が最重点課題となっているようだった。私も幾つかの噂を聞いたが、アメリカとソヴィエト連邦の偵察衛星が一致して拠点Fと想定したのは長野県のN町にあるG集落だということだ。そこには戦前からの共産党員で、六〇年代に脱党し、付近の農民を指導してコルホーズを自称する共同農園を運営してきたTという活動家がいて、蜂起と同時に道路を封鎖し、武装ゲリラが防衛にあたっている。ゲリラの数は約五十人で、偵察衛星はその拠点内に地対地ミサイルと思えるものを発見しており、少なくともゲリラの拠点では最大規模と思われている。特殊公安機構でもそこが最大のゲリラ基地であることは認めている。ただ、そこに政府側の考えるゲリラ軍の重要人物がどれだけ集まっているのかわからない。少なくとも空撮などで得られた資料では政府側のリストに掲載された人物は一人も確認されていないのだ。

私は二、三度Tに会ったことがあるので、特殊公安機構からの呼び出しを受け、説明するために総理府へ出向いた。委員会には自衛隊が統合幕僚会議の将官の他に、陸海空三軍と、中部方面隊、陸幕第二部など多くの代表を送り込んでいて、マスコミへの配慮か、半数は私服で出席していた。私はTがいかにも大正生まれの自由人で、組織を指導したり、大規模な造反工作をするタイプではなく、気まぐれにアイデア農業を楽しんでいた老人にすぎないと述べた。質問をしたのも多くは自衛隊関係者だった。

「そういう人物がどうして一集落の農業を指導してきたのですか?」

「Tはなかなか話好きの楽しい人物で、彼が指導していたというより、若者たちのまとめ役のような存在だったと思います。むしろ若者たちには中央農政に対する強い反感があったようです。コルホーズという名も若者たちがつけたものだと聞いています」

「その若い連中は政治活動をしていたのでしょうか?」

「政治活動といえるかどうかわかりませんが、地区の農協青年部では過激派と呼ばれていて、蚕糸の自由流通化の時には製糸工場前でビラを配ったりしたことはあります。しかし、それも他地区の青年部と比較して突出した行為とはいえないものです」

「コルホーズの運営はうまくいっていたのですか?」

「付近の農家が冬期のスキー民宿などの経営不振に悩んでいるのに対し、この共同農園は米、飼料、野菜などを自給できるシステムが完成しているし、冬期の酒造や菌類の栽培も好調で決して悪い状態ではなかったと思います。ただ品質には問題があり、農協側ではねるものが多かったようです。彼らも朝市へ持っていったり、トラックで都会へ産地直送として売りに行ったりで、販売には苦労していたようです」

「すると都市への販売活動によってゲリラ・グループとコンタクトしていたわけでしょうか?」

「さあ、それは……」

その後、私は応接室で待たされたのち、G集落の見取り図に知っていることを記入させられた。しかし、およそ私の知っていることはすでに書き込まれてあり、私は菌類栽培のための洞窟に入ったことがあったが、それについては教えるつもりはなく、結局物置を二つほど書き込んだだけだった。

その頃、すでにG集落は自衛隊と警察に包囲されていた。自衛隊は山岳地帯と谷間の背後に進駐し、谷間の道路には警察の機動隊が出陣していた。火器は使用せず、放水と催涙弾で全員逮捕する予定だった。しかし、次の日、自衛隊のヘリコプターが集落の近くに墜落し、救出のために山岳の三つの中隊が突入した時、G集落は戦場となった。集落のゲリラや農民は惨殺され、T老人も焼死体となって発見された。政府側はヘリコプターがミサイルで撃墜されたと報告したが、集落からはミサイル発射台が発見されなかった。また、集落に集まっていたゲリラも僅か二十人で、全てが兵士クラスでしかなかった。

k　市街戦　II

一斉蜂起が伝えられた日、警察は各地で大規模な検問をおこなった。各派のデモ隊に対して、官庁や政府機関所在地域への立ち入りを禁止し、のちにゲットーとなる一帯の周囲を封鎖して、何か所かの出入口を大量の機動隊員で固めた。私はその日もいつものように出動し、すぐに農林水産省へ向かった。首相官邸が狙われるとか、通産省が危ないとかいった、さまざまな噂が流れており、農林水産省でも誰もが興奮を押え切れないように何組かに分かれて議論をしていた。蜂起の目標が防衛庁と通産省、科学技術庁などに向けられているので、テクノロジーと工業生産の暴走によってずっと被害を受けてきた農林水産省内にはむしろ革命への密かな期待すらあったが、現実に革命が起きれば自分たちの地位もどうなるかわからない。うまく無血革命が成功し、現在の官僚制度のまま方向転換するようなことにならないかというようなところが本音である。

私は地域計画課を訪れ、簡単な用件を済ませたのち、その部屋での議論に加わった。私にも蜂起の計画がいかなるものか知らされているわけではなく、革命組織に関する知識においても彼らとさほどの差はない。テレビ画面で警官隊に囲まれて歩くデモ隊や、厳しい検問の様子を眺めながら「これでは蟻の這い出す隙間もないよ」という職員がいたが、私も全く同感だった。私には自分がそんな革命計画に加わっていることがとてもばかばかしく思えた。今のところ私自身が直接犯罪となる行為をしているわけではないが、革命グループに情報を流したり、共謀に参加したりしているので、誰かが密告すれば幾つかの罪を背負うことになるだろう。むろん今の仕事は失うし、関係方面への再就職も難しい。毎日の生活がさほど変化していないので、さほど追いつめられた気持にはなっていないが、いともばかばかしい理由で一生を棒に振ろうとしているように思えた。

「無理だよね。ラグビーでいえば66対0というところだな」

私の親しい事務官の一人が私の肩に手を置いていう。どうやら私はものほしげにテレビの画面をみつめていたようだ。私は笑いながら頷いた。ゲリラ軍の工作員となっていることよりも、そうしたことで悩んでいる自分を見抜かれることが更に恐ろしいことのように思えた。私は逃げ出すようにその部屋を去った。

農林水産省を出ると、殆ど車の通らない道路を横切って警察庁の前に出た。警察庁も人の出入りがなく、路上に停めたトラックの横で待機している機動隊員たちが、じっと私をみつめていた。正面玄関の前を通り過ぎた時、建物の陰から二人の警官が出てきて、何かめんどうなことにかかわらねばならないというような口調で呼びとめる。

「どこへ行く?」

「農林水産省から帰るところです」

私はそういって自分の茶封筒を示した。一人の警官が私の足元から肩までを押えてみて頷くと、もう一人の警官が「今日はこのあたりをあまりうろつかない方がいい」といった。「仕事ですよ」と私はいって歩きだす。警官たちは再び建物の陰に消えた。官庁街を通り過ぎても人通りは多くならない。交通がとまる可能性があるので休みにした会社もあるようだが、出勤時にはかなり混雑していたので、多くの人々が付近のビルに潜んでいるはずだ。だが、そうした奇妙な緊迫感が革命予告によってというより、警察側の驚くべき警戒態勢によって生まれたものであることは間違いないだろう。或いはこうした警戒態勢を探るために革命予告をしただけなのだろうか？　政府側もゲリラ戦争が始まった時にそなえて演習としてこれだけの規模の警備を試みたのかもしれない。

勤務先へ戻ると所内の全員がテレビをみていた。画面では自動車が燃えていた。

「どうなったの？」

私が事務員の女性に聞くと、彼女は泣き顔を私に向けた。

「ほんとに始まったわ」

画面が変わって道路の遠景となった。何台ものトラックの陰に機動隊員が拳銃を手に身構えており、路上では幾つもの炎が上がっている。道路に面した公園ではデモ隊と思える人々が走り廻り、その周辺には催涙ガスらしきものが漂っていた。

「デモ隊がバリケードの中へ進もうとした時、何かがあったんだな。よくわからないんだ。警官隊の中へ爆発物が投げ込まれたのか、銃撃があったのか……それで警官隊がデモ隊の中に突入して、あとは乱闘だよ」

同僚の一人がいった。テレビ画面は再び燃えている車に戻った。どうやらテレビカメラマンが逃げ出して、撮影機は固定したままになってしまっているようだ。急に画面が暗くなり、続いて遠景に戻った時、機動隊のトラックが爆発していた。音声が消えてしまっているので奇妙に別世界のできごとのようにみえる。警官隊の後退とともに周囲からデモ隊が押し寄せて倒れている警官たちに襲いかかっていた。走り去る警官の何人かが発砲し、トラックが動き出した時、再び画面が暗くなった。

「たいへんだ。きっとこちらへやってくるぞ。みんな重要書類をまとめて退出の準備をしろ」

所長が大声でいう。急に私にも興奮が襲ってきて両脚がはげしく震えた。ともかく妻子を田舎へ返さなければと考えていた。

1　革命

G集落での惨殺事件の次の日、内閣は総辞職し、共産党と一部の社会党員を除く全党が参加した大連立内閣が成立した。戦中の大政翼賛会と似ているのは、これが日本の政治の習性だからというべきかもしれない。同時にこれは日本の政治の知恵ともいえるだろう。国民の支持を政府に集めようという意図と、外国からの干渉を避けようという意図から出たものであるが、個々の政治家と党がみずからの意志に反したことや、みずからの過去に矛盾したことを〝やむをえず〟おこなうための方便でもある。新政府は自衛隊に完全な撤退を命じ、警察に対しても要請があった場合以外はゲリラ支配地区に立ち入らないことを求めた。『これにより、革命軍が武力活動を停止し、政府側との和解交渉に応じることを期待する』と政府声明は述べている。

また、政府は輸出拡大政策を排し、高生産、高エネルギーの現状から自給自足による小さな国家に向けて計画的な転換をおこない、漸次施策を講じていくこと。軍備を縮小し、自衛隊による実戦演習と戦略研究を当分の間中止すること。これらの施策による輸出産業、エネルギー産業、自衛隊、右翼による圧力に対して断固たる姿勢で挑む——といったことが声明に盛りこまれていた。

この転換こそ革命と呼ぶべきものかもしれない。政治的には確かに革命的な転換といえるし、革命の中で生まれた転換であることも事実だ。おそらくこれが日本的な革命なのだろう。近畿政権から江戸幕府へ移った時も、明治維新も、終戦による大転換も、同じように右を向いていた政府や国民や官僚が一斉に左に向き直ったのだ。

しかし、この政府提案を革命軍は拒否した。革命軍は予想以上に素早く最初の声明を出したが、それには革命評議会議長として評論家のHが、副議長として物理学者のTが、そして革命軍総司令官として旧日本赤軍のAが名を連ねていた。いずれもよく知られた人物であったが、意外な人物たちであったことも事実で、私もそれらの名を知って改めて革命組織の実力を再確認した。

『我々は政策変更を要求しているのではなく、革命をおこなっているのである』

革命軍の声明は述べていた。

m　拷問

ゲットーへの入口は七か所あり、ゲットーの中の地下鉄駅が一つだけ下車できるので、合計八か所の検問所が設けられている。市街戦の時に設けられたバリケードは金網の柵に作り変えられ、柵にそって警官が二十四時間見張りに立っている。ゲットー内の民間会社の一部は外に移転し、外にあった都庁、アメリカ大使館、ソヴィエト連邦大使館、イスラエル大使館、郵政省、防衛庁などは内部に移転した。もともと皇居、東宮御所、首相官邸などは警備態勢が整っているので、日比谷、赤坂、麹町の三か所の封鎖でゲットーが完成するようにできており、東京の街も案外抜け目なく作られていたものだと思う。

私は高速道路のトンネル内のゲートから通勤しているが、同じゲートを毎日通行すると検問係が顔を覚えてくれるので別室へ呼び込まれることもなくなる。私のようにゲリラに所属している人間が大手を振って通行しているのだから、検問もさほど効果はないのかもしれない。ゲットーが生まれてからもすでに警察庁と検察庁で一度ずつ爆破事件があった。検察庁の爆破に対してはゲリラ側からの犯行声明があり、検事総長の「法律を守ることが我々の義務であり、検察庁はゲリラ支配地に於ける武器不法所持等の犯罪を容認できない」という発言に対する警告とされている。しかし、警察庁の事件にはゲリラが関与していないと言明しており、特殊公安機構でも右翼か自衛隊、または警察内の不満分子の犯行である可能性もあると認めている。

すでにゲリラ支配地区の大部分から武装ゲリラは撤退して地下活動に戻っており、道路や鉄道も修復されている。今もゲリラ支配地区そのものは認められているが、それらの地域でも交通警官などは活動しているので、外見的にはほぼ平和が戻っているといえよう。

しかし、少なくとも政府側には平穏でない日が続いている。防衛庁では何度もクーデターの噂が出ているし、通産省と企業からの圧迫は更に露骨である。機械、自動車、電気、建設などの労組によるデモも次第に過激になりつつあった。福島県と熊本県でゲリラと右翼との戦闘があったが、熊本の事件では西部方面隊第八師団の将校など十八人が右翼に加勢し、同じ第八師団の兵士たちに追いつめられて自爆した。

特殊公安機構では自衛隊幹部が戦術的な指導をおこなっており、警察は自衛隊からガス銃弾、地雷探知器、装甲車、ヘリコプター、照明弾など多くの備品を借りている。それらを扱うために特殊公安機構への出向員として警官の制服を着た自衛隊員も活躍している。これら幹部や技術系隊員と下級将校を中心とした残留隊員との間にも大きな対立が生まれつつあった。

おそらく政府にとって、こうした新しい敵対関係がゲリラ以上に危険なものとなることは確実であろう。それにもかかわらず政府がゲリラと妥協して改革を強行するのは、もともと輸出経済と高エネルギー、高生産の政策に行きづまっていたからである。おかげで私の仕事がとても忙しくなり、工作員としてもかなり役に立てるようになっていた。

ゲリラ支配地に詳しいので喚問以後も特殊公安機構に呼び出されて質問を受けることも少なくない。公安機構ではゲリラの幹部クラスを重点的に狙って一本釣で逮捕する作戦をとっていた。そして山間部に関しては林野庁が、漁村に関しては水産庁が、農村に関しては農政指導員や調査員がこの作戦に協力していた。そのため、農林水産省内ではゲリラの動向に詳しい人間も少なくなく、さまざまな噂に接することができた。

Mが逮捕されたという情報は牛乳乳製品課の技官の一人から伝えられた。さほど親しい相手でもないので、その技官は私をゲリラと知っている同志かもしれないと思ったが、これまでにも同志と思えた人物は少なくないし、こうした想像を抱いて気を許してしまうと危険なので、誰が同志かという問題は考えないことにしている。技官の話し振りに不自然なところはなく、偶然食堂で会った時に一緒に食事をしながら牝牛の出産状態とともに彼の口から出たものだった。ゲットーの中では案外あけっぴろげにさまざまなことが話されるが、それらの話題が外部にもれることは少ない。Mはすでにゲリラの幹部としてよく知られており、Mがつかまったのなら誰もが関心を抱くはずだ。

「まだ新聞やテレビには出ていないようですが」

私は胸がつかえるのをがまんして食事を続けながらいう。

「どうやら公表しないようだね。革命軍に知られると報復攻撃があるし、それに、不法な取り調べをするようだ」

「拷問？」

私は遂にフォークを置いてしまった。技官は小さく頷いた。私はタバコに火をつけたが、自分の手の震えを押えることができなかった。

「まあ、しかたがないだろう。これまで戦闘員でつかまるのは下っぱばかりだったし、大物でつかまるのは非戦闘員ばかりだったからね」

技官はいいわけをするように話した。どうやら彼はMの逮捕のために何かの協力をし、自分でも嫌な気分になってそのことを誰かに話したかったようだ。私はゆっくり頷いた。

「確かに——嫌な話ですね」

私はいった。技官もまた食事を途中でやめて、タバコに火をつけた。

廊下で技官と別れると、私は急に早足になって農林水産省を飛び出した。どこかへ行って何かをしなければという強迫観念が私をせきたてていた。拷問という言葉をめぐってさまざまなイメージが浮上して暴れまわっている。細菌の入ったシャーレ、幻覚剤の入った注射器、ガスボンベにつながったマウスピース、強烈な光を発するフラッシュランプ、そしてMの淋しげに落胆した笑顔。彼は小声でつぶやく——船です、と。——船だと？　何丸だ。どこの船だ。武器を運んでくるのか？　——いえ、革命の船です。Mの言葉はテープレコーダーからコンピュータに伝えられ、解析される。しかし何もわからない。それなら私が行って教えてあげよう。船というのは革命のシンボルです。それがMにとって全ての始まりなのです。よく聞いてあげて下さい。彼はゲリラ軍の秘密や同志の名前などは喋りませんよ。彼が話したいのは船のイメージからたぐり寄せてきた革命のことなのです。

私は特殊公安機構のある旧競馬会ビルの前まで来ていた。入口には二人の警官が立ち、すぐ横の検問所では何人かの訪問者が所持品調べを受けている。一番端の婦人警官は手持ちぶさたに私の方をみつめていた。

私は足早にその前を通りすぎた。私が疑われていて、あの技官を通じてニセの情報でおびき出されたのかもしれない。

n　地下活動

巨大な日の丸の旗をなびかせて、右翼の宣伝車が走っていく。「鬼がひそんでいるのだ。この美しいわが日本国を地獄に突き落とそうとしている鬼どもが、あちこちで頭をもたげようとしている」スピーカーから出た声はガラス窓をいつまでも震わせていた。

「福島農協から電話だよ」

私の横の席の男が受話器を突き出した。

「もし、もし、もーし」

一瞬、私は声が出なくなった。暗号電話と思えた。「もし、もし、もーし」相手はもう一度くりかえす。「は、はい」私はようやく答える。「あ、待って下さいよ。ええと」相手がいう。間違いなく暗号電話である。相手は機関誌が足りないから三十部ほど送ってほしいという。私は電話を切ると、すぐオフィスを飛び出した。外に出てから、少し時間をおいて出た方がよかったように思った。γ工作員との連絡には幾つかのルートがある。杉並のプラモデル屋、品川の喫茶店なども連絡場所だし、池袋の劇団の稽古場にはα工作員からδ工作員まで集まる。だが緊急の指令がある時には暗号電話がかかることになっていた。私は繁華街まで歩いていって、公衆電話でもう一度連絡をとった。その日の夜、レストランで福島県の中学校の同窓会が開かれることになっており、そこが密談の場所だという。私はその日の夕方まで落着かない時間を過し、指定されたレストランへ行った。

すでに五人の男女が集まっていたが、一番奥の席で全員に眼を配りながら話を進めているのは高齢の女性だった。彼女は私が入っていくと「まあタカヒロちゃんね。先生のこと覚えているかしら」といって鋭い眼とやさしげな笑顔で迎えてくれた。

「もちろん覚えていますよ。おかわりなく、いつまでもお若いですね」

私はいう。その後も同じような調子で人が集まってきて十二人目の同志が席に着くと、会食が始まった。デザートにかかった時、中央の女性がいった。

「明日からいよいよ連続した破壊活動が始まります。それぞれの役割については、すでに御承知と思いますので、今日は同志の顔をよく覚えておいて下さい」

私を除く全員が頷いて、互いに顔を見合わせる。私は女性の顔をずっとみつめていた。

「タカヒロちゃんは長く生き残る人だから、みんなの顔を覚えておくことがお仕事よ。これは最後の晩餐だけれど、十二人だからユダはいないわね」

先生と呼ばれる女性がそういって小さく笑うと、同志たちは一斉に私に顔を向けた。私は一人一人の顔をみつめながら、彼らが死を背負うことで獲得した強い意志に圧倒されていった。彼らの正しい名前も知らないし、彼らがいかなる経歴の持ち主なのかも知らない。だが、彼らの将来だけはよくわかった。それが彼らにとっての全てだった。

おそらくこの日の会合に私が呼ばれたことには、私に工作員としての決意を促すためのMの意図が働いていたのだろう。その後、私は地下活動とも、蜂起後のゲリラとも長く接触を持つことはなかった。ずっと前戦から離れて孤独な工作を続けてきた私を強制してきたのは、この日の人々の顔である。私は時として活動への疑念が生まれ、決意が揺らぐことがあったが、この日の顔を思い起こすとたちまち恥かしさに耐えられなくなり、何かのつぐないを求めたくなった。

会合の三日後の夕方、動力炉・核燃料開発事業団のセントラルヒーティング・システムの通風口で爆発があり、その三十分後、約二キロ離れた信用金庫へ閉店と同時に四人組のピストル強盗が押し入り、ガードマン一人を射殺して約一億円の現金を奪って逃亡した。やがて中山道を走っている盗難ナンバーの小型乗用車が発見されたが、数十台のパトロールカーによる追跡にもかかわらず、三時間逃げまわり、遂に関越自動車道で装甲車のバリケードに激突大破した。車内から現金は発見されず、乗っていたのも二人だけで、どうやらその車は囮だったようだ。助手席にいたのはあの先生と呼ばれた老婦人で、彼女は閉店間際に信用金庫を訪れ、定期預金の解約をめぐって店長に長い時間抗議し続け、強盗団の侵入後も客を装って行員の動きを牽制し続けていたそうだ。もう一人の男もあの会合に出ていた同志だった。

この事件ののち、次々と破壊活動が展開されるようになったが、時折報じられる死亡者や指名手配者や逮捕者に、あの日の同志が何人か含まれていた。

o　ゲリラ戦争

蜂起とともにゲリラ軍は各地の変電所を爆破して鉄道と道路を通行不能にした。午後三時頃になると、帰宅のために歩く人々が街中にあふれ出し、鉄道線路や高速道路にも歩行者の列が長々と続いた。私も四時に農蚕園芸調査研究所を出て、官庁街から西へ向かう行進の列に加わった。上空を自衛隊のヘリコプターが飛び、どこからか鈍い地響きが伝わってくる。歩く列の中にはトランジスター・ラジオを持った人々もいたが、ラジオ局でもあまり詳しい情報が得られないのか、外出をしないようにとか、火災の場合に消防車がくるのに時間がかかるので防火用水を用意しろとか、街の外科医はできるだけ急患を受け入れてほしいといった政府からの要望ばかりをくり返していた。

高速道路の検問所では官庁地区へ入る者を厳しくチェックしていたが、出る者に関してはフリーだった。この時、すでに警察はゲリラに対して取り締まりをあきらめ、防御と現場での戦闘と事後処理に追われるようになっていたといえるだろう。

地下道を出て高台の高架路に昇ると、すぐ近くのビルの一つが燃えていた。すでに消防車が消火にかかっており、戦闘はおこなわれていないようだが、思った以上に破壊活動の規模が大きく、私の歩いていた高速道路もその先で片側の車線が崩れていた。

高速道路から夕暮の街に降りると、自転車やスクーターに乗った人々の姿が目についた。店は閉ざしているところが多いが、ロウソクや電池を店先に並べている雑貨屋などもあり、案外長期戦にはならないと考えている人が多いようだ。

繁華街までできて、ようやくゲリラをみかけた。トラック二台と警察から奪ったと思える装甲車を道路の端に停め、両側に数人の兵士が銃を構えて待機している。装甲車には『隊員募集』と書かれた布が下げられていた。私が通りかかった時、装甲車の屋根に一人の男が登ってマイクで演説を始めた。静かな街中にとてつもなく大きな音が響き、歩いていた人々は驚いて飛び上がった。

完全に日が暮れると、道にはリュウグウノツカイが泳いでいるように、うねうねと懐中電灯の列が続いた。人々は殆ど口を開かず、こうした事態が当然予想されたものであるかのように歩き続けている。或いは彼らの意識の中にも迷いがあるのかもしれない。だが、おそらく大部分の人々は革命を別世界のできごとのように受けとめようとしているのだろう。ずっとそうしてきたし、今もそうしている。今後もそうするというわけだ。彼らは次にどのような政府が生まれてもそれを受け入れることだろう。彼らの仕事があって、家庭がある限り、このリュウグウノツカイの潜む深海から出ていかないのだろう。

前方に白い光がギラギラと輝き、それが接近すると幾つもの光に分かれて轟音とともに私の横を走り去った。何台かのオートバイだったが、それがゲリラ軍のものか、警察のものか、そのいずれでもないのかわからなかった。ヘリコプターの音が接近し、どこか遠くでまた地鳴りのような鈍い音が拡がった。

都心部を抜け出ると、電気が通じていて、明るい水銀灯の光がまるでおとぎの城のイルミネーションのように華やかに光っていた。それまで一列になって歩いていた人々は光の中に入るとあちこちに分かれていった。

市街戦は次の日まで続き、翌日の午後に自衛隊が出撃してゲリラを追い払うと戦場は山間に移っていった。そして電気も鉄道も三日以内に復旧し、人々は災害のあと始末にでも行くように出勤していった。検問所がゲットーの周辺に固定されたことだけが大きな変化だった。

p 格言集 II

ゲリラ戦士にとって一番大事なことは、殺されないようにすることだ——チェ・ゲバラ

作戦計画は簡単にしなければならない——『市街戦の技術』(著者不詳)

優れたゲリラはすべて、奇襲、小ぜりあい、待ち伏せに依存しなければならないし、敵が自信満々で攻撃を予想だにしていない時こそ攻撃しなければならない。敵が反撃に転じたら姿を消し、安全な場所へ退くべきである——アルベルト・バーヨ

絶対に決定的な闘争を行なってはならない。常に細心の注意力をもって退却路を確保することに留意しなければならない——カルロス・マリゲーラ

拷問が抑圧勢力にとって不可欠だとするならば、同じようにわれわれにとっては誘拐が不可欠なのだ——カルロス・ラマルカ

全ての革命家の義務は、革命をすることである——カルロス・マリゲーラ

q　密告

私はオフィスに戻ってからもずっとMのうめき声を聞いていた。おそらく今では、うめき続けるような種類の物理的拷問を加えられるわけではないだろうが、Mにとらえられた恐怖が私の耳元でうめき声となって共振していた。私は熱心に書類を作成しているふりをして、所長に残業を申し出た。間もなく信州、東北方面をまわることになっていたので不自然ではない。所長は誰かを手伝わせようといったが、私は秘密事項が含まれることを理由にことわった。

日が暮れて一人だけになると、私は外へ出た。終業時間を過ぎたゲットー内はまるで山の中の森林にでもいるような静けさで、快い風が吹き抜けていく。伸びるに任された並木の枝が両側から路上にアーチを作ってざわめいていた。私はやはり特殊公安機構のビルまで歩いてしまった。正面玄関にはシャッターが降り、夜間通路の付近は街灯に明るく照らされていた。

私は決心してその光の中に出ていった。警備の兵士たちがじっと私を見守っている。夜間の窓口は一つだけで、大柄な警官が無言で手を差し出して身分証明書の提示を求めた。

私は手帳を手渡し、私がここへ呼び出された時に連絡している将校の名前を告げた。

「約束は？」

警官は事務的にいう。私は首を振った。

「第三応接室でお待ち下さい」

警官は手帳を戻しながらいった。そこは応接室というより取り調べ所のような寒々とした部屋だった。私はタバコを三本吸って、どうにも落着かずに立ち上がったが、その時、見知らぬ私服の男が扉を開いて入ってきた。私が面会を申し出た将校は非番なので、代りにお話をうかがいたいという。

「しかし――」

私はいう。男は名刺を出した。東北方面総監部資料隊からの出向員で、私が面会を申し出た人物の部下と思えた。その男について知らないことを不安に思ったが、すでに私は退却するつもりはなかった。私は椅子に坐ってタバコに火をつけた。

「実は、Mというゲリラ幹部が逮捕されたと聞いたもので来たのですが」

男は表情を変えず、私の顔をみつめていた。

「どういうことでしょう」

「もしかすれば、私の知っている人物かもしれないと思います。もしそうなら、その男がコンタクトを持っていた人間を教えることができます」

私はそういってすぐに自分の失敗を恥じていた。こんなことで相手が乗ってくるはずもなく、私に対して不審を抱くだけではないか。

「では、教えていただけますか?」

「しかし、もし、私の誤解だったら、その人物に迷惑をかけることになりますので、Mという人を確認させていただきたいのです」

「写真ではだめでしょうか?」

「ただ似ていると思っただけなのです。だから写真では確信は持てません」

男は急に思いついたように立ち上がった。そして、戸口で振り返っていう。

「どうぞ、こちらへ」

私は男とともに廊下に出た。男は早足で歩き、薄暗い階段を降りた。私はすでにあきらめていた。もともとうまくいくはずはないと思いながら、半ばやけくそでここへやってきたのだ。男は地下室の電灯をつけて私に入るよう促した。私は反抗する意欲を全く失っていた。そこは明らかに取り調べ室だった。

「少しお待ち下さい」

男はそういって、私を残して出ていった。むろん鍵はかけられていた。私はこれでようやくMと同じ立場になったと思った。おそらく拷問を受けることになるのだろう。私は拷問に耐え切れないかもしれない。だが、Mがつかまってしまった今となっては、どうしても喋ってならないこともないように思える。

私は長い時間その部屋で待たされた。奇妙なことに、私はゲリラに加わって以来初めてとも思えるほどの安堵感を得ることができた。何か立派なことを成し遂げたような気分だった。私は机に顔を伏せて眠った。夢の中で私はMとともに戦っていた。ビルからビルへ走りながら機関銃で撃ちまくり、戦車に向けて手榴弾を投げた。しかし、Mが鮮やかに敵を撃ち殺していくのに、私の弾はあらぬ方向へ飛び、走る方角を間違えたり、バリケードの鉄条網に足をとられたりという失敗ばかりをくり返していた。私はうなされながら眼を覚ました。自分のうめき声が、Mの拷問によるうめきのように聞えていた。

私は自分が全く主体性のない劣悪なゲリラであることを知った。Mの逮捕でこれだけ動揺し、敵のワナに進んでかかるのだから、無能というよりも有害なゲリラである。私は落着かずにタバコを吸い続け、喉が痛くなって激しく咳き込んだ。そして、これから受ける拷問を思って恐怖に全身を縮ませた。

廊下に足音が伝わった時、私の身体は硬直していた。入ってきたのは、私が知っている将校だった。

「どうも、申し訳ありません。とんでもない手違いです」

将校はそういいながら頭を深く下げた。それでも私の手足は動かなかった。

「こんな部屋に一晩中閉じこめて、本当にどうお詫びしていいものか」

私はようやく机に手をついて歩いた。将校が何をいっているのかよくわからなかった。彼は私を階上のソファがある応接室に案内した。そしてコーヒーをすすめながら、また頭を下げた。

「私の居ない間に事情を知らない人間がひどい間違いをしてしまいました。本当に申し訳ありません。せっかく情報を持ってきていただいたのに——」

「はい」

私は取り調べを受けているような気持で答えた。

「Mのことですが、逮捕したのではなく、三沢基地を襲って戦闘の末、射殺されたのです。だから、確認していただくわけにはいかないのですが、我々の方でも充分調査して、裏付けをとりますので、Mがコンタクトしていた人物を教えていただけるでしょうか？」

将校は私の失敗を取り戻すチャンスを与えてくれているように思えた。将校はδ工作員なのだろうか？

私はMらしき人物を福島の果実市場でみかけたことがあり、その取引所か農協にMが連絡をとるだけの重要人物がいるはずだといった。そこでMをみたという点は嘘だが、そこに私が知る重要人物が居ることはほぼ間違いない。

将校は私を農蚕園芸調査研究所まで送り届けてくれた。そして一人になってから、Mの死について考えた。その日の夕刊に三沢基地襲撃犯の死体の一つが人物Mであったことが判明したと報じられていた。おそらくそれはでっち上げだろう。彼は拷問の末に死に至ったのだ。

r　レジスタンス

東海村原子炉を空爆したのは、付近で栗を栽培しているFという農夫で、彼は殺虫剤散布のためにヘリコプターを雇い、原子炉上空を飛ばせて手製の鉄パイプ爆弾を投下した。爆弾は炉壁と構内道路の間に巨大な穴を掘り、作業員二名を殺害した。

この事件が発生した時、政府は北方からのミサイル攻撃と思って全国の自衛隊基地に緊急配備を指令した。やがて原子力発電所の目撃者やヘリコプター操縦士からの通信によって事実が判明すると、人々を支配していた緊迫感は当惑に変化していった。

Fの乗った農業用ヘリコプターは自衛隊の大型ヘリコプターに囲まれて鹿島灘の海岸に着陸した。すでにテレビカメラが現地に到着しており、大声で何やら叫びながら砂浜に降りたFをとらえた。Fは警官隊に取り押えられてからも興奮して暴れまわった。彼の視線は宙空のある点に固定されており、そこに幻の敵の姿をみているかのように思えた。アナウンサーはFを精神障害者と呼び、この事件を異常で特殊なものとして位置づけることで納得しようとしていた。だが、人々の当惑は容易に消え去るものではなかった。この日の夕刻はどこの街もとても静かで、誰もが押し黙ったまま帰宅を急いでいた。

私はFを知らなかったが、彼の噂を聞いたことがあるように思う。茨城の青果農協の役員が〝放射能ノイローゼ〟といって例に出したのがFだろうと思えた。その人物はガイガーカウンターを持って他人の農園まで検査してまわり、マニアックに微量の放射能が検出されたことを報告してくるという。

Fは警察での取り調べに対し、あんな汚れた場所でとれる青果を食べる人間は頭がおかしいといった。警官が放射能は検出されていないというと、「汚いというのは感覚の問題だろう。病原菌がなくても糞は汚いものだ」と主張した。

「原子炉を爆破すると、汚い放射能をまき散らすかもしれないのではないかね」

「そうだよ。そうしなきゃ、みんなわからないんだ」

Fはいう。彼は精神鑑定を拒否し続けたが、検察側の要請で強制的に受けざるを得なくなった。そして三人の医師はいずれもFを単なる神経症と認定した。

Fは何度もハンガーストライキをして、全ての原子炉を廃用にしなければ仲間が第二の爆破活動をおこなうと表明した。だがFに仲間がいないことは調査によって明らかだった。Fはハンガーストライキによる衰弱で入院した。

その日「核廃絶世界連盟」の五十人が、Fを支援するハンガーストライキに入った。そしてFが病院で死亡した日、動力炉・核燃料開発事業団のオフィスが爆破された。革命に向かうゲリラ組織の最初の破壊活動だった。

幾つもの団体が『我々はFの同志だ』というスローガンの下でデモ行進をおこなった。そしてFは最初の革命の英雄となった。

S　脱出

その日も三時十五分にオフィスを出て、定時運転の巡回バスに乗った。アスファルトの黒い光の中を鳥の影が横切っていった。バスはゆっくり走って官庁地区に入った。総理府で乗ってきた男は私の横に坐って、私と男の間にある茶封筒に彼の茶封筒を重ねた。私は男の眼鏡と口元と髪型を確認した。バスが外務省までくると、男は私の茶封筒を引き抜いて降りていった。街路樹は森林をとり戻したかのように奔放にざわめいていた。バスは農林水産省を通過して高速道路に入った。

検問を抜け、再びバスに乗って高速道路を降りると、急に解放感が込み上げてきた。私は遂にゲットーを捨てたのだ。長い間私は革命軍に属しながら革命と遠く離れてゲットーに潜んでいた。多くの兵士たちが戦っている時も、私はゲットーの中で書類と対面していた。決してそのことに苛立ちを感じたことはなかったが、充足されることもなかった。苛立ちを感じなかったのは革命の側にずっとMがいてくれたからだろう。Mが死んだ今は自分で充足するものを求めなければならない。

国鉄駅でバスを降り、ロッカーからアタッシュケースを取り出して書類を入れ、私は列車に乗った。列車が走り出すと日が暮れた。列車は暗闇の中を空虚な音とともに走り続けた。行先は拠点F。そこはMの世界である。

t 蜂起

拠点AでMと接触してから一か月後に革命組織が発覚した。室蘭の精油工場に入港したタンカーから大量の武器が発見され、石油会社の社員と下請作業員が逮捕された。私が同窓会を装った集会に出たのは、それから十日後である。そして爆破活動や武器、現金の調達作戦が始まった。幾つかの公然活動が革命組織に対する支持を表明し、警察に特殊公安機構の前身となる政治的暴力取締本部が生まれた。新左翼系労組に於ける内部抗争に取締本部が介入し、支援に向かった革命軍との間に最初のゲリラ戦が展開され、革命軍に四人の死者が出た。その後、半年間は無抵抗のデモ活動と農工革命運動と呼ばれる地域活動が続き、取締本部の圧迫に対しては誘拐による報復がおこなわれた。誘拐に於ける取り引きでは政府側に可能な要求しか出さないので、取締本部も譲歩せざるを得なかった。やがて取締本部に苛立ちがうかがえるようになり、強制捜査とデモへの弾圧が目立つようになっていった。弾圧は反体制組織を一体化していき、革命軍が一斉蜂起を呼びかけた時には穏健な市民活動グループまでが当日のゼネストとデモへの参加を決めていた。

u 接触

列車内に軍服の自衛官の姿が目立つのは、クーデターの予防のために将校や士官を次々と転勤させるためだろう。また、彼らの移動がパトロールの役割も果しているようだ。自衛官に自主的な戦闘活動は許されていないが、テロ事件が発生した時の一般人の指導や特殊公安機構への通報、場合によっては特殊公安機構の指揮下での戦闘も認められており、要するにゲリラ対策ともなっている。最初の停車駅で更に二人の自衛官が乗ってきて、車内を眺めまわしたのち、私と視線が合うとすぐに顔を見合わせて後方の席へ歩いていった。彼らは私を監視しているのかもしれないし、保護しているのかもしれない。自分ではゲットーを脱出したつもりでも、私は公的な出張で危険地域に向かっていることになっている。特殊公安機構から指示が出ている可能性があるかもしれない。

私は車内販売のビールを買って飲み、窓の外の暗闇をみつめていた。なぜか永久に夜が明けることはなく、暗闇の中で残りの人生の全てを過さなければならないように思えた。あのMと会った日の暗闇だまりが、窓の外のあちこちにうかがえた。おそらく、それは私がゲリラの世界に出て行くために通り抜けなければならない空間でもあるのだろう。

列車が目的地に着いた時、霧が出てきたのか、ホームには幻想的なまでの暗さが漂っていた。信号灯の光はまるで不思議な緑色の星が宙空に浮かんでいるようにみえた。私は早足で改札口を通り抜け、予約してあったホテルへ向かった。駅を出る時に振り返ると、自衛官が一人、改札口を通るところだった。

その夜、私はうなされて何度も眼を覚ました。眼を覚ます度に窓の外をみたが、いつも暗く、私はその闇が明けることはないと確信するようになっていた。

そして、朝になっても暗さは残された。確かに街の景色はみえるし、夜が明けたことは認められるが、そうした空間を重く覆っている闇そのものは消えていない。周囲の全ての物質がみるという行為を通じてしか確認できず、うかつに歩きまわると闇の罠にとらえられて奈落に突き落とされそうに思えた。

私はホテルで朝食を済ませて農協会館へ向かった。午後になると付近の青果農協の役員が集まり、私が説明会をすることになっている。集まったメンバーの中に、私とコンタクトをとる人間がいるはずだ。タクシーは街中の暗闇だまりを走り抜けて農協会館に着いた。農協会館の事務員たちはまるで異星人でも迎えるように私をみつめていた。

V 革命放送

蜂起の日から革命放送が始まった。ＦＭ、ＡＭ、短波の三種の電波によって、朝の九時と夕方の四時から放送されたが、周波数が一定ではないので、時間になるとダイヤルを廻し続けて電波を捜さなければならない。また短波以外は放送がない時もあり、スローガンを並べたてたテープを流しているだけの日もあった。

特殊公安機構では何度か送信所を発見していたが、一、二度は捜査したものの、撲滅することが不可能であることもわかり切っていたので放置するようになった。それにともなって周波数も固定されるようになり、いつか新聞のラジオ欄にまで放送予定が掲載されるようになった。

放送時間が長くなり、フォークシンガーやロックグループによるプロテストソングが昼間に放送されるようになると、幾つものヒットソングが生まれていった。それらの一部はレコードとしても発売されるようになり、売上金は革命軍の資金源の一つとなっていた。

最もヒットしたのはピート・ランペットという芸名の歌手による『国家はいらない』という歌だ。

私たちはパラダイスに生きています
酒も薬も好きなだけ飲み、

夜の街でいつまでも騒げばよい
すてきな国家があるからです

私たちはユートピアに生きています
車に乗って、ギターを鳴らし、
広い街をどこまでも走ればよい
立派な国家があるからです

こんな国家を裏切るものか
こんな国家を見捨てるものか
国家はいらない——
なんて、誰にもいわせない
私たちは愛国者です

w　拠点F

農協会館から何人ものゲリラと接触しながら車を乗り継ぎ、三時間も走り廻ったのち、ようやく拠点Fに向かった。日が暮れて完全な暗闇の中に車が突入すると、舗装のない道を半時間ほど走り、山道を登って、まるで息切れをしたように車がとまった。三人の同乗者の内、二人が私とともに降り、一人が車を運転して戻っていった。車が走り去るとまるで目隠しされているように何もみえなくなり、足元に地面が存在していることにすら確信を持てなくなった。

誰かが私の肩をつかんで方角を示した。

「歩いて下さい」

声が聞えた時、なぜかその声の人物をよく知っているような気がした。十数歩進むと、急にぼやけた光が現われ、すぐに窓の形が明らかになった。車を降りた場所から僅か二十メートルぐらいの場所に建物があり、そこには光もあったのだが、闇はそれだけの距離の間にも深く浸透していた。

扉を開いて男たちは私を促した。私は足元の小さな石段につまずきながら建物に入った。薄暗い螢光灯の中で十人ぐらいの男女が疲れ切った顔を私に向けていた。部屋には奇妙な腐敗臭が漂っている。私自身にも疲労と腐敗がのしかかってきたように全身が重くなり、いつか片隅のベンチに坐り込んでいた。

「遠路ごくろうでした。私が革命評議会軍事局長のNです」

私の反対側の隅の男がゆっくり喋った。私は頷いてアタッシュケースの茶封筒を出した。人物Nについては私もよく知っていた。NはMの直接の上官にあたるゲリラの重要人物の一人である。私はNの疲れ切った顔にMの戦士としての顔を想像していた。

「今日はお疲れでしょうから、兵舎でお休み下さい。いずれゆっくりお話しできると思います」

Nはいった。そして私を連れてきた男の一人が立ち上がって扉を開いた。私も重くなった身体を持ち上げて部屋を出た。今度は懐中電灯を持ってきていたので、足元だけは確認することができた。案内されたのは山小舎の一つで、広い板床の上に多数の蒲団が敷かれていた。しかし、兵士の姿はどこにもなく、奥の壁に小さな蛍光灯が光っていて、その下の蒲団だけにシーツが付いていた。枕元には本や書類が積まれている。

私は上衣を脱いで蒲団に入った。そして自分がゲリラになったのだと思った。枕元の書類の一つは『入隊案内』であり、他の本や書類も軍規やゲリラ教書に類するものだった。

一時間ほど書類を眺めていると、忍び寄るようにNがやってきて枕元に坐った。私は起き上がって上衣を着ると、Nは弱々しく笑った。

「Mの親友だったそうだね」

Nはいった。私は頷いた。

「彼は拷問で殺された」

私がいうと、Nは眼を伏せた。

「あなたが運んできた書類は政府側の和平提案だった」

確かにNの表情のどこかにMと似たものがある。私はそう考えながら〝和平提案〟の意味がとらえ切れずに当惑していた。

「おそらく評議会は提案を受け入れるものと思う。ごらんの通り、我々の生活は厳しく、これ以上維持することが難しい。政府側も同じ状況だ。その点はあなたの方がよく御存知だろう」

「つまり、私は政府側の使節だった——というわけでしょうか？」

「おそらく、特殊公安機構にはあなたの立場がわかっていたものと思う。たとえMが自白しなくても——」

Nはいった。気まずい沈黙を打ち破るように螢光灯が消えた。私はNの顔をみなくてすむことに安心感を覚えた。Nもまた同じ気持だっただろう。

「消灯時間です」

Nはぽつりといって立ち上がった。私は闇の中に自分の存在が溶け込んで二度と姿を取り戻さないことを願っていた。

x　平和

螢光灯の光が奇妙に明るく輝いて、部屋に白昼の正気を保たせていた。

「離婚したいというの？」

妻はいった。

「そういうことはあなたの好きなようにすればいい。ぼくはただ、もう家庭を持つことはできないし、一緒にいることもできないんだ」

「戦争があったって、一緒にやっていけるじゃないの。私はがんばるわ」

「そうではないんだ。これはぼく自身の問題なんだ。別の生き方をしたいんだ」

私はいった。妻は沈黙した。しらじらしい光が二人の会話を喜劇じみたものに変えていた。話すことが全て愚かしく、全ての希望を次々と失わせていくだけであるように思えた。半時間ほどの沈黙ののち、妻は立ち上がって荷物づくりにかかった。

y　粛清

朝の六時にゲリラたちは起床、整列した。私も列の末尾に加わり、朝食の準備を手伝った。拠点Fは民宿村を中心とした小さな基地で、兵士の数も精々三十人ぐらいだった。昨日からの暗さは続いており、夜が明けても光の拡がりはうかがえない。

私は朝食ののち軍事訓練を受けることが許された。他に五人の新入り隊員がいて、彼らは頑強な身体をしていた。それだけにフィールドワークではついていくのがようやくで、夢の中の私自身のように足手まといとなってしまった。

疲れ果てて基地に戻ってくると、Nが三人の大物ゲリラとともに待ち構えていた。三人とも革命評議会議員としてよく知られた人物で、革命軍総指令官のAが中央で私をにらみつけていた。Nが私を三人に紹介し、私は彼らと握手をした。

「明日から政府側と休戦交渉に入る。ついては敵側の事情に詳しいあなたにも出席してもらいたい。これは革命軍に入隊したあなたへの最初の命令でもある」

Aはいった。私はNの顔をみた。Nは困惑したように顔を背けた。

「私はそういう世界から出て、戦うためにここへきました。体力はありませんが、兵士として同志に加えて下さい」

私はいった。Aは第一段階の高圧的な方法に失敗したとみて、すぐに笑いかけ、私を部屋に連れていった。二時間ほど彼らは私を説得した。彼らは和平後の私の要職を約束し、ゲリラたちのためにいかに私が必要であるかについて述べた。またゲリラに於ける命令が絶対に守られるべきもので、服従しない場合は銃殺もやむを得ないともいった。そして対立が激しくなるにつれて、銃殺が動かしがたい処置となっていった。

私は小さな小舎の中に閉じ込められ、重要人物たちは怒りの排気音を残して走り去っていった。

小舎の中には嘔吐を誘うような強い臭気が残されていた。おそらくかつて豚か鶏の飼料が入れてあったのだろう。板壁はすき間だらけだが、私の気持をなごませる暗さは保たれている。臭気に慣れると私はひざをかかえて眠ることができた。

私は銃殺を怖れてはいなかった。それを最も待ち望んでいたように思えた。ただ、一度も本物の兵士となることができず、革命から遠く離れた生涯を送らざるを得なかったことが口惜しかった。

z　フリーランド

　夢の中で、Nが私を助け出してくれた。Nは彼の部下たちとともに休戦交渉の会場を襲うといった。私も銃を持って彼らのトラックに乗り込んだ。私たちの進軍の途中、幾つかのゲリラ部隊が合流してきた。その中にはMの指揮する小隊もあった。

　私が目覚めた時、小舎の扉が開き、銃を持った二人の兵士が入ってきた。一人はその日一緒に訓練を受けた新兵だった。小舎を出るとNが立っていた。Nは金属のような眼を私に向けていた。私は手を後に縛られ、目隠しをされた。私はNの無機質な眼をMにもみたことがあると思った。だが、それがいつのことだったたか、遂に思い出せなかった。

スペース・オペラ

Space Opera

これはスペース・オペラである。広大な宇宙を舞台に二人のヒーローが冒険を演じる、ただそれだけの物語である。

1　初めに地球あり、そして地球は滅亡せり。第十二次地球戦争ののちであった。

2　プルトンはモンテヴィデオ市の地下街で生まれ、十五歳になるまで太陽光線を仰ぐことはなかった。食料や薬品から充分ビタミンDが補給されていたはずだが、吸収できなかったのか、それとも他の理由によるものか、十歳の頃にはすでに背が曲っており、十五歳になった時には首が肥大した胸部に完全に埋まっていた。しかし、プルトンには自分の醜さを意識する機会はなかった。彼はずっと孤独だったのだ。

3　プルトンが生まれた頃には、まだ地下街に数百人の生存者がいた。母親も彼が生まれてのち数時間生きていた。彼が三歳になった時生存者は十八人だった。そして彼が十歳となった時に最後の大人が死んだ。大人たちの死因は大部分が精神的理由によるもので、薬の多用、自殺、他殺など、或いはそのどれともいえないような精神異常によって、全身を傷だらけにし、血臭をたちのぼらせ、笑い歩き、苦しみ、泣き叫びながら死んでいった。地下街からの出口は完全に閉ざされており、それを開く権限はコンピューターだけに与えられていた。プルトンはそれを不当と考えることはなかった。彼にとって世界はその一キロ平方足らずの地下街だけだったからである。彼にはその地下街が無限の拡がりを持っており、時間とともに様々な光景を展開しながら彼をとりまいた。彼が図書館で花の図鑑をみた時、地下室には一面のお花畑が生まれ、彼が映写室で海中のドラマをみた時、カジキやエイが彼の周囲を泳ぎまわった。

4　コンピューターが外界を完全に安全と判断し、地上への通路を建設する作業を開始しても、プルトンは無関心だった。そして通路が完成し、重い扉が開かれても、十数日間外に出ようとしなかった。彼が地上に出たのは、地下室の機能が完全に停止し、エアーコントロールや照明がなくなった時である。彼は、お花畠や海底、雪山、月の砂丘など、それまでに得た全ての時間的変化を持った光景とともに地上に昇った。地上にはすでに他星から戻ってきた人々が住みついていた。

5　戦争で一つの星が全滅することは決して珍しいことではなく、他の星の人々はどこかで星が一つ破壊されたとしても無関心であったが、地球の場合は少々意味が異なっていた。地球は故郷であり、ヒューマニスティックな聖地であったので、多くの人々が新地球の再建を望み、全宇宙から帰民志願者が続出した。帰民権をめぐる争いによって十二の星が全滅し、そののち、地球再建協議会が生まれ、主として戦争に勝った星から帰民団が地球にやってきた。彼等は残存爆破や有害放射線、有毒ガスから守る宙空場に中立構造物を建築し、地球破滅二年後には居住しはじめた。残存爆破は五年間続き、空気の浄化には十年間を要した。やがて、地球が安全となると自然の再建も始められた。宇宙各星から地球原産の種子や家畜が集められ、農牧園で育成されて各大陸へ送り込まれた。ウイルスから加速進化させられたプランクトンが海にまかれ、短命だが、どうにか地球型といえる状態にまで進化した昆虫類も大地に放たれた。青い海と緑の大地、人類の故郷たる地球が新生しつつあるのだ。こうしたドラマチックな創造は全宇宙の人々に大きな感動を与え、偉大な文化事業として賞讃された。

6　プルトンが姿を現わしたのは、未だ自然恢復の始まっていない旧市街地で、周囲には溶岩が小山を築き、砦をつくっている。核爆弾は全てを溶かし、地面を掘り返して、こうした変った地形を創造した。うねり続く溶岩には、ビルも、鉄道も、ハイウェーも、学校も、そして数十万の人々も含まれている。しかし、プルトンにはそんなことは判らない。彼は自分の一キロ平方の無限空間に、新しい奇妙な光景が拡がったことを知っただけであった。溶岩は様々な造形をみせていた。山頂に立ち上がった人影、落下する宇宙船のように宙空に飛び出した円柱、樹木の化石のように冷たくたたずむただれた岩石、それらはプルトンの幻想世界の中で展開される光景の重要な役割を果していた。やがて、日が暮れ、浄化された大気の彼方に明るい星々が姿を現わす。星々は彼の世界で行動を開始し、ある時は羊の群れとなり、ある時は神々の集いとなった。星の群れの間に、宇宙構造物の明るい光があった。それはバビロンの架空園のように、豊かな色彩を呈してプルトンの新しい世界を生み出していた。夜が明けるとヘリコプターが彼を発見した。彼と帰民者たちの間には言葉が通じなかったので、何も喋る必要はなかった。すでに各地から数人の生存者が地上に出てきており、おそらく地球生物で生き残ったものといえば、一部細菌と、彼等僅かなホモサピエンスだけと考えられたので、プルトンも大地以上に重要な文化財として扱われ、最上級の保護を受けた。連日カメラが彼を追い廻し、インタビューを求めたが、彼はやはり黙り込んだまま、無関心に周囲を眺めていた。彼にはそうした光景も、常に自分の中にある映像の一つと入れ変って消滅し得るものでしかなく、彼をとりまく群衆も野牛の群れや落下する流星群に変化した。

7　プルトンは精神鑑定を受けた。かつての保守的な地球派学会なら異常と診断したかも知れないが、協議会の医師たちは彼を正常と認めた。むしろプルトンは優れた環境順応力を持っており、極めて保守的な安定した精神を持っていたのである。そしてそのために古い環境に順応しすぎて、新しい環境に慣れることができないのであった。より正確にいうなれば、彼が新しい環境に慣れようと思えばできたかも知れない。彼にはその気が全くなかったのだ。協議会は彼を教育し、大きな効果をあげないまま地球先住者としての権利を認め、広大な土地と住居を与えた。これは帰民戦争終結協定によって認められたもので、プルトンは誰の支配をも受けず、巨大なビルにただ一人で住み、自治国のただ一人の住人となった。

8　プルトンは相変らず孤独であったが、孤独でなくなることは不可能といえた。単に彼がせむしであったからというだけではない。彼は友情も愛情も知らなかった。彼にとって他人は風景の一つでしかなく、彼と同じように自我を持った存在ではなかった。彼には相変らず一キロ平方の無限世界があった。彼をとりまく砂丘は常緑樹の森林に変り、炎となって燃え、ガラスの城となった。ピストンを果てしなく動かし続ける永久機械、大聖堂の金色の屋根、幾何学的な立体図形が生まれては消えていく。そこにはまだ地下街の閉ざされた空間が、閉ざされていることで無限の拡がりを持ったまま存在していた。彼は地上の現実を実体と認めず、それを認識しようとはしなかったのである。

大宇宙文明を設定しながら、どうにも物語がイナー・スペースに入ってきてしまう。なにか手をうつ必要がありそうだ。

9　プルトンのただ一人の王国に、ある日ハイジャック機で一人の青年が乗り込んできた。青年の名はミノスといい、木星から火星へ向かう小さなフェリーを奪取して二十数人の人質とともに地球へやってくると、プルトン王国に亡命を求めた。プルトンは通信室に点いた青い光を昔の鉄道の信号ランプとしてみつめ、列車発進〝O・K〟のボタンを押した。それは、ミノスの亡命許可として協議会にも確認された。ミノスは荒野に孤立したビルの屋上に小ヘリで降りると、宇宙船を人質とともに追い返した。彼はクラリオンを手に持ち、ショルダーバッグを肩にかけているだけだった。プルトンは屋上で、彼の十メートル前に立っていたが、何もいわず沈んでいく夕陽を眺めていた。ミノスもプルトンに礼をいう気などなく、早々に階下へ降り、最も豪華な部屋を占領して豊かなベッドで眠りに就いた。プルトンの方はそうした部屋を殆ど使わず、地下の機械室に眠り、食事やコーヒーをとりに行く以外は、殆ど屋上や荒地を歩き廻ってすごした。

10　荒地は四方に地平線が見渡せるほど広く、そこには火山原野のような不毛の灰と、どこかから流れ込んだ荒い砂塵とが混合し、暗褐色の重い光が充たされていた。プルトンはその虚無的な風景が特に気に入っていた。それは彼の幻想に割り込んでくる現実的風景として意識する必要のないものだった。彼はそこを一日に二度ばかり、重い背のために前かがみになって、足を抜くことがとても大儀そうにぎこちなく歩き廻った。彼はその平原に様々なものをみていた。それはおそらく、彼自身のものである風景〝自由〟であっただろう。ある意味で彼もまた多くの人々と同様、安息の土地を求めていたともいえる。自己のアイデンティティ世界、ミノスにいわせれば〝フリー・ランド〟である。故郷と信じて廃墟の地球へ戻ってきた人々や、逆に夢の世界と信じて宇宙へ飛び立った人々とて同じであった。

11　ミノスが育ったガニメデは最も安定した平和な国だった。古い歴史を持つ星であり大国でもなかったので、つつましく充たされた生活がそこにはあった。ミノスもそうした生活に満足することはできたが、ふとした気まぐれから、彼もまたガニメデを飛び出す気になった。気まぐれでなければハイジャックのような方法を選ばなかっただろう。もともと老人の国であるガニメデでは、若者の星外留学をすすめており、その気になれば簡単にパスポートも留学資金も手に入るのだ。ミノスはむしろ若者らしい行動性に欠けていた。だから十八歳までのんびりガニメデで暮してしまったのだが、気がついた時には同世代の若者は全て星外へ飛び出していた。彼もようやく星外へ出る気になったが、若者の少ない国で甘やかされて育っているため、全てを無計画に行なう習慣がついていた。そしていきなり空港へ行き、地球へ行けと命じたのである。しかし、宇宙船では街中と同じようにはいかず、しかも地球は入星管理のうるさい星であった。あやうくつまみ出されそうになったミノスは仕方なく光線銃をとり出した。その結果があのハイジャック事件である。ミノスが地球へ行きたいと考えたのは、フリー・ランド神話を読んだからで、彼も地球が全滅したことを知っていたが、そういった現実的考えではなく、むしろフリー・ランドが再建されるかも知れないという期待、それともどこかに少しでもフリー・ランドの残影でもあればといった漠然とした考えしかなかった。フリー・ランドがどういう土地であったのかミノスも知らない。そこには入り組んだユートピア理念があったのだそうだが、実際に書物や映像でみるフリー・ランドは荒野であり、また戦場でしかなかった。そしてフリー・ランドでの事件として残っていることも、全て戦争の記録である。しかし、そこはユートピアであったそうだ。ミノスにはその理由が判らなかった。

12　ミノスはプルトン王国を占領し、そこをフリー・ランドと名付け、毎日協議会から届けられる食糧をたいらげ、大きなベッドに寝ころんで暮した。そしてミノスの成功で頻発したハイジャック機が求めてくる入国許可を全て拒否し、自分ではプルトンに代ってこの国を治めているつもりになっていた。プルトンにもそれが都合よく、二人はうまくいっていた。ただ、ミノスがクラリオンを吹くのは、プルトンに耳ざわりだった。他に全く音のないプルトン王国では、クラリオンの音すら遠くまで伝わった。プルトンはミノスに対抗するため、レコードを大きく響かせた。するとミノスはそのレコードに合わせてクラリオンを吹いた。いつかプルトンはミノスのクラリオンを好きになった。ミノスの方もプルトンに対抗したためとてもクラリオンを上達していた。そして、二人が顔を合わせた時、プルトンが最初の言葉をかけたのだ。

「ぬかぬかうまいくぬったのだ」

プルトンが始めて喋った言葉であった。しかし、ミノスはこの言葉に侮辱を感じ、クラリオンを投げすててしまった。

13　ミノスにとってはささいなことでも、プルトンには重要な意味があった。彼は生まれて初めて外界に本当の関心を持ってしまったのだ。しかも、彼が関心を示したことに相手は奇妙な反応をみせた。つまり、彼が少しだけ現実に手出しをして、すぐに自分の世界に戻るというわけにはいかなかったのである。全ては関連を持ち、現実という存在体系に支えられていた。クラリオンの音は単に独自に存在せず、ミノスの意志とかかわっていた。全ての因果関係の背後に、現実という巨大な存在が待ち構えていたことを知ったのだ。或いは時期的に、プルトンが新しい環境に順応しはじめる頃だったのかも知れない。事実、彼は小さな因果律を現実的に理解することをかなり昔から覚えていた。ただ、直接の契機がミノスのクラリオンであったことは確かである。プルトンはミノスの透明な、否応なく聴覚に押し寄せるクラリオンの音がなくなった時、何かを失ったような大きな不安に襲われた。それは、現実に吸いとられていって急速に空白化した意識の世界であった。彼の眼前には現実の荒野だけが開けていた。褐色の灰と砂塵の大地、その不毛の原野に、彼自身の空白を感じ、彼は初めて恐怖を知ったのだ！

登場人物を一人加えてもスペース・オペラにならない。全く困ったことだ。まず二人を宇宙に飛び立たせる必要がある。

14　プルトンは恐怖から逃れるために、元の世界をとり戻そうとした。ミノスにたのみ込んでもう一度クラリオンを吹いてもらい、連日様々な映像をみて、音楽を聞き、更に幻覚剤も使った。しかし、失ったものは二度と戻ってこなかった。彼は荒野の空白をみることに耐えられず、そこにかつて彼の千メートル平方の空間を支配していた様々な光景を模した庭園を創った。ガラスの城や豊かな果樹園、機械のジャングルや鏡の迷路など、まるでアリスの国のようなワンダーランドが生まれていった。しかし、彼の意識の空白は埋めつくすことはできなかった。

15　やがて彼は現実に順応しはじめた。むしろ積極的に様々なものに関心を示し、全てを吸収しようとした。簡単に言葉を覚え、経済概念も持った。そして極端な現実主義を受け入れ、自分の創ったワンダーランドを観光用に公開し、財産を貯めていった。その間もミノスは相変らずのらりくらりとした生活を送っていた。彼は二度ばかり、その土地をゲリラ戦場にしようと提案した。しかし、常識に順応しようとしていたプルトンは全く相手にしなかった。ミノスは退屈した。

16　プルトンは現実を受け入れた時、自分のせむしとしてのコンプレックスをも知った。それは当初は大したこととも思えなかったが、社交的な舞台に出る回数が多くなると、絶望的なものに変っていった。そしてまた、自分の行なおうとしていることが、決して過去の自分の世界を取り戻すためのものでないことも判ってきた。実際、彼がいかに財産をふやしても何も得るものはなかったし、社交界は嫌でしかたがなかった。ミノスが彼に宇宙へ出ようといった時、彼が簡単に受け入れたのも当然だろう。どこかに、自分の求める世界があるかも知れない。二人ともそう考えた。プルトンには、過去の自分の世界に代えられるものであり、ミノスにとってはフリー・ランドと呼ばれる青春の世界であった。

17　そして二人は宇宙へ飛び立った。プルトンの財産は整理され、大型宇宙船が買われた。宇宙船は太陽系重力圏を出て、S25・E142座標を重心にワープした。

これで納得していただけるだろうか？　どうにかスペース・オペラらしくなってきたようだ。さあ冒険のはじまりだ！

18　宇宙はどうということもなかった。ひと眠りすれば、思い切り遠くへきてしまっている。ただそれだけのことだった。実際、いかに宇宙が広くても、宇宙船に乗っていてそれを実感することは難しく、また、広いということで感激することもない。

19　ある開発途上星では巨大なマシンロボットが岩石を切り拓いていた。ある小星では人々が無関心に彼等の宇宙船の到着を見守っていた。ある交戦星では、星をとりまいて核爆発の閃光が輝き、迎撃ミサイルから逃れた数機が地上に突入して炎上していた。ある都市星では厳しい管理の中で人々は規則的な生活を送っており、プルトンたちもその星にいる間は次々と書類を提出しなければならなかった。ある地方星ではのんびりした田園風景を楽しむことができ、人々は遠い地球からきた彼等を暖かくもてなしてくれた。確かにこうした異星の風物は珍しかったが、一時的な気安め以外のものを彼等に与えなかった。それら異星の持つ新鮮な魅力はすぐに色あせていった。旅は日常化し、旅行地は空疎な外景を呈していった。外景は多様に展開し、大宇宙に広がる巨大な人間文明のパノラマをみせ、更に彼等の求める世界とかけはなれていく。パノラマの原色の光景が拡がれば拡がるほど、その外景に対応した彼等の意識世界の空白も拡大されていった。二人は宇宙文明の膨大な知識を吸収した。それらは否応なく彼等の中に入り込んでくるだけだった。二人は馬鹿になって、ただ入ってくるものを無雑作に受け入れる以外に、何もできなかったのだ。

20　そして、宇宙には、彼等の求めたものは全くなかった。

こんなことではだめだ。宇宙には何かあるべきなのだ。未開星ならどうだろう。宇宙怪獣でも出てくるかも知れない。

21　ある未開星で、二人は巨大な宇宙怪獣に出喰わした。それはみるも恐しげに巨大なキバをむき出して二人に襲いかかったが、光子銃で簡単にくたばった。

22　また、ある未開星は粗野な金属質の岩石以外に何もない不毛の土地だった。二人は一応そこでもキャンプを張った。彼等は宇宙に過大の期待をかけていたことを知って、あきらめを感じはじめていた。全く異なった育ちかたをした二人だが、ともに旅をしてまわる間に、何かを求め、裏切られていく自分たちに共通したものを感じていた。相変らずミノスは楽天的で、プルトンは神経質であったが、二人の間には友情が生まれていた。異星では必ずせむしのプルトンが軽んじられ、ミノスが主人のように扱われたが、そんな時、ミノスは必要以上にプルトンに敬意を払い、ドアの開閉や荷物持ちにまわった。そうだ。二人の宇宙旅行の収穫があったとすればこうした友情だけだっただろう。プルトンにとって、かつての自分だけの世界は幻影でしかなくなってしまい、ミノスにとってのフリー・ランドも単なる青春の幻惑でしかなくなっていた。多くの宇宙冒険者たちは、こうして逆につつましい平和な生活を知るものなのだ。プルトンの気持も、彼自身の精神的疲労によってやすらげられていった。そしてミノスにはガニメデでの生活がなつかしく思えるようになっていた。プルトンの財産も底をついて、彼に残されたものは宇宙船だけになってしまった。乗り組み員の数も減り、現在の僅かな航宙士たちに払う給料すらなかった。二人は黒い不毛の岩石だけの小さな星の、気密テントの窓から闇の空を眺め、地球へ戻ろうと話し合った。名もないその星の光景は二人がかつて過した不毛の地球と似ており、二人の心を暖かく包んでいた。おそらく、ようやくプルトンは現実を受け入れたのだろう。そしてミノスにも自分なりのフリー・ランドを理解することができたように思えた。二人は何もかも失って、全ての希望から見離されて、本当の自分をとり戻したのである。おわり。

おわってはならない。まだ冒険も活劇も始っていないのだ。
何か事件を起せ。誰かを殺すのだ！

23　その星を出発する前に、航宙士たちは給料を請求した。しかし、二人には金がなかった。太陽系へ戻れば宇宙船を売り払うことができるので、その時に支払うとプルトンはいったが、航宙士たちは納得しなかった。彼らは宇宙船を乗っ取るつもりだったのだ。二人は、五人の航宙士たちに殴られ、蹴られ、気絶寸前になった時に、給料の代りに宇宙船を手渡すという証書にサインをさせられてしまった。航宙士たちは、酸素、水、食糧、通信機など、殺人罪とならない最少限の物資を残して宇宙船で飛び立った。二人は辺境の小さな星にとり残され、途方に暮れながら足腰の痛みをこらえなければならなかったのだ。

24　通信機で救助を求めることはできるが、救助費を払うことはできない。ともかく、生きのびることができる間だけでもここにいて、万が一こんな僻地にやってくる船があれば助けてもらう以外にない。もし船がやってこなければ、のたれ死ぬか、それともどこかの星に身を売って救助してもらうかである。身を売れば、二人とも兵役に入って、およそ二、三年生きのびて戦死することだろう。

25　毎日、毎日夜が続いた。この星には太陽などない。エネルギーの節約のために殆どランプや通信機も使えない。気密テントの外へ出るのも酸素の無駄になるので、できるだけテント内でじっとしていなければならない。プルトンには過去に似た経験があった。地下室で、殆ど毎日変化ない生活を続けていたのである。従って、こうした状態にがまんすることはできた。しかしミノスにはそれが不可能だった。ミノスには、テントの壁が日毎に重くのしかかってきて、その圧迫感に耐え切れず大声で叫ぶような日が続いた。最初は二人で様々なことを話し合ったが、やがて話題もつきて、またミノスが極度に神経質になってしまったこともあって、二人の会話も減少していった。

26　プルトンは一人でじっとうずくまっている時、自分の周囲の暗闇が急に拡がって、海や森林を映し出すのを観るようになった。彼は僅かずつではあるが、あの地下室の一キロ平方の空間を取り戻し始めた。苦心して遂に取り戻すことができなかった彼の世界は、追いつめられ、閉じ込められた時に再び切り開かれた。それは、彼がこうした環境に順応しなければならなくなって、必然的に生まれてきたものであった。

27　ミノスはテントの中にうずくまっているよりは、むしろ死にたいと考えた。そして、岩影の死に場を求めて外へ出た。ただ一人、全宇宙数千兆の人々の誰からも離れて、岩の上に転がっている自分がとてもみじめだった。空に拡がる無数の星に、何か自分の忘れてきたものがあるような気がした。フリー・ランド。彼はその言葉を何度も口にした。自分の死はこんなものではない。宇宙的空間から解放され、人間的時間からも自由な青春の無限世界、——そこで、彼の生命が燃焼されなければならないはずだ。広大な宇宙の小さな存在として、小さな人間的時間に生きて死にたくなどない。フリー・ランド。「フリー・ランド！」彼は、やはりその日も死に切れず、プルトンが半ば眠りながら虚空をみつめているテントに戻っていった。

28　プルトンは急速に自分の世界を取り戻していった。殆どテントの中の現実の自分を失い、ガラスの城や真紅の湖の中をさまようようになっていた。炎の中に輝く宝石、——それらが飛び散って青空に浮ぶ白い雲となり、雲は急速に落下して虹色の霧を生む。霧の中から人魚たちの姿が見え隠れし、巨大なメリー・ゴーラウンドが地球上空に回転した。「これが世界だよ」母親の声。母親の姿はどこにもない。プルトンは母親など知らない。或いはコンピューターの声かも知れない。巨大なメカニズム、——クレーンが動く。クレーンには白い氷がつるされている。氷の中から現れるのは白い顔。「プルトン」顔が喋る。

29　ミノスは、せめてプルトンが話をしてくれれば、と考えた。そして何度も呼びかけてみるのだが、プルトンは答えない。立ち上がって窓の外を観る。いつも同じことのくり返しだ。そしてやがて耐えかねて大声で叫ぶのだ。「だれか助けてくれ！」星空の彼方に、流れる小さな光がある。或いは宇宙船かも知れない。ミノスは急いで通信機に飛びつくが、ワープ船の一瞬の空間への出現に間に合うはずはない。彼は坐り込み、いらだたしくプルトンの肩をゆさぶりながら呼びかける。「プルトン！　プルトン！」しかし、プルトンは何もいわない。

30　ミノスは今度こそ本当に死のうと考えてテントを出た。何度そう思って岩礁を昇り降りしたことだろう。彼はいつも歩きながら様々なことを考えた。特に自分の一生をくやんでいることが多かった。フリー・ランドなど夢物語でしかない。今の時代に個人的な解放などありはしない。空間も時間も、全て宇宙的に支配され、理解され、定められてしまっているのだ。誰もが自分自身などであり得ない。誰でも単に全宇宙の中の一人の人間でしかないのだ。死ねばいい。自分など死ねばいいのだ。彼はそう考えて小高い岩山の頂きに横になった。そして、気密服のエアーバルブを閉ざした。

31　その時、彼の視界に一瞬の閃光が生まれ、数秒で消えた。ミノスは急いでバルブを開き、起き上がって光の方角をみた。青白い弱い残光が近くの岩丘の頂上にあった。

32　それは、この星の到るところに転がっている岩石の一つで、岩石のおよそ一ミリ平方の部分がエメラルドのような光を発していたのである。彼はそれをキャンプに持って帰った。部屋の隅には、相変らずプルトンが黙って両足を抱くようにして坐っている。「プルトン」ミノスは話しかけたが、プルトンは視線を動かそうとすらしなかった。ミノスは通信機の前に坐り、星間開発事業ユニオンの研究室を呼び出した。

33　岩石はデモンナイトという鉱石であることが判った。デモンナイトは極めて不安定な複合金属で、僅かな放射線の照射で爆発を起すのだ。それは核融合とともに使われると驚くべき破壊力を示し、簡単に小さな星を粉々にできる。むろん宇宙船エネルギーとしても素晴しい原料であった。小さな粒子にきざんで使える点で制御も容易である。このデモンナイトは太陽のない星にしか存在し得ない。恒星の放射線はたちまちデモンナイトを破壊してしまうからで、そのためにノヴァ化した恒星にもかなりある。いまプルトンとミノスのいる星のように、最も近い星から十光年も離れていても、時にはミノスがみたような爆発を起すほどである。ミノスはすぐに、この星の開発権を申請し、採石ロボットとその組み立て工場、そして輸送船、その他様々な資材を呼び寄せた。更に星間開発事業ユニオンの出資で、最も近いK―42星にプルトン＝ミノス会社を設立し、そこに放射線よけのナマリ倉庫を建築させた。

34　二十時間後にはユニオンの調査船が到着した。そして、その星の全域にデモンナイト○・○○一ミリグラムから○・一ミリグラムを含む鉱石が数万トン埋蔵されていることが判明した。ミノスは新しい事態の展開に有頂天になった。しかし、プルトンは無関心だった。ミノスが熱心にデモンナイトについて語ったが、プルトンはその声から逃れ、肩の中に埋もれた首を更にすくめて部屋の隅に隠れた。プルトンは完全にモンテヴィデオの地下街に戻っていた。彼の眼前には青い海原が開け、白い巨大な月を背景に豊かな波が打ち寄せていた。波の銀色に輝く飛沫が新鮮な湖の香りを彼に伝えた。――「プルトン、判らないのか？　おれたちは大発見をしたんだ！」波の音を追ってやってくる不快な音。プルトンは耳をふさぐ。波の間に何度もみた嫌な仮面。その仮面は彼をどこかへ連れ去ろうとする。彼の世界から無理に引きずり出そうとするのだ。以前にもその仮面のために怖ろしい目に合った。仮面をみてはならない！「デモンナイト。デモンナイト」プルトンは顔をそむける。海原の青い光が弱くなり、赤と黄の原色の渦が彼をとりかこむ。渦の中でプルトンは飛翔する。渦の中心部からこだまする声。――「プルトン、しっかりするんだ！」プルトンは声をさけようとする。しかし、彼をとりまく渦の全てがラウドスピーカーとなって彼を縛りつける。「プルトン！　なぜ狂っちゃったんだ。またおれたちは大金持になったんだぜ。また旅行できるんだ。今度こそおれたちの土地がみつかるさ」プルトンは渦の中でもがいた。赤い渦は音波に共鳴しながら彼の手足にまとわりついた。黄色い渦は彼の両眼に突きささってくる。「助けてくれ！　ギャーッ！」渦は叫んだ。渦は停止し、彼のあのモンテヴィデオの地下街が現出した。彼の前には地下街の最後の大人が眼と手足から血を流しながらうずくまっていた。「プルトン！」その大人は小さく叫んだ。

35　ユニオンの調査員はキャンプ小屋の中でミノスが死んでいるのを発見した。その近くに、はりねずみのようにおびえて丸くなった血だらけのプルトンがいた。そして床には、ミノスの肉片をえぐりとったナイフが転がっていた。

36　星間パトロールはこの事件を簡単に処理した。つまり、ハイジャック犯人ミノスをその身柄支配者プルトンが死刑にしたと。

37　デモンナイトは素早く採石する必要があった。恒星に近づいたり、他の何らかの理由で放射線が当ったりした場合には全てがおしまいになるからだ。大量のロボットが組み立てられ、小さな星の全表面をおおって活動が開始された。プルトンはその星の丘に建てられたビルに住んだ。しかし、誰にも口をきくことはなく、ただ更に重くなった背をようやくもち上げてゆっくり室内を歩きまわるだけだった。プルトン＝ミノス会社からは莫大な配当金が彼に届けられたが、それらもビルに積み上げられたままだった。

38　プルトンはフリー・ランドを駈けていた。丘の上から銃を肩にミノスが呼んでいる。ミノスの姿は仮面に変ったが、プルトンはもう恐れなかった。仮面は巨大化し、大空一面に広がった。「酸素を買おう」仮面がいう。プルトンは仮面が型を変えて機械になるのをみた。機械はプルトンの周囲ではげしくピストンを動かす。一斉に機械の頂きに青い灯がつき、プルトンは叫ぶ。「酸素をこの星の大きさだけほしい」

39　デモンナイトは地下二十メートルの地層まであり、約一年で掘りつくされた。そして、プルトン＝ミノス会社は解散し、作業員は全員引き上げていった。ただ、砕石ロボットはそのまま放置されたので、更に深く星を掘り進んでいった。その間、プルトンが行なったことは酸素を大量に注文しただけであった。

40　最後にプルトン＝ミノス会社から配当金が届けられた時、プルトンは鉱道に酸素を充たし、相変らずビルの片隅にうずくまっていた。プルトン＝ミノス会社の社員が、プルトンに他の星への移住を勧めると、「おれたちに、かまわないでくれ！」と叫んだ。しかし、そう叫んだのは、プルトンではなく、プルトンの背にまるでシャム双生児のように突き出たもう一つの首であったそうだ。そしてその首はミノスのものであったという。しかし、これは必ずしも多くの人々に確認されたことではなく、プルトン＝ミノス会社の社員がプルトンの背のこぶを見聞違えた錯覚だろうといわれている。やがて、プルトンは姿を消したが、同時に彼の巨大な財産もなくなっていた。これも確認された事実ではないが、地中深く潜ってしまったのだろうといわれている。

どうやらスペース・オペラにならなかったようだ。もう少しカッコいい若者を登場させて出直しをはかりたいと思う。

41　テセウスは冒険好きのカッコいい若者だった。十歳の時に密航して故郷のカペラF43星を脱出し、様々な職業を経験しながら多くの知識と技術を身につけた。そして、十八歳でC7星の軍隊に入ったが、太陽系連邦と戦って数々の武勲をたてた。中でもデモンナイト爆弾で太陽系連邦の聖地とされる地球を岩くずに変えてしまったのは有名である。銀河系のローカル地でしかない太陽系連邦の巨大な権力は、正に地球を聖地とする信仰に支えられたものであったからだ。地球の崩壊は銀河宇宙を解放し、新興星の自治権を確立した。テセウスは巧妙に太陽系連邦に入り込むと、敵の戦闘船を奪い取り、地球とやらいう星に爆弾を命中させて、驚異的な五十光年ワープで脱出した。そしてカペラ系の大英雄となったのである。

42　銀河宇宙に平和が訪れ、テセウスには英雄としての安楽な日々がやってきた。しかし、テセウスは新しい冒険を求めた。パーティや講演会の続く日々の多忙なスケジュールの間に、彼は冒険地をあさった。リラF21星のガス内への突入、アンドロメダ宇宙への単独飛行、H48星群の魔獣の捕獲など、いわゆる冒険家向きの話題にはこと欠かないが、彼が本気で、少なくとも地球破壊以上に真剣に命を賭けてみたいと思う冒険はない。現在は命など決して価値あるものではなく、宇宙的思考では単に星にへばりついた屑のようなもので、そんなことは宇宙物理学的に証明されているのだが、テセウス個人にとってはそうではなかった。或いはテセウスの精神には人間として欠点があったのかも知れない。大宇宙の中で生まれ、そして消え去るという、あたりまえのことが彼には了解できなかったのだ。そして、その結果彼には大英雄となる素質が生まれていったのである。いわば、彼は他の兵士たちのように戦って死ぬことができず、自分で何かを行ない、そして生き続けたかったのである。

43　ラビリンス星と呼ばれる殆ど無名の旧太陽系連邦の星についてテセウスが知ったのは、終戦から三年経ってのちだった。その星はかつてデモンナイトの産地だったそうだが、数千年前に廃鉱になっており、一時期にはその穴だらけの奇妙な景観によって大観光地となった。大観光地となった理由はもう一つあって、その穴ぼこの中に「プルトンの財宝」と呼ばれる巨万の札たばが埋もれているといわれたのだ。むろん、今日では太陽系連邦の札たばなど何の値打もなく、テセウスが注目したのはその財宝のためではない。ラビリンス星の穴に深く入り込んでいった人々の全てが戻ってこないという神秘的な伝説があったからだ。

44　テセウスはラビリンス星の資料を集めた。そして、伝説がほぼ真実であることが判明した。実に、その星で十数万人の人々が行方不明になっているのだ。もちろん科学的な捜索も行なわれた。穴ぼこ内の地図も完成しており、放射線はデモンナイトの産地だけに使えないが、無放射電波によって星全体の構造も解明されている。しかし、十数万人の人々の死体は発見されていないのである。

45 テセウスはこのラビリンス星を探険することに決めた。なぜか彼はこの星をめぐる様々な事件を自分にかけられた謎のように思った。おそらく宇宙物理学的にみれば極めて小さな謎で、放っておいても銀河系時間世界に破綻を生むようなものではなく、或いは何らかの理論によって解決されているものかも知れないが、彼にとっては奇妙に新鮮なものが感じられた。おそらくそれは冒険というより、彼の個人的な曲芸ともいうべきものとなるだろう。そして、彼が求めていたのもそんなものだったのだ。

46 彼の出発は誰にも知られることなく、単なる観光旅行のように始められた。しかし万全の用意は整えられていた。食料や酸素は五年分あり、様々な計器もコンパクトに彼の気密服に装備されていた。そして、様々なラビリンス星に関する情報も小型コンピューターにプログラムされていた。

47 ラビリンス星は多くの恒星から遠く離れ、宇宙の暗礁のように黒く宙海に浮かんでいた。観光客を迎えていた頃のビルが数か所に残っていたが、光も消えており、無人星であることは明らかであった。テセウスは自分の宇宙船を、それらビルの空港の一つに静かに着地させた。

48 ビルの一つで彼は食事をしたが、以前の食堂もそのまま残っており、再びシーズンが到来すれば、そこに人混みが生まれるような錯覚を抱かせた。ビルの外にはアーチがあり、ウエルカム・トウ・ザ・ラビリンスと書かれてある。そしてアーチの下は穴の入口になっていた。入口付近は階段が続いており、斜めの長い一本道が続いている。穴の大きさは直径三メートル程度で、周囲の岩石の黒い肌が彼の持った照明灯につややかに輝いた。階段は多くの人々の宇宙靴によってすり切れていた。

49　約一キロ下ると最初の分岐点に出た。右A＝1、左A＝2と書かれた矢印が通路を案内しており、そこが迷路の起点となっている。もともとこの迷路はデモンナイトを採石する時にロボットが掘ったもので、採石が終ったのちもロボットが放置されたのでエネルギーの続く限り掘り続け、巨大な迷路を築いてしまったのだそうだ。以前には穴の中には酸素が充ちていたそうだが、いまテセウスが計ったところでは○・○一気圧しかなかった。

50　彼はA＝1のコースを選んで横穴へ進んだ。道は一直線で約二十メートル毎にかつての観光用の照明があったが、むろん光は出ていない。テセウスの赤外波ランプは約五十メートル前方まで照らしていた。黒い岩肌は荒々しくなり、奇妙な型の突起を左右から浮き出していた。やがて左右上下に小さな分岐路がみられるようになり、それらにはA＝1〜8、A＝1〜14などという指示標が打ちつけられていて、「行きどまり」「B＝5へ」「A＝1—30〜33へ」などと書いた案内標が付け加えられていた。

51　A＝3からテセウスはA＝3—25を下降し、B層に入った。B＝4—17には広場があり、閉鎖された小さな売店があった。この広場は採石もれの○・○○七ミリのデモンナイトの爆発によって生まれたものだそうだ。
52 B＝17からC層へ降りると、気圧は〇・〇三に上がった。しかし、通路は単調に続いており、三メートルの黒い空間を、ただ無雑作にのばしていた。テセウスはそれら長い道を歩きながら、ここへやってきたことを後悔していた。何が冒険なものか、ただの空疎な洞穴ではないか。冷い無の空間が粗末な岩石にとりかこまれている。ただそれだけの廃墟、なぜこんなものが自分をここへ呼び寄せたのだろうか？　ここで十数万の人間が消えたという。それがどうしたのだ。本当かどうかも解らないし、もし本当だとしても、単なる空間のゆがみから生まれたメビウス現象でしかないのではないだろうか？　メビウス現象ぐらいワープ船ではありふれたことだ。ワープ船がメビウス現象で行方不明となる事件は、年間数百機にのぼっている。おそらくこの地下道のI層からK層にかけて、当時メビウス現象が発生していただけだろう。宇宙空間ではなく、星の中でメビウス現象が生まれるのは決してありふれたことではないが、例のないことではない。それとも全く別の、彼自身も知らない何らかの理由で人々が消滅したのかも知れない。その可能性も多いにあるし、むしろ、ほぼそうだろうと思える。誰にも空間位相実例の全てを知ることなどできないが、個々の実例は全て理論上は解決されているはずなのだ。メビウス現象は単にその例の一つでしかないが、特殊位相を全てメビウス現象として片付ける習慣が航宙士にあった。そして、そうしたものは全て一時的なもので、今ではおそらくメビウス現象も消滅していることだろう。そんなことは最初からテセウスも承知していたはずである。なのになぜ彼は来てしまったのだ。

53　D＝15―28で彼はキャンプを張った。およそ三時間歩いたことになり、気密服での歩行の限界であった。テントに空気を入れると約二メートル平方の空間がふくれ上がる。その中で、彼は地図を開き、ジュースを飲みながら明日の進路を決めた。テントの透明な窓からは両側に続く長い穴が、闇へ向かって続いているだけだった。

54　次の日はG＝3まで降りた。すでに通路の表示板のないところが多くなり、逆に気圧は○・一まで上がっていた。しかし、通路は全く変ることなく、機械的な単調さで続いていた。G＝2―73で採石ロボットが二台衝突して壊れたまま放置されてあった。旧式な鉱山ロボットは錆びついており、岩石に還元されようとしている。酸素があるため、時には岩が湿気を帯びているところもあり、僅かだが岩にも風化現象がうかがえた。

55　H層で小さな虫を発見することができた。そしてJ層まで下ると、気圧が○・二になり、彼は気密服を脱いだ。J＝13―2と地図に示されている通路。もう表示は殆どなくなっていたので、彼は地図を分岐点ごとにみるようになっていたが、そこには「第七次ラビリンス調査団」と書かれたプレートがあった。

56　K層で○・四気圧になり、彼は酸素マスクもはずすことができた。照明灯の中に、酸素のもやがみえ、遠くの穴をかすませている。すでに三日間この廃鉱を歩き廻っていたが、あまり同じ光景の中を歩いてきたので空間概念が狂ったのか、K＝12―7で道を間違えて、分岐点が地図と異なってしまっていた。分岐点の角度と分岐点の距離から、自分のいる場所をK＝2―73と判断して進んだが、K＝4に続いているはずの通路が行きどまってしまった。行きどまりは側面と同じ岩壁が通路をふさいでいて、その壁によりかかるように錆びついた採石ロボットが立っていた。

57　彼はそこにキャンプを張り、自分のいる位置を調べなおした。その袋小路はK＝3―5か、K＝2―49か、K＝5―13かどれかだろうと思えた。K＝5―13は少々離れすぎており、そこまで歩いたとも思えなかった。そこで、K＝3―5かK＝2―49のどちらかという見当をつけた。その夜はあまり眠れないまま、早々に出発し、次の分岐点までの距離を計ってみた。しかし、それはK＝3―5、K＝2―49のどちらとも大きくかけ離れた数字を示していた。むしろK＝5―13なら比較的近いといってよかった。彼はもう一度K＝5―13という仮説にそって次の分岐点まで歩いた。しかし、そこにあった下へ降りる分岐点は、それら仮説の全てを完全に破壊した。

58　彼は自分がぬきさしならない迷路に入り込んだことを知った。ひとまず上へ昇って表示板のあるところへ戻る以外にないと考えて、次の上昇通路を昇り始めた。しかし、その通路も途中で平行路になり、いつか再び下降し始めて、おそらく元のK層と思われる地層へ下ってしまった。テセウスはこの時になって初めて、自分にかけられた謎の意味を知った。そうだ。脱出しようという考えがいけないのだ。全てを宇宙物理学的整合性の中へ閉じ込めてしまうことが、自分をいらだたせていたのだ。この混迷こそ自分が求めていた冒険ではなかったか？

またまたスペース・オペラらしからぬ理屈をこねはじめて

しまった。忘れずに冒険を痛快に展開するように！

59　彼は更に迷路の奥に進む決心をした。K層から、おそらくL層へ降りていると思われる坂道を下っていくと、更に気圧が高くなり、すでに酸素の補給を全く必要としなくなっていた。周囲は変らず黒い岩壁だけだったが、小さい白い昆虫の数は増加していた。そして、ある小さな分岐点では、白へびの姿までみかけるようになった。L層から更に降下する通路、おそらく最下層のM層と思われるところへ向かう通路では気圧が〇・八に達し、温度も十二度まで上昇していた。温度が高い理由は判らない。

60　M層と思われる地帯から、さらに地図にはないN層へ降りる道があった。彼はそのでたらめな地図を投げすてた。通路の中央に溝が走り、そこを水が流れていた。空気はとても快く、まるで公共安楽室の完備したルームコントロールを思わせた。通路の広さも一定ではなくなり、時にはかがんで歩かねばならないところも、また巨大なドームを開いた広場もあった。そして、ドームから、幾つもの通路が至る方向にのびていた。ドーム内には二つの鋭い光があった。赤外波灯をあてると、それは三メートルものワニ型生物の触角であることが判った。その獣は最初おびえて小さな通路に入ったが、急に意志をひるがえしてテセウスに向かってきた。彼は銃を持っていなかったので、レーダー棒を突き出してその獣にたち向かった。触角が棒にふれると、獣は方向を変えて長い尾を鋭く振って彼の身体に当てた。刃物のように固い尾が彼の足にまきついて、彼は思わずそこに転倒した。獣は再び触角をのばして彼の身体に触れ、次に口を開いて彼の首に向かってきた。彼はレーダー棒で思いきり獣の頭をたたくと、レーダー棒に触角が巻きつき、すぐに解けた。しかし、この強打で触角がしびれたらしく、足に巻きついた尾もゆるくなった。彼は急いで起き上がり、今度は触角だけを狙ってたたいた。二度、三度たたくうち、獣はもがきはじめ、やがて静止した。彼はレーダー棒を口に突きさし、そこから白い液体が流れ出たのを確認して先へ進んだ。

ずいぶん無理をしたもんだ。とってつけたような活劇で嫌らしいではないか。いいかげんにスペース・オペラなどあきらめるべきだ。

61　昇り降りの変化が多くなり、何度も広場を突き抜けて進むと、先に薄く白っぽい光がみえた。テセウスは光に向かって進んだ。光の方角から風がそよいできて、風は奇妙な香りをも伝えてきた。そして、白い光の源には広い大伽藍があった。光はどこからともなく発せられていた。「誰かいるのか」テセウスは叫んだ。「いるかって？　あたりまえではないか。ここは存在空間だからな」声がかえってきた。伽藍にこだまする声は、まるでマルチスピーカーを使っているようである。しかし、声の源は判らなかった。「誰がいるのだ。何者だ」テセウスは叫んだ。「ミノタウロス」声は返ってきた。「ミノタウロス?」「そうだ」「出てこい」「すでに出ている。ただ君には判らないだけだ」「どこにいる?」「君の周囲だ。そう、洞穴が私だ。洞穴というより迷宮というべきだろう。私は迷宮なのだ」

62　白い光は様々な色に変化した。眼前に赤い光が生まれ、遠く青い光が燃え上がるように拡がり、それらは混じり合い、離れ合った。やがて彼の周囲に一つの風景が展開した。緑色が底に沈んで草原となり、赤がその上に落ちて花々となった。青は一面に拡がり空となる。空には白い雲が流れていった。「いったいどうしたのだ。何が起ったのだ。いってくれ、説明してくれ」彼は叫んだ。しかし答えはなかった。

63　彼が草原を走っていくと、草は固くなり、平らになって輝く平面に変った。空も結晶し、ダイヤモンドの群れのように光彩を放った。そしてそれらは雪となって降りそそぐ。雪はみる間に積って固まり、黒く変っていき、それが運動を始めた。緑の信号灯が一列に長く並んでいる。「どうしたんだ。答えてくれ。何かいってくれ」テセウスは叫ぶ。

64　「なにをあわてているんだね」彼の後方で声がした。振り返ると、二つの頭を持った男が坐っていた。周囲は銀河の広大な宇宙を映しており、テセウスは宙空に立っていた。「君がミノタウロスか?」テセウスは尋ねた。「まあ、そういってもいいだろう。正確には私達はプルトンとミノスだ。そして私たちはミノタウロスの中にいる」「では、あなたがここを創ったプルトンですか?」「正確にはプルトンとミノスだ」「解らない。私には全てが解らない。なぜこんなところに私がいるのです」「君がここを求めてきたからだ。ここはここなりの考えでしか理解できないところだ」プルトン＝ミノスがいった時、銀河の星は砂塵となって飛び散り、周囲には砂漠が開けた。そして、プルトン＝ミノスはいなくなった。テセウスは納得しないまま、奇妙な安堵感に充たされる自分を知り、砂漠の中を歩き始めた。風が砂塵を巻き上げ、乳白色の渦を形成した。渦は長い階段となって遠い天上の塔に向かっている。彼はもうどこまでもこの世界を突き進むことに決めていた。むしろそうしたい気持を押えることはできなかった。

65　それからどれだけの時間、どれほどの空間を歩いたか判らない。テセウスは裸になってただ次々開ける新しい世界に向かっていた。たびたび彼の眼前に開ける廃墟がフリー・ランドと呼ばれることを知った。ビルの上にローザが銃を構えていた。まだテセウスに解放への道は遠かった。しかし、彼は少なくともこの世界での自我の存在を明確に認識していた。次に展開する情景を自分のものとして了解することができるようになっていた。

66　暗闇の、全ての情景から閉ざされた極小の、そして無限の空間に、プルトン＝ミノスはうずくまっていた。そこでは存在が終ろうとしており、また始まろうとしていた。時間は存在せず、ただ根源的なプルトン＝ミノスの世界の核があった。それは粒子でも波でも線でもない幻の核であった。そしてそれが彼のラビリンスの全てを生む核なのであった。プルトン＝ミノスはテセウスの侵入を感知していた。彼らはテセウスと話した。――或いは話すだろう。プルトン＝ミノスは何度もミノタウロスとその存在のラビリンスに飛んだ。二人の身体は離れてフリー・ランドを駈けめぐった。ミノスは自分を解き放ってくれたプルトンに感謝していた。そうだ。あれはこのミノタウロスが生まれる前のことだ。ミノスは生と死の間をさまよい、デモンナイトの発見によって再び現実に戻ろうとしていた。大金持となってまた空疎な宇宙の旅に戻ろうとしていたのだ。プルトンは自分の世界がミノタウロスに成長すると、時間をさかのぼってミノスを喰べた。ミノスの意識はミノタウロスの中で再生され、プルトンの肉体に寄生した。そしてその後はずっと二人でいる。時にはプルトン一人だけで、あのモンテヴィデオの地下街へ行くこともあった。幼いプルトンは一キロ平方の無限の海底を歩いた。エイが砂けむりを上げて白い海底から泳ぎ出す。そして海面にきらめく光の中にいわしの群れが渡っていく。地下道の中を最後の大人が血を流しながら歩いてくる。火山の溶岩のように散った都市の廃墟、不毛の砂漠。ガラスの城。フリー・ランド。様々な異星の光景。ミノスが呼んでいる。「プルトン。プルトン！」プルトンは答える。「ミノス」二人は更に旅をする。二人の存在が無に帰る暗闇の世界へ。途中二人が見知らぬ世界に出る。巨大なノヴァが太陽の数万倍の明るさに拡がっている。そしてその光の強烈な破壊力からの逃亡。テセウスがいる。プルトン＝ミノスはテセウスに話しかける。「あれは何だ?」「あれは地球の終りさ」テセウスは答えた。しかし、プルトン＝ミノスには大きな感興を与えなかった。二人の中にはずっと地球はあるからだ。プルトン＝ミノスは安息の地へ向かった。テセウスがそこまでやってくるのはまだまだ数々の変化ののちだろう。

御満足いただけなかっただろうか？　しかし作者はあくまでこの物語をスペース・オペラであると主張する。いわばイナー・スペース・オペラであると——。

山野浩一『レヴォリューション＋1』の「政治」——解説にかえて

岡和田晃

　どこにもない無何有郷《ユートピア》のようでありながら、世界のどこにでも当てはめうる革命と紛争が延々と続く世界——それがフリーランド。このたび小鳥遊書房から刊行された『レヴォリューション＋1』（適宜、本書とも表記する）は、SF作家・評論家である山野浩一（一九三九〜二〇一七年）が書き続けた連作短編〈フリーランド〉シリーズ十作を一冊に集成したものである。J・G・バラードの〈ヴァーミリオン・サンズ〉やマイクル・ムアコックの〈ジェリー・コーネリアス〉シリーズの向こうを張るべく書き継がれ、SFのみならず文学の総体の「革命」をも目した〝New Wave＝（新しい波）〟の「Speculative Fiction ＝思弁小説」群と言うことができよう。

　主たる底本の『レヴォリューション』（NW-SF社、一九八三年六月三十日発行、以下NW-SF社版）は今や稀覯書として知られるが、単にそちらを復刊するだけではなく、関連が深い重要作でありながら、近年の復刻ランナップから外れてしまっていた「スペース・オペラ」（「SFマガジン」一九七二年二月号、『ザ・クライム』所収、冬樹社、一九七八年十二月）を加える形で増補した、いわば完全版となっている。明らかな誤記は訂正したが、現代の慣用に反する表記はそのまま残した。

タイトルは、山野の盟友で、『レヴォリューション』の成立にも多大な影響を及ぼした足立正生が監督をつとめ、安倍晋三元首相を暗殺した孤独な狙撃者の「決起」を劇映画として描き直す問題作『REVOLUTION+1』（二〇二二年）に倣った。

本書に先立つ形で復刊された、山野唯一の長編『花と機械とゲシタルト』（NW-SF社、一九八一年八月。新版は小鳥遊書房、二〇二二年十二月）に付された拙論では、戦後文学史あるいはSF史において同作の置かれた状況をつぶさに点検し、その忘却がいかに不当なものであったのかを仔細に論じた。

対して、このたび上梓された『レヴォリューション+1』は、〝黙殺された傑作〟の再評価にとどまらず、あたかも二〇二四年に書き下ろされた完全新作のように読んでいただけるものと確信している。アトランダムに収録作をご一読いただければ、ウクライナやガザをはじめ、各地で続く非対称にして現在進行形の紛争状況、虐殺《ジェノサイド》、さらには抵抗をめぐる内在的論理を把捉する手がかりにもなるからだ。NW-SF社版には、あとがきや解説は添えられていない。まっさらな状態で読んでいただいてかまわない……というわけなのだろうが、『花と機械とゲシタルト』に関しては、名のみ知られた作品として読書家の間で語り継がれてきたものの、『レヴォリューション』は、むしろ読者を沈黙させる。問いの前にて、無言で佇むことを余儀なくさせるだけの重みがあるため、背景の解説をしても損にはなるまい。

事実、本書に収められた「レヴォリューションNo.9」以降、山野は最晩年の「地獄八景」（二〇一三年、岡和田晃編『いかに終わるか　山野浩一発掘小説集』所収、小鳥遊書房、二〇二二年一月）まで、三十年にわたって創作の筆を折っていた。もはや読者には期待しない……そうした諦念も感じないではないが、「外宇宙」を転換させた思弁小説の「内宇宙」では、時間のくびきはやすやすと超克される。山野が仮託した「声」

に、きちんと耳を傾け直すこと。番外編たる「スペース・オペラ」をNW-SF版に加えたのには、そうさせるだけの力があると確信したからだ。

●NW-SF社版の受容について

これまで山野浩一が刊行した書籍の一覧は、『いかに終わるか　山野浩一発掘小説集』の解説で紹介しているが、私は今回の『レヴォリューション＋1』が、山野の新たな代表作として「最初の一冊」となる可能性も、十二分にあると考えている。小松左京や豊田有恒、筒井康隆といった、しばしば山野と対立してきた「日本SF第一世代」の書き手にとり、作家としての山野はあくまでも「X電車で行こう」（一九六四年、『山野浩一傑作選Ｉ　鳥はいまどこを飛ぶか』所収、創元SF文庫、二〇一一年）や、「メシメリ街道」（一九七三年、『山野浩一傑作選Ⅱ　殺人者の空』所収、創元SF文庫、二〇一一年）といった「不条理文学」や「奇妙な味」にも通じる奇妙なアイデアを洒脱に、かつ脱政治的に語るという点で「SF」だとされた。対して本書のような作風は、現実の「革命」を――高みに立って冷笑するのではなく――あまりにも生々しく捉えすぎたと思われたのは想像に難くない。

端的に総括すれば、NW-SF社版は、「SF業界」からは『花と機械とゲシタルト』と同じく、排除と黙殺をもって遇された。代表的な商業誌である「SFマガジン」でも、星敬によるデータベース（「今月のブックガイド」）の末尾に、一言紹介が添えられているくらいで（一九八三年九月号）、特集はおろかリアルタイムの書評すら出ていない。

もっとも、これは単行本の話であり、収録作には、時評で高く評価されたものもある。「SFマガジン」

一九七二年十二月号の「ＳＦでてくたあ　日本セクション（同人誌評）」では、柴野拓美が、「取次店を通して書店に出ている《季刊ＮＷ-ＳＦ》は、むしろ商業誌として扱うべきかもしれない。その名のとおり、ＳＦプロパーではなく前衛指向の強い内容である。創作もこれと思うものは多くプロの筆だが、２号の山野浩一『レヴォリューション№２』を山野ＳＦの一面を代表するものとして最高作に推したい」と書いている。柴野拓美は「Ｘ電車で行こう」を掲載したファンジン「宇宙塵」の代表であり、「ＳＦらしいＳＦ」を求める基本姿勢は山野と対立していたものの、だからこそ「お互い平行線だということがわかった上での議論になってしまうんで、非常に議論しやすいということがあるんです」（「ＳＦ・テクノロジカル・ＳＦ」、聞き手：志賀隆夫・新戸正明、「ＳＦ論叢」三号、一九七九年）と述懐しており、山野が創刊したオルタナティヴ・マガジンである「ＮＷ-ＳＦ」（一九七〇〜八二年）や、フリーランド・シリーズの方向性を決定づけた「レヴォリューション№２」がどのように受け止められたのかが、よくわかる。ただし、この評は通常この欄を担当していた石川喬司がヨーロッパ旅行に出かけたために柴野が〝代打〟を担当したものであり、柴野や石川の単著には収められず、初出の好評は歴史的な固定化を見るまでには至らなかった。

対して、「レヴォリューション№２」を、より実存に即した形で受容したのは、翻訳家の大和田始であった。大和田は「レヴォリューション№２」についてファンレターを書くほど傾倒しており、長じてマチャアキこと平岡正明を模した型破りな文体で、初期の山野浩一作品を総ざらいする「遊侠山野浩一外伝　あるいはフリーランド狂い」（「ＮＷ-ＳＦ」五号、一九七二年）を書くに至った。同作はネットマガジン「SF Prologue Wave」に採録され（https://prologuewave.club/archives/8954）、容易にアクセスできるようになったので、ぜひ参照されたい。大和田は、「SF宇宙の内から外に出て行こうとしたバラードと、SF宇宙のなかにそれでも入って行こうとした山野浩一」という重要な対比的視点を提示しているうえ、「フリーランドは数知れぬ名称をもち、そのことはこの土地の精霊の正体不明のなさを曝けだしており、世界の大国支配の換気扇たる人間の無意識の間欠泉である。黙示録的「レヴォリューションNo.2」はまず都市の匿名性を示し、つづいてファースト・シーンで山野とっつあんの恋焦れる第三解放の破産を宣するのである。思想の戦線で夜明けをむかえた神聖なるアナルシも、いま紐つき婆の媚の売りあいであるる。そこには問題はなく解決が示されていないだけだから、国連がシャナリ出て飼殺しを試みるのである」との名調子で、『X電車で行こう』（新書館、一九六五年）、『鳥はいまどこを飛ぶか』（ハヤカワ・SF・シリーズ、一九七一年）の収録作を駆け抜けるように論じていく……フランツ・ファノンやエメ・セゼールら、植民地主義批判の思想をふまえた闘争性が大枠として採られながら。ハヤカワ・SF・シリーズ（いわゆる〝銀背〟）版の『鳥はいまどこを飛ぶか』には、〈フリーランド〉シリーズから三篇が収められているため、もっとも早い時期の評と言える。

NW-SF社版、単体での応答として注目に値するものは二つあり、第一は翻訳家・山田和子による「読書人」での評である。山田はクリストファー・プリースト『逆転世界』（安田均訳、サンリオSF文庫、一九八三年）につき、「プリーストの捉える現実感、いわゆる現実の不確定性とそれに浸透する形で現れてくるもうひとつの現実という認識」を論じたうえで、NW-SF社版を、連載していた「SF・ファンタジー」評において、次のように取り上げている。

また異質な地平から終末的現代を捉えた作品集である。これは〝フリーランド〟と呼ばれる架空の、しかし理想的にありうべき地を舞台に展開される連作集で、永久革命論を基盤とするポリティカルなテーマ、すなわち、より現実的な現実に対する視点が前面に打ち出されたものではあるが、基底に流れるイディアルな志向性は形而上学的な存在論の領域に在る。六〇年代からの全世界的な革命状況を反映しつつ、十年余にわたって書きつがれてきたもので、その時々に読んでいた時にはごく近い時事的な現実との対応がまず眼についたものだが、こうしてまとめられたものを読んでみると、逆に初期の軽く思われた作品により深い終末感が通底していることがうかがえて興味深い。(「読書人」一九八三年八月一日号)

また、山田は一九八三年末の「中間・時代・推理・SFベスト5」でもNW-SF社版につき「現実と理想の関係性を、幻想革命というファクターで見事に通底させたSF連作集」と簡潔に紹介した(「読書人」一九八三年十二月二十六日号)。山田の評の一部は、NW-SF社版の裏表紙にある「本書に収められた九篇はフリーランド・シリーズとして知られ、六〇年代頃からの全世界的な革命状況の動きを反映しつつ、十年余にわたって書きつづけられてきたものである」と一致する。

山田はNW-SF社の社員として、『レヴォリューション』を含む単行本の〈NW-SFシリーズ〉にも関わっていたと推測される。この叢書については、小鳥遊書房版『花と機械とゲシタルト』の拙論で詳しく紹介しているが、NW-SF社版には著者あとがきや解説に相当するものがないため、山田は時評の場を借り、より踏み込んだコメントを行なったとも推測できる。ただし、NW-SF社では、ワークショップや「NW-SF」の誌面において厳しい相互批判がなされており、評価に値しないものを〝内輪褒め〟として持ち上げることは厳禁だった。

NW-SF社版が刊行された時期は、商業SF誌の乱立という「ブーム」が収束し、早川書房の「SFマガジン」、徳間書房の「SFアドベンチャー」という二誌中心の〝体制〟が始まって間もない時期にあたる。「SFアドベンチャー」一九八三年九月号は、山野の好敵手にして同志でもあった荒巻義雄の特集号で、グラビア（「荒巻義雄の from The COVERAGE NOTS」）や座談会（新戸雅章×星敬×巽孝之「荒巻義雄の魔術に魅せられて」）でも山野の名は言及されているのだが、当該号の「新刊チェック・リスト」欄では、翻訳家の野村芳夫がNW-SF社版について一頁の書評を寄せており、これが注目すべき第二の応答である。

ニュー・ウェーブについての論議は、今日ではずいぶん下火となった感が強い。振り返ってみると、文学的にはきわめてまっとうな常識論を述べたにすぎなかったとも思えるのだが、十年程前の高揚した論争を出版社サイドから眺めていた限りにおいては、それぞれの論者の主張の内容自体というよりも、SFの読者に一般的であった読み方、作品への接し方への変革を迫るという点において衝撃的であった。（……）SFにとってはその発展の不可避な過程にすぎなかったともいえるが、出版社側からすれば、複雑な対応を迫られたという感が深い。当然、混乱もあったし、不充分でもあり、限界もあった。その意味でNW運動を代表する牽引車であった著者が、NW-SF社を創設し、私財を投じて「NW-SF」誌を刊行するに至ったのは、自然の流れであったのかもしれない。

（……）フリーランド・シリーズとも呼ばれていたこの作品群は、その傾向、長短さまざまながら、タイトルのとおりいずれも革命をテーマとし、ゲリラ戦争、ゲリラ兵士が重要な素材として登場している。しかし、革命であるにもかかわらず、いわゆるプロレタリア文学や近未来小説とはまったく異なって、ここに描かれる「革命」からは政治とその現実的力学が極力抜き去られており、本書はそれによってSFとなっているのである。別の側面からこれをいえば、どこにも存在していない都市である「フリーランド」が設定されることによってSFとなっている。言い換えれば本書の短篇のモチーフは、なにより政治的な概念である「革命」を、SF的もしくは文学的な概念によって置き換え、読みかえるものだといえる。フリーランドはゲリラ戦のための都市であり、戦場としての都市の終末像である。主人公は都市住民であるがゆえにゲリラ戦士なのだ。

この批評を受け、『レヴォリューション』をテーマにしたイラストレーション（佐藤三千彦）が扉になっていることから、「SFアドベンチャー」ではこの月の収穫とみなされていたと推測できる。野村は学生時代より、荒俣宏らと怪奇幻想文学のファンジン「リトル・ウィアード」を創刊し（一九六六年〜）、その活動で築いた人脈を一つの手がかりとして早川書房編集部に入社、一九七〇年創刊のハヤカワSF文庫（一九七〇年〜、後のハヤカワ文庫SF）に立ち上げから関わり、「SFマガジン」には一九七〇年八月号より編集にも携わっている。「十年程前の高揚した論争を出版社サイドから眺めていた」というのは、まさしくそうした立場からの評価となるだろう。

けれども、ここで指摘されている、「革命」から「政治とその現実的力学が極力抜き去られている」とは、どのような文脈なのだろうか。リテラルに読めば、SFとしての脱政治性を肯定的に評価しているようにも受け止められるが、そうすると「都市住民であるがゆえにゲリラ戦士」という矛盾した存在の様態は理解できない。ならば、現実を変革し、転覆をもたらす「革命」が所与の現実となり、それ自体を大文字の「政治」として意識せずともよくなった変化そのものがＳＦたりえている――と解釈する方が正確かもしれない。

●敗北主義を迂回する「弁証法的緊張関係」

二〇二四年現在の日本のＳＦシーンにおいては、記号化による女性憎悪《ミソジニー》を特徴として分有する日本的な「オタク」（萌え）文化が広く浸透し「ジャンル」的な所与になってしまっている。日本ＳＦをその起源として、露悪的にＳＦの〝意義〟を強調するような議論もいまだ絶えない。

こうした風潮は、どこを起点とするのか。外せないのが、一九八二年の日本ＳＦ大会（ＴＯＫＯＮ８）の大ホール企画として行われた『愛國戦隊大日本』をめぐる論争だろう。『愛國戦隊大日本』とは、特撮番組〈太陽戦隊サンバルカン〉等のパロディを基体としつつ、怪人側をソ連に見立て「ハラショー」と言わせ、そもそもサブタイトルとして「びっくり‼　君の教科書もまっ赤っか！」と、反共デマの定型をなぞり、随所に「露助」等の蔑称が飛び交う、かなり露骨な偏見をギャグの体裁で開陳するものだった。

抜き打ちで公開された同作に対し、ＴＯＫＯＮ８の総合司会をつとめた波津博明は、大会スタッフも多数同人として参加していたファンジン「イスカーチェリ」誌上等で、有志と反駁の論陣を張っている。「イスカーチェリ」は一九七〇年代後半から、ソ連国内では公刊できなかったストルガツキー兄弟の作品を訳載するなど、非英語圏のＳＦの紹介を精力的に進めており、彼らの尽力により、ＴＯＫＯＮ８には三十ヵ国ものSF関係者から祝辞が送られ、ストルガツキー兄弟を招待するプランすらあった。国際親善を基調とするはずの大会で、露骨な反ソ宣伝映画が上映されていれば、ソ連内部での海外作家たちの政治的抑圧を招いたことは想像に難くないが、制作陣には、そうした想定はまるでなかった。加えて、与党自民党の議員には、教科書の「左傾化」を非難する動きが当時からあり、『愛國戰隊大日本』の笑いは、そうした流れに棹さす排外主義的ナショナリズムに裏打ちされた「弱いものいじめ」につながるものだった（この段落は、「SFファン交流会」二〇一一年四月十六日［出演：波津博明・小浜徹也］における波津発言より。鈴木力のレポートも参考にした）。

『愛國戰隊大日本』を製作したDAICON FILMは、「関西芸人」と呼ばれた岡田斗司夫・武田康廣らが立ち上げたグループで、グッズ製作・販売を手掛けるゼネラル・プロダクツを設立、アニメ制作会社GAINAXの母体となった。同作の総監督は赤井孝美・特撮監督は庵野秀明という布陣だ。近年、岡田は複数の漫画家志望者に苛烈な性加害を行なって問題となった。庵野は〈新世紀エヴァンゲリオン〉シリーズや『シン・ゴジラ』（二〇一六年）の監督となり、「国民作家」とみなされている。〈新世紀エヴァンゲリオン〉は最初のTVシリーズが第一八回日本SF大賞、『シン・ゴジラ』は第三七回日本SF大賞特別賞を受けSF史においてもカノン化されているが、前者は「セカイ系」なる新自由主義に隷従する心性を育み、後者は有事に際しての政府の対応を理想化した「国策映画」と断じるほかない。

教科書の「左傾化」は日本会議的な極右やネット右翼の常套句であり、『愛國戰隊大日本』は、アイヌ民族やLGBTQ+への差別を日々煽り続ける衆議院議員の杉田水脈が「「中学生の頃、ハマってました！」と、以前、岡田斗司夫先生に直接打ち明けたことがあります」と喧伝するほど（二〇一八年六月二十八日の Twitter）、悪影響を及ぼし続けているが、他方で波津側の証言はまるで参照されず、歴史の改竄の対象にすらなっている。
ＮＷ‐ＳＦ社版は、『愛國戰隊大日本』をめぐる「論争」と直接的な関係はない（批判を寄せた者に「ＮＷ‐ＳＦ」の寄稿者はいた）が、排外主義を「笑い」と称して恥じない「ポストモダン」で冷笑主義的な空気のなかで刊行されたということは押さえておく必要があろう。山野が一貫して、ＳＦの「国策」化を批判し、排外主義への加担に対するオルタナティヴを探ってきたことは、『いかに終わるか』や『花と機械とゲシタルト』の解説で言及した通りだが、加えて注意すべきは、ＮＷ‐ＳＦ社版が、軽薄な時代に乗り遅れた敗北主義として受け止められてきた可能性である。注意深く読めば、あるいは当事者意識をもってすれば、野村芳夫が述べたように違うとわかるわけだが、実のところ、ほかならぬ山野自身が、「ほとんど忘れられていた」ことを自覚していたのである。

「レヴォリューション」を書いた時代は社会主義革命への意識が強く、そのため、間違って読んだ人も少なくなかったようだが、むろん社会主義などひとかけらも出てこない。本来は社会主義崩壊後に意味を持ってくるはずだったのだが、社会主義の崩壊とともに革命への関心も薄れて、私の作品としてはほとんど忘れられていた。（……）おそらく社会主義崩壊後の読書家でこれを読んだ人はほとんどいないだろうと思う。（「山野浩一 WORKS」二〇一六年二月六日）

つまり本書は、時代遅れとなった社会主義革命へのノスタルジーにすぎないのか、という懸念が浮上してくるわけである。ここで参考になるのが、エンツォ・トラヴェルソの『左翼のメランコリー　隠された伝統の力　一九世紀〜二一世紀』（宇京頼三訳、法政大学出版局、二〇一八年）だ。同書で論じられるのは、たとえ闘争が敗北しても、それを「戦略的」なモニュメントとして記憶の内に取り込むことで過去の出来事を「未来に向けられた記憶」として弁証法的に発展させていく方法が、社会主義体制崩壊後の二一世紀においては成立しなくなってしまっている状況である。

そこから返す刀で、ユートピアを想像すらできず、過去と未来の緊張を毀損された「否定の弁証法」として捉えるテオドール・アドルノや、絶望の果ての憂愁から瞑想的に「新たなヴィジョン」をも発見するヴァルター・ベンヤミンの議論を参照しながら、冷笑主義とは一線を画した強固な持続性を、トラヴェルソは個々の映画を検証しながら再発見していく。山野も評価していたテオ・アンゲロプロス監督作への言及を見てみよう。

共産主義の終わりは、ユートピアの死と記憶の行為、沈黙と悲しみの儀式としてその最も悲痛な表現を、旧ユーゴスラビア戦争に捧げられたテオ・アンゲロプロス監督の映画『ユリシーズの瞳』（一九九五）に見出した。過去の消去、その痕跡の救済、その記憶の保全が映画の導線である。包囲された町サライエヴォの映画博物館に唯一、一本だけ残っていた最古のギリシア映画は、瓦解するなかで希望とユートピアと一緒に運び去るおそれのある、崩壊した世界のメタファーである。長い移動シーンで、解体されたレーニン像が艀に横たえられ、目と人差し指を天に向けてダニューブ河を流れ渡ってゆく。

他方で『レヴォリューション』は、「ユートピアの死と記憶の行為」は扱っても、崩壊した世界を葬列として見送るような悲痛な感覚を、おそらく意図的に欠落させており、そこに新規性を見出すことができる。トラヴェルソが出す例では、山野の問題意識は、ボグダーノフとトロツキーの対立に近い。「アレクサンドル・ボグダーノフの小説『赤い星』(一九〇八)は、マルクス主義がSF小説へ闖入した稀な例の一つだが、既に科学技術が浸透した未来における社会主義を描いており、その成果が火星で実現するという。しかしながら、ボグダーノフとは反対に、トロツキーは記憶とユートピアとの弁証法的緊張関係を守っていた」と書いているのだ(一部の訳文を補った)。

生前の山野を知る者のなかには、山野がトロツキー流の永久革命論の信奉者であったと証言する者もいるが、もしそれが正しかったとしたら、むしろ「記憶とユートピアとの弁証法的緊張関係」そのものに関心があったということだろう。トラヴェルソはアイザック・ドイッチャーのトロツキー伝を引きながら、トロツキーが革命運動中の群衆の内面に入り込み、その感情を強調する形で再構成することに『ロシア革命史』(一九三〇年)の特徴を見ているが、そのスタイルは山野が迂回してきた、まさしく当ののだと言えるからだ。

それでは、山野にとって「弁証法的緊張関係」をもたらす「政治」とは、何が想定されていたのか。本書の収録作と絡めながら確認していきたい。

収録作には初出情報を添え、〈山野浩一傑作選〉や『いかに終わるか』に倣い、各作品には難易度を示す唐がらしマークを加えた。これはあくまでも編者の視点によるもので、山田和子が指摘するように、

「初期の軽く思われた作品により深い終末感が通底している」とみなすことも可能である。もし困ったら、頭から順に読んでいくのがスムーズだろう。

◉「レヴォリューション」（『SFマガジン』一九七〇年十月号、『鳥はいまどこを飛ぶか』所収、ハヤカワ・SF・シリーズ、一九七一年十月）

〈フリーランド・シリーズ〉の出発点は、あくまでも掌編からだった。アイデア・ストーリーの構造を精緻に自己検証することで多彩なスタイルへと発展させる方法は、ラリー・ニーヴンらの〈ウォーロック〉シリーズを彷彿させる（詳しくは、『創元SF文庫総解説』所収の拙解説を参照、東京創元社、二〇二三年）。

さらには、一九五九年のキューバ革命に、コンピュータによる管理社会化を融合させた発想がなされている点が重要である。「世界同時革命」という言葉がまだない時代、山野は芸術をもってそのヴィジョンと共振していた。関西学院大学在学中に監督・脚本をつとめた映画『△デルタ』（一九六〇年）によってであった。ジャン＝リュック・ゴダールの『勝手にしやがれ』と同年に作られ、ルイ・マル監督の『死刑台のエレベーター』（一九五八年）からの影響が公言されているのを措いても、本作はヌーヴェル・ヴァーグを介した「革命」幻想を主題化しているからだ。

『△デルタ』については神戸市映画資料館にてリマスター版の観賞が可能なのだが、六甲田山でのロケをベースに、上滑りするファシストの煽動演説、風にはためくハーケンクロイツ、銃やスコップを用いた闘争に失敗し死ぬこともできずにいる様子が、ジャズの狂騒をバックに展開していく……というもので、足立正生は同作の「ニヒルでアナーキーなアンチ・ヒーロー譚を軽々と描」いた点を評価した（「強制送還された私の「社会復帰」に力を添えてくれた人」、「映画芸術」二〇一七年十月号)。

足立は第六回全国学生映画祭に、自身の監督した『椀』で参加していた。この作品は、一九六〇年安保闘争の敗北を、土着的な一寒村での尊属殺人を題材に、一切の台詞を排して描くものであった。山野と足立は合評会において「日本の社会状況を描くべきか、個別の主体がおかれている閉塞状況をテーマとして重視すべきか」で喧々諤々の論争を繰り広げたというが、「現実世界を全否定した先の物語を描こう」という点で同意を見た。実際、『△デルタ』は六〇年安保の寓話とも、キューバ革命の寓話ともみなすこともできるが、より正確にいえば、両者を同時に俯瞰せざるをえない、若者の現実否定の先にある「内宇宙」を扱っていた。軽やかさは冷笑ではなく、境界を超える想像力の飛翔を意味したわけである。

こうした「想像力の飛翔」において重要なのは、抵抗そのものが主体的であるかどうかだ。「資本主義企業内で、作家がいかに主体性を持ち得るか」(「関映連ニュース」一九六一年十一月号、『いかに終わるか』の解説では一九六〇年と読めてしまうので、ここで明確化しておく)、「〝社会機構におしひしがれた個性〟これが常に日本映画のテーマである。資本主義社会、いや今だに確立されていない、永久に確立される事のない社会に対する怒り」(「個性なき新しい波」、「映画芸術」一九六〇年九月号)と、高度資本主義下における主体性の模索、という問題意識は疑いようがない。

「一九六〇年・安保闘争に全く無関心で、六・一九の夜を麻雀屋で過す。玉突き、競馬、女遊びまで、要するに不良化はいきつくところへきて、毎夜街中を仲間と共に遊び歩き、家へ帰る日が珍らしかった。不良時代は本も読まなかったが、ジャズを聞き映画もよくみており」(「ターミナル・ノート」、前掲、ハヤカワ・SF・シリーズ版『鳥はいまどこを飛ぶか』所収)とうそぶいてはいるものの、山野は遺品の映画ノートによれば、この年、百四十二本（！）もの映画を観ており、ほとんどの時間を映画の鑑賞に費やしていたようだ。デモにも人並みには参加していたと後に述懐している。

なぜ、偽悪的に不良性を強調するかといえば、それが若者にとってのリアルだという確信があったからだろう。実際、ハイスピードで映画『イージー・ライダー』（デニス・ホッパー監督、一九七〇年日本公開）ばりに破滅的な暴走を繰り広げる「サーキット族」を取材した「特別ルポ　いま金沢で起っている不気味なこと」（「週刊文春」一九七二年七月三十一日号）のような仕事もある。

なお、後年、山野が中退した関西学院大学での「入試実力阻止」闘争を「ベタ撮り」した『青の森関学闘争の記憶』（一九六八〜六九年）という映画が作られているが、この作品は山野に影響を受けた可能性がある（詳しくは「山野浩一とその時代（16）「中三時代」連載漫画「怒りの砂」と幻の第一映画『白と黒』」、「TH」No.87、アトリエサード、二〇二一年を参照）。

◉「レヴォリューションNo.２」（「NW-SF」二号、一九七〇年十一月、『鳥はいまどこを飛ぶか』所収、ハヤカワ・SF・シリーズ、一九七一年十月）

〈フリーランド〉シリーズが本格的に開幕するのは、本作からである。否定辞を連ねた書き出しから、ピートとジャガーを描く場面にスライドする映像的なインパクトのある導入が、まずもって印象的であるが、ヒロインらしからぬところが画期的なヒロイン、ピート・ランペットの造形も目を惹く。

山野の小説においてピートが最初に登場するのは、「闇に星々」（一九六五年、『山野浩一傑作選Ⅱ　殺人者の空』所収、創元ＳＦ文庫）だ。彼女はどこまでも「自由」を求めて火星へ行きたいと願う超能力者という位置づけで、対する語り手は当局の「公認作家」たらんとする屈折した物書き。

山野の創作においてピートというキャラクターは、山野が一部の脚本を担当したアニメ〈ビッグX〉（原作・手塚治虫）の第四〇話「虹の国から」（一九六五年五月十七日放送）に出てくる。この話でのピートはロボットの少年だった。ピートが超能力者なのは、同年に放送開始された山野浩一がメイン・ライターをつとめるアニメ〈戦え！オスパー〉の主人公――念力・透視力・超記憶力・テレパシー・テレポーテーションと、五つの超能力を駆使する少年――オスパーの設定とも響き合いを見せる。対して「公認作家」というのは、ソ連作家連盟あたりの同質性と権威性を皮肉っているのだろう。

「闇に星々」は「宇宙塵」一九六五年一月号に発表された。「宇宙塵」での山野は、とかく〝SFらしいSF〟が求められがちなことに、忸怩たる思いを抱いていた。商業媒体から批評の依頼はあっても、デビュー作「X電車で行こう」が「SFマガジン」一九六四年七月号に転載されたはいいが、その後、福島正実編集長に預けた小説「首狩り」はいっこうに載らない。結局、森優編集長になってからの一九七一年九月号に掲載され、「NW-SF」に集った若い翻訳家や小説家たちは、これを強く支持した（『山野浩一傑作選I』で読める）。

一方、デビュー直後である一九六四年の九月から、山野は〈ビッグX〉の脚本に参加し、十一月からは原作としてクレジットされた漫画〈マリン健〉（作画・伊奈たかし）が「週刊少年マガジン」で連載開始（四十六～五十二号）、これは翌年八月より「週刊少年キング」三十二号で連載が始まった漫画版〈戦え！オスパー〉の原型ともとれる。〈戦え！オスパー〉は「ロボットもの」を避けたがる日本テレビの意向を受け、ロボットものではないSFとしつつ、先行する石ノ森章太郎〈サイボーグ009〉との差別化が意識されていたようだ（詳しくは「「戦え！オスパー」に至る山野浩一の軌跡とその背景――「闇に星々」（一九六五年）前後の状況を中心に」、『幻のアニメ製作会社　日本放送映画の世界』所収、さんぽプロ、二〇二三年を参照。ただし、〈戦え！オスパー〉連載年は本稿のものに訂正する）。作品によってピートという名のキャラクターに与えられる位置づけが変化するのは、状況即応的に「役割」を担わされることで、いかに人間性が変容するのか、という関心に裏づけられているのかもしれない。

もう一つ、大きなモチーフとして、ドラッグがある。本作において、ドラッグは性や「人種」をめぐる境界を解体させるものとして位置づけられる。大和田は「遊侠山野浩一外伝」にて、「NW-SF」にも参加したビートニク詩人の諏訪優のドラッグ体験にある「死を見、死に怯え、その恐怖に立向かうこと」というよりも、映画監督の金坂健二が喝破したという「自己死を客観的に見つめ、死を乗り超えること」での破壊性を見ており、かような内的葛藤は、続く「国家はいらない」をも予告するものであると同時に、末尾の破壊軍団の描写に仮託された、現代作家では伊藤計劃が「The Indifference Engine」（二〇〇七年、『The Indifference Engine』所収、ハヤカワ文庫SF、二〇一二年）で描いた光景をも想起させる。

◉「国家はいらない」（🌶🌶）**「SFマガジン」一九七一年七月号『鳥はいまどこを飛ぶか』所収、ハヤカワ・SF・シリーズ、一九七一年一〇月）**

ローザ・ルクセンブルグに由来する名を持つスナイパーと、彼女に父を殺された少年ルイスをめぐるやりとりが印象的な作品だ。ゲリラ戦をモチーフに、アナキズム（無政府主義）とボルシェヴィズム（急進的な共産主義）の相克がテーマになっている。

一九六〇年代後半から七〇年代にかけてよく読まれた、ダニエル・ゲランの『現代のアナキズム』（江口幹訳、三一新書、一九六七年）では、スチルネルのアナキズム的個人主義と、プルードンやバクーニンの社会主義アナキズムが区別されていた。クロポトキンに代表される「自由共産主義的」アナキズムは後者の亜流で、楽天的な科学万能論を信奉するユートピア主義であると、批判の対象になるわけだ。

ゲランは国家への嫌悪、議会主義への欺瞞をアナキズムの基体に置きつつも、ボルシェヴィズム的なプロレタリア独裁を否定し、自治管理のヴィジョンを理論と歴史の双方から追究していく。トロツキーは『ロシア革命史』で、アナキストの役割を重視した。アナキストは少数だったにもかかわらず、影響力があったので都市部では弾圧されたが、農村部ではネストル・マフノが緩やかに組織化したアナキスト農民らの叛乱が起きる。こうした動きはイタリアやスペインにも波及した。スペイン革命はフランコ派の勝利に終わったものの、抵抗と自治管理の精神はアルジェリアやユーゴへ受け継がれた、というのが、ゲランによるアナキズム史の概略である。

山野は小説という形で、次なるアナキズムのありかたを提示しようとしたが、それは「革命」をめぐる二律背反を必然的に招くものだった。山野自身、「一種の革命に対するペシミズムみたいなものもありますし、それでいて革命を求めていかなきゃいけないという、個人に帰って内面での革命を求め続けるみたいな」テーマそのものを「国家はいらない」は扱っているのだと請け合っている事実は軽視できない（「SFの〝新しい波〟をめぐって」、聞き手：新戸正明・志賀隆夫、「SF論叢」創刊号、一九七四年）。

大和田が「遊侠山野浩一外伝」で指摘するように、ローザは「自己の内宇宙を極め」るため、「自己の想像の軌跡をたぐって〈北〉へと向かっている」。こうした軌跡は、都市のボルシェヴィズムから農村のアナキズムへ、という流れに照応するだけではなく、「微温の胎内」からの脱出と再生をも意味しているのだろう。なお、他に三一新書だと、NW-SFワークショップ参加者の本橋牛乳が、『ゲリラ戦争』、『武装ゲリラ』、『都市ゲリラ教程』もNW-SF社版は参考にしたと聞いている。

◉「土人形」（🌶「グラフィケーション」一九七三年十一月号）

「国家はいらない」が戦争に仮託して闘争的な能動性を扱っていたとしたら、本作は「銃後」にもかかわらず空襲に巻き込まれる受動的な様態を、ゴーレム幻想に仮託して描くものとなっている。空襲の描写は——第二次世界大戦のさなかに幼児であった——山野自身の体験をも彷彿させるものだが、さりとて山野は私性をそのまま仮託することには、一貫して批判的だった。

三枝和子との対談で、山野は自分が「昭和フタケタ族」であり、「男性社会の典型」を作った「昭和ヒトケタ」（生まれ）の男性のあり方、それこそ「石原慎太郎や小松左京とかいった存在に対して」の「アンチの思考がかなり強い」と語ると同時に、小説形式への革新を欠き、日本的な抒情に耽溺するタイプの「私小説」へのカウンターとして、自覚的に「SF」と名乗っているのだと明言している（「小説空間をめぐって」、「NW-SF」十八号、一九八一年）。

ユダヤ的な伝統である〝土人形＝ゴーレム表象〟が登場するのは、グスタフ・マイリンク『ゴーレム』（今村孝訳、河出書房新社、一九七三年）を思わせるが、不意な日常への闖入という意味では、ジュディス・メリルやデーモン・ナイトといったニューウェーヴ運動を主導した作家・編集者が高く評価したアヴラム・デイヴィッドスン「ゴーレム」（一九五五年）に、山野は英語で触れていたのかもしれない。すでにイスラエルによるパレスチナへの虐殺を山野が知悉しており、そうした非対称な構造を逆転させるための、一つの仕掛けと読むこともできよう。

◉「革命狂詩曲」（🌶🌶🌶）「レボルシオーンNo.5」改題、「SFマガジン」一九七三年十二月号、『ザ・クライム』所収、冬樹社、一九七八年十二月、および、中野晴行企画編集『暴走する正義　巨匠たちの想像力［管理社会］』所収、ちくま書房、二〇一六年二月）

「SFマガジン」のゲリラSF小説特集に掲載された、鳴り物入りの逸品である。ゲリラSF小説特集は同年五月にも組まれており、五月号は山田和子、十二月号は大和田始が特集解説を担当していた。これらの号には、マイクル・ムアコックの〈ジェリー・コーネリアス〉シリーズが商業誌で初めて邦訳されたことが特徴的で、五月号には「北京交点」（後にラングドン・ジョーンズ編『新しいSF』所収、サンリオSF文庫、一九七九年）、十二月号には「戦車のぶらんこ」が、ともに野口幸夫訳で掲載された。同シリーズは他に、「デリー分割」（中村融訳、「SFマガジン」二〇〇〇年二月号）が訳されているほか、『新しいSF』には、ジェイムズ・サリスによるシリーズ作「蟋蟀の眼の不安」も収録されている。

この〈ジェリー・コーネリアス〉は、〈エルリック・サーガ〉に代表されるムアコックのヒロイック・ファンタジーに見られる「多元宇宙《マルチバース》」の視点に、エスピオナージュ・スリラーやロック・ミュージックのカウンター性を織り交ぜることで、ヴェトナムや中国（「北京交点」）、ソ連やチェコ・スロバキア（「戦車のぶらんこ」）、インドやパキスタン（「デリー分割」）といった——紛争状況と日常とが融解する——「世界内戦」（カール・シュミット）の様態を捉え直すところに特徴がある。

大和田始は「ＳＦマガジン」の森優編集長と話し合って、「〝新しい波〟の特集を何回かすると。そういうもののひとつとして、ゲリラ戦争を持ってきた」ことを証言している。「ムアコックやＭ・ジョン・ハリスン、イギリスの〝新しい波〟の連中が、ジェリー・コーネリアスを使って連作やオマージュの形で短編集を作った」際に「それでその巻末に、ジェリー・コーネリアスの業績がずらっと書いてあるんですけど、みんな架空というか、ジェリーとかコーネリアスという人の業績を勝手にひっぱってきて年譜にしているわけですね」（「山野浩一氏追悼パネル　電子版限定（４）」、デーナ・ルイス×高橋良平×大和田始、司会・本文構成：岡和田晃、文字起こし：柳剛麻澄、読書人ＷＥＢ）、二〇一八年）といった具合なのだが、アクチュアルな状況を捉えつつも雑多な遊び心を失わないという意味で、本作と並んで読まれた〈ジェリー・コーネリアス〉の重要性が際立つ。ちなみに、ここで大和田が言及した本は、『The Nature of the Catastrophe』（未訳、一九七一年）のことで、『新しいＳＦ』の野口による解説でも言及されている。

本作は「国家はいらない」におけるローザの葛藤を、そのままタニアが引き継いでいるという意味で、実質的な続編だといえる。野村芳夫は「ＳＦアドベンチャー」での書評で、「山野浩一にとって、理想の都市とは非在の都市であり、瓦礫都市であり、ここにのみ生きる兵士は、都市の使徒でありながら革命を説教しない使徒なのである。ひたすら、現実・政治を排除するために、時間が逆転され、音楽が用いられ、迷宮的構造が導入され、科学的な政治理論が省かれている。そのことにより政治革命の壁の向こう側が姿を現わす」と述べ、末尾に引かれた「世界の革命家よ！　孤立せよ！」という謎めいた文言を、「政治革命の前の夜と霧」とも位置づけている。

この野村評を知る前に、私は同じ「世界の革命家よ！　孤立せよ！」という文言をエッセイの表題にする形で、元北大生ら五人がＩＳＩＬ（イスラム国）への参加を準備したとして「私戦予備容疑で書類送検された事件（二〇一四年十月）に沿う形にて取り上げている（「新潮」二〇一五年五月号、『反ヘイト・反新自由主義の批評精神』所収、寿郎社、二〇一八年）。社会主義革命とは別の文脈で『レヴォリューション』を取り上げたことが、ことのほか山野の意にかなったようで、「山野浩一WORKS」でも二度、このことは言及されている。それは過褒だとしても、NW-SF社版がソ連や東ドイツの崩壊後を見据えて書かれたことは、改めて強調する必要があろう。

最後に、本作は『花と機械とゲシタルト』同様、電子音楽が重要な役割を果たす。あまり知られていないが、山野には音楽評論家という顔もあり、ピアニスト・横沢真知子の演奏会でのパンフレットに私が確認しているだけでも二回、ジョン・ケージ、フランク、フォーレらにつき、本格的な曲目解説を寄せている。一九八四年一月三十一日のコンサートで演奏された「グノシェンヌ」に「梨の形の3つの小品」にちなんで、エリック・サティはこんな具合に解説されている（「演奏曲目について」）。

　　サティは現代音楽の元祖のようにいわれ、前衛作曲家として扱われているが、サティ自身にはそういうつもりはなく、当時の人々もそういう評価をしていたわけではない。当時の前衛はもっと現代意識の方向をにらんでおり、むしろサティは古くさく、通俗的な曲を書く作曲家だと思われていた。サティが大曲を書かなかったのは、書けなかったからであり、サティが現代音楽の単音手法を開発したのも和声がこなせなかったからである。サティにはただ音楽だけがあった。

プリミティヴなものと前衛をめぐる逆説は、まさしく本作の主題でもあろう。

◉「サムワンとゲリラ」（🌶🌶🌶）「NW-SF」六・七号、一九七二年九月・七三年五月）

旧約聖書のエピソードを大胆にパラフレーズする不敵な姿勢。タイポグラフィといった〝新しい波〟ならではの遊びは早々に切り替えられ、お馴染みピートに、考来学者・オメヤド端和が本格的に活躍を見せる。オメヤド端和の名前は、大和田始のアナグラムにも見えるが、仮にそうだとしても、山野の小説世界においては、大胆な異化がもたらされており、単純なモデルとは言い難い。山野の小説世界におけるキャラクターは、魚眼レンズのような歪みによって作劇上の役割が変節していくところにこそ特徴があり、モデル同定とは真逆に、彼らは終末を予見する名もなき「サムワン」となるのだ。

「レヴォリューション№2」の時点ですでに主題化されてきたセクト間の闘争が本作でも扱われているが、「考来学者」、「永久革命コミューン」、「永久革命行動軍」といった、観念を設定に昇華させる手つきは、よりベタになっており、それゆえ現実をトレースした度合いが高い。さりとて本作は「レヴォリューション№2」、「国家はいらない」、「革命狂詩曲」とも共通した構造も有しており、四部作のようにも読むことができる。第九解放軍の旗を自作して学園祭で振り回す若い読者も現れた。

山野浩一の自筆年譜における一九七〇年の項目には、「各大学の全共闘が崩壊してセクト化していく中で、NW-SFにはノンセクトの若者たちが集まって、反体制文化活動の砦としてスタートしている」と書かれている。六〇年安保世代の山野は、闘争そのものに直接関わらず、芸術を介してコミットをしたゆえか、既存のセクトに取り込まれることなく、七〇年安保世代の若者を惹きつけたのだ。

ＳＦ史において、一九六〇年代において中高生だったＳＦファン（いわゆる「青少年ＳＦファン」）は先行世代に〝否《ノン》〟を突きつけた。後に東京都の環境局長を勤め、岩波新書で『自治体のエネルギー戦略』（二〇一三年）といった著書を出した大野輝之は「いまはもうＳＦなど棄てるべき時だ」（一九七〇年）というアジテーションを叫び、ほぼ同時期の一九六九年から七〇年にかけて、波津博明は北海道でＳＦファンダム解体闘争を展開していた（廣島保生編『我らの昨日のすべて　イスカーチェリ年代記』、私家版、二〇一五年）。ＮＷ-ＳＦの門を叩いた者については、具体的にどうだったのか。

「ＮＷ-ＳＦ」の創刊号から編集に関わったやや年長の佐藤昇の場合、もともと一九六〇年代、「ＳＦコンパニイ」（一九六二年～）等のＳＦファンジンに参画、「リトル・ウィアード」に「お便り」を送るなどもしていたが、一九七〇年頃、「未来を語るＳＦが、大阪万博に無批判であっていいのか」と、問題提起のアジビラを蒔いたのがきっかけで、「ファンダムというタコツボ」から撤退した。それに対して、山野からは「そんなことより、新しいＳＦ雑誌を発行しませんか？」との葉書が来て、ＮＷ-ＳＦ社に入ることとなった（詳しくは、「山野浩一とその時代（5）映画『デルタ』の思想と、「ＮＷ-ＳＦ」創刊前夜」、「ＴＨ」No.76、二〇一八年）。

もちろん、山野は大阪万博に無関心どころか、「ＮＷ-ＳＦ」創刊号（一九七〇年）では、大阪万博の総合プロデューサーをつとめた小松左京流の「未来学」を徹底的に批判しており、「そんなことより」というのは、「より効果的な批判を」と示唆してもいたのだろう。佐藤は「サムワンとゲリラ」発表時には「ＮＷ-ＳＦ」の編集を離れてはいたものの、同誌の編集に参加した若い世代は皆、どこかしら状況に納得の行かないものを感じており、だからこそ「ＮＷ-ＳＦ」で共闘することができた。

◉「戦場からの電話」（🌙「GORO」一九七六年六月十日号、中野晴行企画編集『あしたは戦争：巨匠たちの想像力［戦時体制］』所収、ちくま文庫、二〇一六年一月、および、『いかに終わるか　山野浩一発掘小説集』所収、小鳥遊書房、二〇二二年一月）

青年誌「GORO」に連載された〈M・C・エッシャーのふしぎ世界〉連作からは、本作が〈フリーランド〉シリーズに採られている。同じ作品でも、置かれた文脈が変わればまったく別物として捉えることができるのだから不思議なものだ。

本作は、東アジア反日武装戦線のような都市ゲリラの内在的論理を結晶化させているが、第二次世界大戦前におけるプロレタリア文学者たちの弾圧にも読むことができ、時間を飛び越え、あるいは逆転させるものとしても読むことができる。

ここで指摘しておくべきことは、都市の捉え方にはバラード〈ヴァーミリオン・サンズ〉の影響が顕著なことだ。「バラードはヴァーミリオンサンズというサイバネチックな都市を生み出したが、この町はおそらくSFに登場した街として最高のものである。家屋から衣服に至るまでの全てが人々の意識に対応して活動し、街全体が人間という細胞の集合した生物のようになり、人々はそうしたサイバネチック世界の中に個々の意識を投影していく」と論じているが（「愛着を持たれる街こそ最悪　病巣としての都市を生み出したい」、「日本読書新聞」一九七四年二月七日号）、かような集合的な意識としてのコミュニティ・イメージは、『花と機械とゲシタルト』を先取りしている。加えて本作が特異なのは、そのなかから必然的に、癌細胞のごとくにゲリラ兵士が登場するメカニズムを描いていることによる。

◉「フリーランド」（「NW-SF」十三号、一九七七年十月）

ひたすらに重苦しく、ゲリラ戦士たちの陰惨な殺し合いが繰り返される作品で、ただそれだけなのに、読むのをやめられない。凄まじい作品だ。山野はすでに「殺人者の空」（一九七四年、『山野浩一傑作選Ⅱ』所収）で、内ゲバの論理を捉えていたが、同作に見られた垂直的な昇華のイメージが本作では否定され、より絶望の度合いが深まっている。「世界同時革命」においても、内ゲバは避けられないのでは、という諦念があるのではないか。

本作が発表された一九七七年につき、山野はこのような回想をしているほどだ。

> 怒りを覚えたことは多数ありますが、年間を通じていらだったのは、世界的な右傾化というか、どこにも左翼がいなくなってきたこと。特にラディカルが追いつめられていくことです。'77年は大国の力に押し切られ、思想の死の年であったようにも思えます。
>
> 特に中国の華国鋒体制には最も腹が立ちます。一体毛沢東時代の中国は何だったのだろう。ヨルダンを筆頭に、アラブの右傾化も腹が立つし、西ドイツのゲシュタポ復活、そして、むろん日本のどうしようもない状況にはもう怒りを感じるのも通りすぎてしまいました。一体、今時の学生は何をしているんだ。（「思想の死の年」、「月刊ポエム」一九七七年十一月号）

「毛沢東時代の中国は何だったのだろう」という嘆きについては、解説が必要かもしれない。「世界政経」

一九七六年一二月号に掲載された「革命の死」で、山野は、「毛沢東の死によって革命という言葉が歴史上の用語となってしまうのではないか」と危惧した。「私が毛沢東の死と革命という言葉の死を同一のものとしてとらえるのは、少なくとも毛沢東が生きている限り、中国での革命が今日的なものであるという認識を保ち続けることができて、革命という言葉の重厚さと現実性をどこかに生き続けさせておくことができたからだ」というのがその要諦である。ここで、山野浩一は、現象学で言う「志向性」の発想を前提に、小松左京流の「未来学」が前提とするユートピア性が、技術の発達と戦後民主主義を決定づけていたと仮定すると、左派知識人に珍しくなかった毛沢東主義者の枠組みからは逸脱する。

「今時の学生は何をしているんだ」という嘆きの背景についても説明がいるだろう。「NW-SF」は、革マル派の随伴知識人（とも呼ばれる）大久保そりやが書いていた雑誌だからである（三号［一九七一年］から終刊号まで十余年にわたり、「共産主義的SF論」を連載）。大久保は小堀靖生の名でリトルマガジン「悪魔運動」二号（一九六二年）に発表した「S・F論序」で、日本で初めてSFを「Speculative Fiction」として捉えた論考を発表。「悪魔運動」は、シュルレアリスム画家で「NW-SF」にも参画した中村宏や日大映研の創設メンバーの一人・平野克己らが関わった雑誌である。

その後、大久保は「早稲田大学新聞」等の新左翼メディアで、マルクスや哲学者・梯明秀の理論を咀嚼した晦渋な言語論を発表し続けていたが、アキレス腱と呼ぶほかないのは、全日本学生自治会総連合情宣部編『革命的暴力とは何か?』（こぶし書房、一九七一年）への寄稿文である。同書は一九七〇年に八月に起きた革マル派の活動家・海老原俊夫（東京教育大生・当時）に中核派がリンチを加えて殺害した事件を批判したものなのだが、その実、自派の暴力については言及を避けることで、報復としての新左翼党派間の内ゲバを肯定したとして悪名高い。

『革命的暴力とは何か?』では、寄稿者の多くが、高橋和巳の「内ゲバの論理はこえられるか」(一九七〇年)を批判していた。高橋は「造反教員」として京大の学園紛争の渦中を行き、「自ら選んだ自己解体の道」として、内ゲバのメカニズムを分析したのだ。「内ゲバの論理はこえられるか」では、海老原事件についての報道の経過が克明に記され、海老原事件ほかの内ゲバがいずれも「報復の論理」に基づいたものにすぎない、と喝破されているが、『革命的暴力とは何か?』の締め論文に相当する「環境・自己を変革する活動は何か」で、大久保は高橋が「内ゲバ」の歴史的な文脈を解説しているものの、そこには暴力活動に対する「直接的・間接的な人間活動論的切開」が欠けているとして高橋を批判した。

けれども結果として、内ゲバは過酷化の一途をたどり、「直接的・間接的な人間活動論的切開」とは無縁の道を行った。こうした過ちを理論的に精算し直し、マルクスの言う「交通」と「疎外」を軸にした「共産主義的共同体」の建設の基礎作業を試みたのが、「NW-SF」での「共産主義的SF論」だったのかもしれない。というのも、大久保の連載に党派の正当化はまったく書き込まれていないからだ(詳しくは、「山野浩一とその時代(9)自壊する毛沢東主義と、『共産主義的SF論』の位置」、「TH」No.80、二〇一九年。および「山野浩一とその時代(10)高橋和巳VS大久保そりや」、「TH」No.81、二〇二〇年を参照)。

大久保は高橋が「今後のありうべき革命は、単に政治次元、社会次元にとどまらず、人間それ自体の変革が含まれていなければ」ならないと述べる、その「人間それ自体の変革」に、現在の状況から遊離した抽象性を嗅ぎ取って批判したわけだが、「人間それ自体の変革」の(不)可能性を素朴なヒューマニズムの領域を超えて、かつ毛沢東の死により「幻想」と化した「革命」が必然的に担うアイロニーをも行為遂行的《パフォーマティヴ》に提示したのが、山野の「フリーランド」だったとも位置づけられよう。

◉「レヴォリューションNo.9」（🌶🌶🌶🌶 書き下ろし）

近代における「革命」の起点から、その挫折やカルト化の過程をも含め、〃いま、ここ〃までを断章形式で取り結んだ問題作である。山田和子は「読書人」の時評で、「文字通りの〃今〃に収斂していく最終篇「レヴォリューションNo.９」の重さ、暗さ、絶望感は、これがかけねなしの現実だと納得させられるだけにやりきれない読後感を齎すが、同時に全体を通じて理想と現実の狭間に浮上してくるリリシズムは、世紀末的抒情とでも呼ぶにふさわしい透明感を残す」と総括している。もちろん、奇妙なまでに澄明なリリシズムは、同質性の確認を軸とする「日本的抒情」とは一線を画すもので、なまなかな共感を拒むところがある。

当人の言葉を借りれば、「SF作家でいる限り当分はまちがっても文化勲章とかいう対象にはならないだろうし（……）こういう小説を書くことが非常に頽廃的だとか、こういう小説を書くことはアンチ・モラルだとか、SFの場合そういう言われ方はしない。（……）と同時に今迄の小説っていうものはほぼ全面的に否定して、まったく別な自由な小説を書かなきゃならない」（山野浩一×荒俣宏×松岡正剛『SFと気楽』、工作舎、一九七九年）というわけだが、具体的にはどのようなものか。

ここで重要となるのは、山野がサーキット族、連合赤軍の内ゲバ殺人、さらには日本赤軍のハイジャックや岡本公三らのリッダ闘争のそれぞれに関して、共通する「終末観のアイデンティティ」を見出している点である。建設と繁栄のイメージと真逆な、崩壊と死への逆流を、自然に生きてしまうこと。そうした逆流のなかに、どれだけの主体性が存在するかに着目するというわけだ（「逆流した世界は終末に始まる」、「流動」一九七二年九月号）。

とりわけ、内ゲバに拘泥することなく、アラブ・ゲリラの拡大自我のなかに自らを投棄しえた日本赤軍について——盟友・足立正生が参画していたこともあってか——山野は強い関心を持ち、複数の批評で繰り返し言及しているが、さしあたり本書においても、「レヴォリューションNo.2」に、死んだゲリラが「星になる」とされた風景が書き込まれていたことを指摘しておきたい。

周知の通り、日本においては「テルアビブ空港銃乱射事件」として報じられる「リッダ闘争」の評価は、イスラエル側とパレスチナ側で正反対となっている。実際、死亡した奥平剛士の遺稿集『天よ、我に仕事を与えよ』（田畑書店、一九七八年）を確認すると、関係者の検証によって、むしろ応戦したイスラエル軍の兵士たちの方が、空港にいたプエルトリコ人たちを多数巻き添えにしたとも記されているのだ。

武装蜂起をテロルと読み替える暴力への抵抗。カナファーニーや重信房子らパレスチナ・ゲリラの「日常」を記録した足立正生によるドキュメンタリー『赤軍―P.F.L.P 世界戦争宣言』（一九七一年）から『REVOLUTION+1』に至る足立の仕事に通底しているのは、そうした視点であり、蜂起のダイナミズムを骨抜きにせんとする権力構造に対峙すること、そのものが武装闘争である、との含意だった。

山野はかような足立の姿勢を理解したうえで、暴力のダイナミズムを、相争う双方の証言すらをも包括する、輻輳的な意識のあり方へと目を向けた。一九七〇年代後半の、ＳＦブームを受けた、高山英男によるインタビュー（「ＳＦの〝新しい波〟が時代に問いかけるもの」、掲載媒体不明、一九七八年）での総括がわかりやすい。

現代をとらえる上で、サイエンス・フィクション的な方法論というのがものすごく不可欠になっているように思うんです。現代人の意識のレベルでは、たとえば今晩のおかずを何にするかということと、成田の三里塚闘争はどうなっているかということと、エジプトのピラミッドはどうなっているかということと、アメリカの大統領が今何をしているかということと、イスラエルとレバノンは今どうなっているか、ということが、一個の意識のなかに、パッと同時に存在しているわけです。そういう意識の状況というのは、まさにサイエンス・フィクションでしか取り上げられないような意識のあり方なわけですよね。

本作の最後は、あたかも真空に投げ出されたがごとき失語の感覚に陥るだろう。それは社会主義体制崩壊後に、政治に対する文化の従属を転換させた「文化論的転回《カルチュラル・ターン》」（フレドリック・ジェイムスン）や、「共食い資本主義」（ナンシー・フレイザー）に席捲された現在という状況に至るさまざまな状況を、本書に読み込むことをも可能にするものだ。重要なのは、マイノリティと被支配階級を抑圧するのではなく、周縁化を退け変革の主体として再編する姿勢なのである。

◉「スペース・オペラ」（「SFマガジン」一九七二年二月号、『ザ・クライム』所収、冬樹社、一九七八年十二月）

NW-SF社版に「＋1」として盛り込むのだったら、これしかない。通俗的な宇宙冒険小説を実践しようとすればするほど、どんどん遅延をたどる逆流の感覚が笑いを誘うが、単なるパロディで片付けるには惜しい。

本作では「フリーランド」がナカグロ付きの「フリー・ランド」として登場するが、〈ジェリー・コーネリアス〉的な「多元宇宙《マルチバース》」の感覚が強調されており、『レヴォリューション』全体を円環的に再読させることをも可能となっている。一九七〇年代後半からのSFブームは、『スター・ウォーズ』（ジョージ・ルーカス監督、日本公開一九七八年）等からのスペース・オペラのスペクタクル性が牽引していった。こうした状況を見据え、山野はスペース・オペラまでをも思弁的に再解釈しようとした。「SFの現在　海外の例から」と題した批評での言及箇所を確認してみたい（「聖教新聞」一九七九年五月二十八日号）。

スペース・オペラがSFの本来の姿ではないというつもりはない。状況的にそれが栄えれば主流と呼ばなければならないだろうし、いまのSFがスペース・オペラによって多くの読者を獲得していることは確かである。また西部劇が人々にモラルを説き、インディアンに対するアメリカの侵略を正当化していったように、スペース・オペラは単なる活劇であるがゆえに思想的であるという一面も持っている。一部のスペース・オペラはアメリカのヴェトナム戦争を正当化するものであったし、ル＝グインやディレーニのような新しい傾向の作家たちが登場するにあたって、〝ニュー・ウェーヴ〟と呼ばれるSFの改革運動があった。それはスペース・オペラの異星人の扱いに対する改革だけでなく、現代文明全般への批判と、SF小説そのもののあり方に対する改革運動であった。

スペース・オペラの反動的な思想性をジャックし、さらに反転させてSFの改革運動に組み込んでしまうこと。これはそのまま、ジュディス・メリルに「ジャパニーズ・マイクル・ムアコック」と評された山野のスタイル、ひいては本作の企図するところをも、雄弁に物語っているのではないか？

さて、小鳥遊書房から刊行される山野浩一の小説も、これで三冊目になる。山野をめぐる状況は少しずつだが、着実に変化してきた。基礎資料の整備が進むことで、批評や研究が盛んになってきたのだ。長澤唯史は、山野の再評価を一つのコアとする「日本SF史再構築に向けて――その現状と課題についての考察」を「SF Prologue Wave」に連載し（全六回、二〇二一年）、前田龍之祐は「SFにおける主体性の問題――山野浩一論」を人文書院の企画「批評の座標――批評の地勢図を引き直す」に寄せた（https://note.com/jimbunshoin/n/n506c88200bd4）。小平麻衣子・井原あや・尾崎名津子・徳永夏子編『サンリオ出版大全　教養・メルヘン・SF文庫』（慶応義塾大学出版会、二〇二四年）には、加藤優「サンリオSF文庫の小説世界――山野浩一のSF評論とその実践」と、吉田司雄「サンリオSF文庫とフェミニズムSFの地平」と、山野浩一や彼が監修をつとめたサンリオSF文庫の意義を再確認する論文が収められており、これらで山野浩一再評価の動きは、所与の前提となっている。

本解説でもたびたび触れた「山野浩一とその時代」は、版元のアトリエサードの理解を得、「TH」誌での連載を続けることができ、二〇二四年三月時点の最新号No.97で二十六回を数える。No.96には、私と前田の共作「山野浩一のネオゴシック論～二十世紀の前衛文学を包括的に名ざすこと」も掲載された。また、『創元SF文庫総解説』には〈山野浩一傑作選〉の拙レビューが収められた。『花と機械とゲシタルト』の解説論文でも触れた拙稿「「未来学」批判としての「内宇宙」――山野浩一による『日本沈没』評からフェミニズム・ディストピアまで――」（「季報　唯物論研究」一六〇・一六二号）は、小鳥遊書房から刊行予定の荒巻義雄・巽孝之編『日本SF評論賞論文選（仮）』に収録される。

小説以外では、山野が担当した〈戦え！オスパー〉の脚本「人魚のなみだ」が、コノシートと私の校訂により、『幻のアニメ製作会社　日本放送映画の世界』に収められた。黎明期日本SFアニメの脚本が復刻されるのはとても珍しく、山野の小説と読み比べるのも一興だろう。大和田始や山田和子は翻訳家として精力的に活動しているし、私が編集長をつとめる「ナイトランド・クォータリー」（アトリエサード）では、彼らのインタビューや翻訳を掲載するとともに、健部伸明の翻訳でムアコックの再評価も進めている。最新のVol.35では、樺山三英の小説「「永劫より」より」を掲載、本書の文脈でも充分に読める。「SF Prologue Wave」では、国領昭彦による英語でのバラードのインタビュー（「Interview with J. G. Ballard by Akihiko Kokuryo,1974.」）が、改めて英語圏で話題を集めた（以上、各種URLは二〇二四年三月時点のもの）。

本書の刊行にあたっては、毎度ながら小鳥遊書房の高梨治氏・林田こずえ氏のお世話になった。また、校正協力の東條慎生氏、山野浩一氏のご遺族（山野牧子氏、美讃子［美賛子］氏、修氏）の変わらぬご理解にも感謝したい。もちろん、再刊が続けられるのは、読者や関連媒体関係者のご支援あってのこと。各媒体での書評にも刺激を受けている。改めて御礼申し上げるとともに、都度、批評や研究を続ける途中、どうしても発生してしまう各種の間違いについては、確認でき次第訂正し、正確を期すべくつとめるので、どうぞ、私の情報発信をフォローしていただきたい。

――では、最後にもう一度。世界の革命家よ！　孤立せよ！

【著者】

山野 浩一

（やまの　こういち）

1939年大阪生まれ。関西学院大学在学中の1960年に映画『△デルタ』を監督。1964年に寺山修司の勧めで書いた戯曲「受付の靴下」と小説「X電車で行こう」で作家デビュー。「日本読書新聞」や「読書人」のSF時評をはじめ、ジャンルの垣根を超えた犀利な批評活動で戦後文化を牽引した。1970年に「NW–SF」誌を立ち上げ、日本にニューウェーヴSFを本格的に紹介。1978年からサンリオSF文庫の監修をつとめ、SFと世界文学を融合させた。血統主義の競馬評論家、『戦え！オスパー』原作者としても著名。著書に『X電車で行こう』（新書館）、『鳥はいまどこを飛ぶか』（早川書房）、『殺人者の空』（仮面社）、『ザ・クライム』（冬樹社）、『山野浩一傑作選』（全2巻、創元SF文庫）、『SFと気楽』（共著、工作舎）ほか。2017年逝去。没後、第38回日本SF大賞功績賞を受賞。2022年、小鳥遊書房より『いかに終わるか——山野浩一発掘小説集』(岡和田晃編)が刊行、『花と機械とゲシタルト』（NW–SF社）が復刻されたが、第3弾となる本書は、NW–SF社版『レヴォリューション』を増補した完全版である。

【編者】

岡和田 晃

（おかわだ　あきら）

1981年北海道生まれ。文芸評論家・作家。「ナイトランド・クォータリー」編集長、「SF Prologue Wave」編集委員、東海大学講師。著書に『「世界内戦」とわずかな希望　伊藤計劃・SF・現代文学』、『再着装の記憶〈エクリプス・フェイズ〉アンソロジー』（編著）（以上、アトリエサード）、『反ヘイト・反新自由主義の批評精神　いま読まれるべき〈文学〉とは何か』（寿郎社）、『山野浩一全時評（仮題）』（編著、東京創元社近刊）、『メイキング・オブ・アサシン クリード』（共訳書、グラフィック社）ほか著訳書多数。論文に、「「侮辱」の感覚を手放さない対位法的な詩学」（「世界」2023年7月号）、「アイヌへの加害の歴史、強制された共生」（「日本近代文学」109）等。「図書新聞」で文芸時評を、「TH」で「山野浩一とその時代」を長期連載中。向井豊昭・鳩沢佐美夫・上林俊樹・蔵原大らの復刻も手掛ける。第5回日本SF評論賞優秀賞、第50回北海道新聞文学賞創作・評論部門佳作、2019年度茨城文学賞詩部門受賞、2021年度潮流詩派賞年間最優秀評論賞受賞。

レヴォリューション+1《プラスワン》

2024年5月10日　第1刷発行

【著者】
山野浩一

【編者】
岡和田晃

発行者：高梨 治
発行所：株式会社**小鳥遊**《たかなし》**書房**
〒102-0071　東京都千代田区富士見1-7-6-5F
電話03（6265）4910（代表）／FAX 03（6265）4902
https://www.tkns-shobou.co.jp
info@tkns-shobou.co.jp

装幀　宮原雄太（ミヤハラデザイン）
校正協力　東條慎生
印刷　モリモト印刷株式会社
製本　株式会社村上製本所

ISBN978-4-86780-047-8　C0093